사우디 집사

사우디 집사

제1판 1쇄 2022년 7월 20일

지은이   배영준
펴낸이   이경재

펴낸곳   도서출판 델피노
등록   2016년 8월 11일 제2020-000082호
주소   서울시 양천구 신정중앙로 86, 덕산빌딩 5층
전화   070-8095-2425
팩스   0505-947-5494
이메일   delpinobooks@naver.com
ISBN   979-11-91459-31-9(03810)

사우디 집사

배영준 장편소설

 델피노

프롤로그

소설 '사우디 집사'의 집필에 영감을 준 사건은 신문에 실린 기사였다.

"세계 예술품 경매 사상 최고가 기록을 세운 레오나르도 다빈치의 '살바토르 문디'(구세주)는 사우디아라비아의 한 왕자가 산 것으로 전해졌다. 미국 일간 뉴욕타임스는 지난달 뉴욕 크리스티 경매에서 4억 5천30만 달러(약 5천억 원)에 낙찰된 살바토르 문디의 매입자는 사우디의 바데르 빈 압둘라 빈 모하마드 왕자라고 보도했다. 신문은 바데르 왕자가 정체를 드러내지 않아 신비로운 구매자라고 설명했다."

2017년 사우디에서 주재원으로 근무하고 있을 때 다빈치의 살바토르 문디 작품이 어떻게 5천억 원에 팔릴 수 있을까 놀라지 않을 수 없었다. 기사를 보자마자 살바토르 문디 작품이 과연 어떤 작품 인지 인터넷을 통해 검색했다.

시간이 흐르자 살바토르 문디 작품의 실 소유자가 사우디 왕세자 빈살만으로 밝혀졌고 2019년부터 '사우디 집사'를 집필하기 시작했다. 바쁜 직장생활을 병행하면서 틈틈이 소설을 쓴다는 것 자체가 결코 쉬운 작업이 아니었다.

'사우디 집사'는 실제 존재하는 사실과 피터가 가공한 상상력이 어우러져 사우디, 한국, 프랑스, 카타르, 뉴질랜드, 예멘을 무대로 이야기가 펼쳐진다. '사우디 집사'가 완성되기까지 3년의 시간이 걸렸다. 매일 세상에 쏟아지는 수많은 책 중에 과연 '사우디 집사'가 반짝반짝 빛을 발할 수 있을까 수없이 고민하며 작품을 수정하고 또 수정하는 과정을 반복했다. 이제 '사우디 집사'는 작가의 손을 떠났다. '사우디 집사'가 현재 세상에 존재하는, 앞으로 새로운 세상에 존재할 수많은 독자들에게 사랑받는 소설이 되길 간절히 소망한다.

Contents

1장

아버지가 돌아가신 그곳!

1장

아버지가 돌아가신 그곳!

2021년 2월

　시간이 얼마나 흘렀을까? 내 몸은 마지막 실낱같은 온기의 불씨마저도 꺼져가고 있었다. 그 순간, 끝을 알 수 없는 어둠의 기나긴 터널 끝에서 한 줄기 빛과 함께 내 이름을 부르는 나지막한 음성이 희미하게 들려오기 시작했다. 흡사, 그 목소리는 번개처럼 번쩍이기도 하고 천둥처럼 하늘을 쪼개는 소리가 나기도 했으며 거대한 파도와 같아 당장이라도 산을 집어삼킬 만큼 기묘한 목소리였다.

　"피터"

　"피터 집사"

　"사우디 집사! 피터"

　내게 남겨진 마지막 호흡을 가다듬었다. 온 힘을 다해 두 눈을 뜨려 애를 썼으나 소용없었다. 다시 몸을 움직이려 발버둥 쳐보았지만 한 줌의 힘도 남아 있지 않았다. 오직 심장에 꽂힌 총알에서 새어 나오는 극심한 고통만이 생생히 느껴질 뿐이었다. 온 세포가 타들어 가는 듯했다. 모든 신경 조직이 끊어지는 듯, 한 번도 경험하지 못한 처절한 죽음의 순간을 직면하고 있었다.

"사우디 집사! 피터!"

"자네는 내가 되고 난 자네가 되었네."

"이제 길고 길었던 그 죽음의 어두운 터널에서 떠나가게!"

그는 피로 얼룩진 내 가슴을 따뜻하게 어루만진 후, 투박하고 거친 손을 내 심장에 넣어 심장 깊숙이 박힌 총알을 꺼내기 시작했다. 총알이 심장에서 서서히 빠져나가자 온몸을 바늘로 쿡쿡 찌르던 극심한 고통이 조금씩 사그라지기 시작했다.

끊어지기 직전에 있던 모든 신경 조직들이 다시 제자리를 찾아 연결이 되고 내 심장에 움푹 파인 상처 조각들이 하나둘씩 빠르게 아물어 가고 있었다. 그가 내 두 눈을 부드럽게 어루만져 주자 난 겨우 가까스로 눈을 뜰 수 있었다.

눈앞에 희미하게 커다란 형체가 보였다. 그 실체는 바로 살바토르 문디! 그 자체였고 구세주였다. 나를 바라보고 있는 그의 두 눈은 활활 불타오르고 있었다.

2019년 3월

리야드 공항에 도착한 첫날 밤은 마치 인적이 없는 외딴섬에 온 듯 고요했다. 하얀색 랜드로버를 타고 공항을 빠져나오자 눈앞에 펼쳐진 드넓은 광야와 빼곡하게 줄 서 있는 대추야자 나무조차 저 멀리 한국에서 온 이방인을 달가워하지 않는 듯했다.

사우디 인구 3천 4백만 중 1천만이 외국인이라 했으니 어쩌면 너무 오랜 기간 많은 손님의 방문으로 석유 왕국 주인장은 지치고 힘들어서 이젠 조용히 쉬고 싶을지도 모른다.

2년 전 한국에서 치열했던 대학 생활을 마치고 새로운 도전을 위해 50대 1이라는 엄청난 경쟁률을 뚫고 프랑스 국립 집사학교에 입학했다. 프랑스 국립 집사학교에 지원했을 때, 막연히 졸업하면 미국 유명 정치인, 유럽 왕가, 한국 재벌가 집사로 채용되길 기대했다.

하지만, 학비와 기숙사비가 전액 무료며 집사학교가 파리 근처인 생드니에 있어 굳이 취업이 100% 보장되는 억대 연봉 집사가 되지 못해도 2년간 아름다운 파리 생활만으로도 충분히 탁월한 선택이었다.

알 수 없는 자신감에 가득 차 생드니 집사학교에 찾아왔던 입학 면접시험 날, 학장님께서는 그 커다란 푸른색 두 눈으로 날 바라보시며 온화하게 말씀하셨다.

"피터 군, 면접시험에 온 걸 환영해요."

"학장님, 면접 기회를 주셔서 진심으로 감사드려요."

"한국 학생이 우리 학교에 지원한 것은 피터 군이 처음이에요."

"우리 학교를 어떻게 알고 지원했나요?"

"대학에서 불어를 전공했어요. 학교 게시판에 공지된 파리 집사학교 신입생 모집 요강을 보고 심장이 뛰었어요.

"불어를 전공한 특별한 이유가 있나요?"

"전공을 선정할 때 외교관이 되고 싶었어요. 불어를 사용하는 국가들이 많아 외교관이 되는 데 유리하다고 생각했어요."

"음… 만약, 피터 군이 면접시험에 합격한다면, 파리 집사학교 역사상 최초로 한국 학생이 되는 거예요."

"학장님, 집사학교에서 공부할 기회를 주신다면, 세상에서 가장 품위 있고 지혜로운 집사가 되겠다고 약속할게요."

"피터 군, 알다시피 집사학교 입학 경쟁률은 50대 1이에요. 왜 우리가 수많은 학생 중에서 자네를 꼭 뽑아야 한다고 생각하나요?"

집사학교 역사상 최초의 한국 학생이라는 학장님 말씀에 감동했는지 아니면 부드러운 카리스마에 홀렸는지 학장님을 간절한 눈빛으로 바라보며 영어도 아닌 불어로 당당하게 입학 포부를 밝혔다.

물론, 프랑스를 방문한 건 입학 면접시험을 위해 생드니를 방문한 게 처음은 아니었다. 군대를 제대하고 복학까지 몇 개월 여유가 있어 중학생 과외와 동대문 경동시장에서 마늘을 씻는 아르바이트를 하면서 한 달간 프랑스 배낭여행 경비를 마련했다.

당시 경동시장에서 새벽 6시부터 오전 10시까지 4시간 아르바이트를 했다. 새벽 시장의 활기찬 기운을 받고 부지런한 시장 사람들과 새벽을 깨우기 시작하면서 가진 것이 없어도 밑바닥에서부터 무엇이든 할 수 있을 것 같은 왠지 모를 자신감을 갖게 되었다.

프랑스 배낭여행 기간 대부분 한국인 게스트하우스에서 지내면서 에펠탑, 몽마르트르 언덕, 노트르담 성당, 샹젤리제 거리, 셰익스피어 앤 컴퍼니 서점, 센 강변 등을 내 집처럼 드나들며 파리에서 생활은 하루하루가 너무 행복해서 반드시 다시 찾아오리라 다짐했다.

프랑스 국립 집사학교는 1년에 50명 신입생을 선발한다. 모든 학생이 기숙사 생활을 하며 프랑스 정부에서 전액 지원하는 국립학교다. 이 학교의 모든 운영경비를 왜 그 오랜 세월 동안 프랑스 정부에서 지원하고 있는지 자세히 들은 바는 없다.

뿐만 아니라, 그 이유를 궁금하게 여기는 학생은 신기하게 단 한 명도 없었다. 다만, 학장님께서 어느 나른한 오후 학생들을 모아놓고 대강당에서 열심히 훈화하시던 모습이 어렴풋이 생각난다.

"사랑하는 집사학교 학생 여러분! 우리 학교는 1,500년경 프랑스 국왕 루이 12세 왕명에 의해 영광스럽게 설립되었습니다. 그 후, 현재까지 학교의 모든 운영 경비를 프랑스 정부에서 꾸준히 지원하고 있습니다. 여러분은 항상 품위와 교양을 유지하는 슬기로운 집사가 되어야 합니다. 여러분의 자랑스러운 선배님들은 세계 곳곳에서 집사로서 그 역할을 훌륭하게 수행하고 있습니다. 여러분도 500년 전통을 자랑하는 집사학교 학생으로서 항상 자부심을 갖고 존경받는 집사가 될 수 있도록 매사에 최선을 다하시길 간곡히 부탁드립니다."

한편, 집사학교의 대표적인 건물은 루이 12세 국왕과 레오나르도 다빈치의 특별한 인연 때문에 다빈치 이름을 따서 학교 내 설립한 다빈치 미술관이다. 집사학교 학생들은 다빈치의 38개 작품을 공부하는 스테반 교수님 교양 필수과목을 반드시 이수해야 졸업할 수 있다.

미술하면 초등학교 시절부터 스케치북, 물감 등 미술용품 준비가 버거웠다. 조신하게 앉아서 그림을 그리는 미술 시간보다 활동적인 체육 시간을 훨씬 좋아했기에 집사학교에서 미술 강의 시간은 의외였고 상당히 부담스러웠다. 하지만 미술에 대한 조예가 전혀 없는 나조차도 스테반 교수님과 함께 다빈치의 작품세계를 공부하는 시간은 매우 흥미롭고 재미있는 수업이었다.

다빈치 미술관은 마치 중세의 성당처럼 웅장하고 엄숙하게 고딕양식으로 지어졌고 1층은 38개 다빈치 모사 작품으로 진열된 미술관, 2층은 강의실과 도서관이 있다. 난 가끔 다빈치 미술관만 별도로 한국에 똑같은 건물을 짓고 싶다는 생각을 했다. 그리고 그 미술관과 도서관을 합쳐서 언젠가 〈꿈의 도서관〉으로 불러야겠다고 생각했다.

지난 2년간 학장님의 기대를 저버리지 않고 프랑스 국립 집사학교 500년 역사상 유일하게 한국인 학생으로 선발되어 교육과정을 우수하게 이수하고 수석으로 졸업했다. 수석 졸업생에게는 일하고 싶은 직장을 선택할 수 있는 특권이 부여된다. 졸업식이 다가오던 어느 날 학장님께서 조용히 날 부르셨다.

"피터 군, 지금도 면접 날 똘망똘망한 눈빛으로 당당하게 포부를 이야기하던 모습이 눈에 선하네."

학장님의 따사로운 목소리는 언제나 내 맘을 촉촉하게 녹여줬다.

"학장님, 지난 2년 동안 사랑과 격려로 이끌어 주셔서 감사드려요."

"진심으로 수석 졸업을 축하하네. 피터 군 그 어려운 일을 해내다니."

"그 모든 기적은 온전히 학장님께서 보살펴 주셔서 이루어진 거예요."

"자네도 알다시피 집사학교의 오랜 전통으로 수석 졸업생에게는 직장을 선택할 수 있는 특권이 부여되네."

"말로만 듣던 그 전설 같은 특권이 저에게도 주어지는군요."

"당연하지. 자네야말로 그런 특권을 누리기에 부족함이 없네."

"학장님, 진심으로 감사드려요."

"면접 때부터 자네를 줄곧 지켜봤지만, 집사를 뛰어넘어 더 큰 일을 하게 될걸세."

"학장님, 막상 졸업하려고 하니 아쉬운 맘도 커요."

"그럼 우리가 자네에게 투자한 게 얼마인가 부디 졸업하더라도 집사학교를 잊지 말게."

"학장님이 뵙고 싶을 땐 언제든 집사학교로 찾아올게요."

"전화도 있고 이메일도 있으니 언제든지 연락하게나. 졸업 이

후, 피터 군의 삶이 어떻게 펼쳐질지도 몹시 궁금하네. 자네에게 제안된 일자리는 총 3곳이네. 미국 대통령 트럼프 가문, 자네가 잘 알고 있을 한국의 현대자동차그룹, 그리고 마지막으로 사우디 국왕 반살림 가문에서 집사로 채용하고 싶다는 제안을 받았네. 자네가 3곳 중 어느 곳을 선택할지 매우 궁금하네."

'이름만 들어도 설레는 직장에서 어디를 고를까?'

잠시도 망설임 없이 사우디 반살림 왕가의 집사를 선택했다. 학장님을 포함한 동기들은 모두 내 선택에 대해 매우 의아했다. 꿈과 자유의 나라! 미국! 나의 고향! 한국이 아닌 황량한 사막! 맥주 한잔도 제대로 마실 수 없는 금주의 나라! 석유 왕국! 사우디를 선택했으니….

당시 동기들 사이에서 내가 사우디 국왕으로부터 백지수표를 제안 받았으며 파리에서 리야드까지 반살림 국왕 전용기 나르는 궁전 보잉 747을 타고 출국할 거라는 실체를 전혀 알 수 없는 소문이 급속하게 퍼졌다. 그로 인해 졸업식 때까지 알 수 없는 부러움의 눈초리를 받았다. 그 눈길과 헛소문은 결코 싫지 않아 굳이 학생들의 시선과 수군거림을 피하지 않았다.

하지만, 사우디를 선택한 건 고등학교 1학년 때 사우디 제다 건설 현장에서 돌아가신 아버지에 대한 사무친 그리움 때문이었다. 아버지는 3년 동안 사우디에서 근무하시면서 1년에 딱 한 번 한 달간 한국으로 휴가를 오셨다. 아스라한 기억 속에 아버지는 자주 해외 파견을 다니셨다.

아버지는 방문하신 국가들을 일일이 메모장에 사각사각 연필로 표기해 놓으셨다. 거의 60개 국가 이름이 메모장에 빼곡히 쓰여 있었고 리비아를 시작으로 기록된 아버지의 해외 파견 대장정은 사우디를 끝으로 멈추었다.

빛바랜 기억 속의 아버지는 회사에서 퇴근하시면 어머니를 돕기 위해 설거지를 하시거나 빨래를 널어 주시기도 하시고 소파에 앉아서 소설책을 읽으시거나 홍제천을 따라 한강까지 산책을 하셨다. 아버지는 산책길에 가끔 날 부르셨고 학교에서 있었던 일들에 대해 이것저것 질문하시곤 했다.

"오늘은 학교에서 무슨 수업을 들었니?"

"국어, 수학, 사회, 체육 수업을 들었어요."

"무슨 과목이 제일 재미있니?"

"체육 시간이 제일 좋아요. 친구들이랑 신나게 운동장에서 축구도 하며 달리기도 하고 체육 시간이 너무 재미있어요. 체육 시간은 하루에 1시간 수업으로는 너무 부족한 것 같아요. 체육은 최소 2시간은 해야 될 것 같아요. 아빠가 교장 선생님께 체육 시간을 늘려달라고 건의 좀 해주세요."

난 가끔 말도 안 되는 농담을 하면서 아버지께 어리광을 부리기도 했다.

"그래그래. 우리 아들을 위해 특별히 교장 선생님께 부탁 좀 드려야겠다. 체육 시간을 팍팍 늘려 주시라고… 하하하. 반에 친한 친구들은 몇 명이나 있니?"

"상윤이, 광찬이, 한별이 세 명 정도 되네요."

"그 친구들은 어떤 점이 좋니?"

"상윤이는 묵직하고 공부를 잘해서 좋고, 광찬이는 엉뚱한데 의리가 있어서 좋고, 한별이는 잘생기고 착하고 매너가 좋아서 좋아요."

"그럼 친구들은 우리 아들 어떤 점이 좋다고 하니?"

"아 글쎄요…. 딱히 기억이 나는 건 없는데… 그냥 좋다고 하하."

"분명 우리 아들도 아빠를 닮아 친구들에게 인기가 많을 거야 여자친구는 없니?"

"아빠 여자친구라니요. 입시에 눌려있는 현실 고등학생의 어려움을 아빠가 모르시는 것 같아요. 고등학생이 되면 공부하기도 바쁜데 어떻게 여자친구를 사귈까요?"

"공부는 공부고 연애는 연애지. 동창 중에 맘에 드는 여자친구가 없니?"

"맘에 드는 친구는 있지만 대학가면 사귀려 해요. 지금은 대학입시에 집중."

"우리 아들 멋진데 그럼 대학은 어느 대학에 가고 싶니?"

"SKY에 가고 싶은데, 갈 수 있을지 모르겠어요."

"왜 SKY가 좋아?"

"명문대잖아요? 명문대 다니면 기분도 좋고 나중에 취업도 잘된다고 들었어요."

"야 우리 아들 아는 것도 많구나. 아빠는 SKY가 아니어도 상관없으니 네가 원하는 공부를 하면 좋겠다. 관심 있는 분야는 있니?"

"잘은 모르겠지만 국어, 영어, 독일어 등 언어 분야가 재미있어요. 성적도 잘 나오고 국어는 우리 학교에서 제일 제가 잘한대요 하하하."

"그래 우리 아들은 국어와 외국어를 잘하니 그런 분야로 공부해도 좋겠구나. 아빠처럼 해외에 다니면서 외국인들과 일하는 것도 좋겠네."

"글쎄요. 아빠처럼 해외 출장을 너무 많이 다니면 엄마가 싫어하시니… 그건 진지하게 천천히 생각해 볼게요."

그러던 어느 날, 아버지 회사 동료 두 분이 침통한 얼굴로 집에 찾아오셨고 어머니는 나를 불러 담담하게 아버지가 사우디에서 돌아가셨다는 이야기를 들려주셨다. 난 그 당시, 어머니가 무슨 말씀을 하시는지 도저히 이해할 수 없었다. 아니 사실은 아버지의 죽음은 너무나도 충격적인 이야기였고 그것을 전혀 받아들일 수 없었다.

아버지는 항상 그랬던 것처럼 출장을 위해 잠시 집을 떠나셨고 언젠가 반드시 날 찾아오실 거라 생각했다. 그러나 아버지는 결코, 돌아오지 않으셨고 11년이 지난 후, 아버지가 돌아가신 그곳! 사우디에 내가 이 순간 서 있는 것이다.

차창 너머에 펼쳐진 메마른 광야들을 바라보며 분명 내가 사우디에 온 건 한마디 작별 인사도 없이 천국으로 가신 아버지의 발자취라도 느끼고 싶어 온 거라고 되뇌었다. 리야드 공항을 떠나 사우디 왕궁에 도착한 것은 공항을 출발한 후, 30분쯤 지나서였다.

잠시 후, 거대한 왕궁의 황금색 철문이 서서히 열리기 시작했다. 문 옆에 있던 경비병들이 차량을 확인하고 내 여권의 사진과 내 얼굴을 번갈아 좌우로 찬찬히 살펴본 후, 통과해도 좋다는 수신호를 보냈다. 아름다운 LED 조명이 반짝이는 정원을 지나 조각난 달빛이 비추는 실외 수영장을 돌아 현관에 도착했다.

"사우디 왕궁에 온 걸 환영해요. 사우디 왕궁 수석집사 압둘이에요."

"안녕하세요. 압둘 집사님, 만나서 반가워요."

"사우디에 온 건 이번이 처음인가요?"

"아버지께서 예전에 사우디 제다에서 근무하신 적은 있지만, 제가 직접 사우디를 방문한 건 처음이에요."

"아버님께서 사우디와 인연이 있으시군요. 먼 길 오느라 수고 많았어요. 사우디 왕궁 생활에 대해 궁금한 게 많겠지만 오늘은 일단, 피곤할 테니 숙소에서 편히 쉬고 궁금한 게 있으면 내일 질문하도록 해요."

압둘은 60대 초반으로 보였고 현관에서 대기하던 직원은 내 가방을 들고 침실로 안내했다. 바닥부터 2층까지 천장이 시원하게 뚫린 응접실을 지나 이중구조 나선형 나무 계단을 오르자 바로 왼쪽 첫 번째 방이 내 침실이었다.

압둘은 나선형 계단은 레오나르도 다빈치가 프랑수아 1세를 위해 설계한 마법의 계단을 본떠서 제작한 계단이라고 했다. 다빈치의 계단은 각각 2개의 계단을 통해 서로 마주치지 않고 동시에 2층으로 올라가거나 1층으로 내려갈 수 있는 특이한 구조로 되어 있었다.

내 방안에는 한눈에 봐도 세련된 와인색 계열 책상과 의자, 대형 벽걸이 TV, 삼성 노트북, 작은 냉장고, 침대, 옷장, 그리고 화장실 안에 커다란 월풀 욕조가 있었다. 무엇보다도 정원이 훤히 보이는 커다란 유리문이 눈에 띄었으며 유리문을 열면, 작은 베란다에 티 테이블과 두 개의 안락한 나무 의자가 놓여 있었다. 압둘은 내일 오전 7시 아침 식사 시간에 보자는 말을 남기며 방문을 조심스럽게 닫았다.

새벽 5시 하늘을 울리는 커다란 기도 소리에 놀라 눈을 떴다. 사우디에서는 무슬림의 5대 의무 중 하나로 매일 5번씩 정해진 시간에 예배를 드린다던데… 바로 말로만 듣던 살라*! 하루 시작을 알리는 우렁찬 기도 소리였다.

"알라후 아크바르!"

정말 이 새벽 시간에 독실한 무슬림들은 모두 잠자리에서 일어나 저 성지 메카를 향해 기도를 드리는 걸까 물끄러미 유리문 밖

---

*살라 : 예배

을 바라봤지만, 새벽 캄캄한 어둠 속에서 보이는 것은 정원을 운치 있게 비추는 LED 조명들 뿐이었다. 오전 7시가 되자. 누군가 방문을 가볍게 두드렸다.

오전 7시! 정확한 시간! 시간을 칼같이 준수하는 것! 그것은 집사학교에서 집사로서 가장 기본적인 규칙이었다. 시간 관리 능력은 벤자민 프랭클린과 같아야 한다고 학장님께서 항상 학생들에게 힘주어 말씀하셨다.

"여러분! 집사는 찰칵찰칵! 정확한 시간을 알리는 자명종 시계와 같아야 합니다. 집사는 24시간을 지배해야 하며 365일을 철저히 관리해야 합니다. 여러분이 잘 아시는 것처럼, 벤자민 프랭클린이 지나가는 시간을 보며 동네 사람들은 길거리에서 고장 난 시계를 맞추었다는 전설 같은 이야기가 있습니다. 여러분은 한 치의 오차도 없는 정확한 시계가 되어야 합니다."

방문을 열자 압둘이 반가운 미소를 지으며 인사를 했다. 혹, 압둘이 집사학교 선배가 아닐까 하는 생각이 들었다. 압둘은 인도 출신이며 키 175센티, 짧은 곱슬머리, 검정테 안경을 쓰고 마른 체형의 몸매에 군더더기 없는 절제된 행동을 보였다.

압둘은 나선형 나무 계단을 내려가며 나보다 반보 앞서는 걸음으로 식당까지 천천히 안내했다. 그 걸음걸이는 분명 VIP 의전을 위해 훈련된 걸음걸이였다. 거실에서 식당으로 이동하는 복도 양벽에는 다양한 서양화들이 전시되어 있었다.

한눈에 보더라도 고가의 작품들임이 분명했다. 어디선가 본 듯

한 유명한 그림들도 눈에 띈다. 그림뿐만 아니라, 그림을 비추는 작은 조명들, 거실 통로에 비치된 감시카메라, 그림 하단에 도난방지 센서들이 부착되어 있었다. 이 요새와 같은 왕궁에 도둑이 들어올 수 있을까 잠시 생각해봤다. 저 많은 경비병과 무장한 군인들을 뚫고 왕궁 안으로 침투하는 건 영화 미션 임파서블의 톰 크루즈면 모를까 도저히 불가능할 거라 생각이 들었다.

복도를 지나자 넓게 확 트인 식당이 한눈에 들어왔다. 이태리 주방가구들로 하얗게 장식된 식당은 시원스럽게 보였다. 유리벽 안쪽으로 다양한 국적의 쉐프들이 분주하게 요리를 하고 있었다. 압둘은 왕궁 식당에서는 국왕의 가족들, 특별히 초대받은 손님들, 직원들만이 식사할 수 있는 공간이며 사우디, 이태리, 프랑스, 일본, 중국, 인도, 한국 음식까지 요리가 가능하다고 했다.

"한국 음식! 사우디 왕궁에서도 한식을 드시나요?"

"반살림 왕께서 23년 전 한국 여행을 다녀오신 후, 김치찌개, 비빔밥, 김치, 잡채, 김밥을 좋아하셔서 오래전부터 특별히 한국인 쉐프를 고용했어요."

자세히 보니 유리벽 넘어 쉐프들 중에 한국인으로 보이는 쉐프가 눈에 띄었다.

"압둘 집사님, 왕궁에 근무하는 직원 중에 한국인이 있나요?"

"왕궁에 상주하는 직원 중 한국인은 피터 집사와 저기 보이는 쉐프 김 포함 단 두 명이에요. 쉐프 김은 왕궁에 근무한 지 2년 정도 되었어요."

아침 식사부터 맛있는 한식이라니… 바싹 구워진 양고기와 고소한 호모스를 발라먹는 걸레빵으로 하루를 시작할 거라는 상상은 어김없이 빗나갔다. 준비된 아침 식사는 쇠고기가 듬뿍 담긴 따끈따끈한 미역국, 새콤달콤한 볶음김치, 소금이 살짝 뿌려져 바싹바싹하게 구워진 김, 참기름 냄새가 고소하게 풍기는 잡채, 새빨간 고추장과 비벼진 쇠고기볶음, 구수한 된장, 싱싱한 오이, 잡곡이 적당히 섞인 쌀밥 그리고 뚝배기에 들깨가 맛깔스럽게 뿌려진 계란찜….

아침 식사가 끝나고 2시간 개인 시간이 주어져 한국에 계신 어머니와 영상통화를 했다. 어머니 얼굴에는 걱정이 한가득이셨다. 어머니를 애써 안심시키기 위해 화려한 사우디 왕궁의 건물구조와 아침 식사 메뉴에 대해 한참을 설명했다. 어머니는 항상 나를 위해 기도한다는 말씀으로 자신을 위로하시는 것 같았다.

오전 10시부터 오후 3시까지 압둘은 A4 크기의 업무인계서 10장을 출력해 주며 집사가 해야 할 업무들을 또박또박 설명했다. 압둘의 인도식 영어가 익숙하지 않았지만, 대부분의 내용이 인계서에 적혀 있어 내용을 이해할 수 있었다. 압둘은 반살림 가문의 3대 수석집사며 사우디 왕가는 대대로 프랑스 국립 집사학교 출신을 30년 간격으로 채용했다고 한다.

압둘은 2년 전에 한국인으로서 처음으로 내가 프랑스 국립 집사학교에 입학했다는 소식을 듣고 사우디 왕궁에서 깊은 관심을 갖게 되었다고 했다.

"제가 집사학교에 입학하자마자 관심을 보이셨다고요?"

"네. 우린 피터 집사가 입학한 해부터 매년 상반기와 하반기에 두 번씩 프랑스 국립 집사학교를 방문했어요. 내 후임을 고르기 위해 미리 작업을 시작했어요."

"아니 무슨 세계적인 기업인 삼성이나 애플에서 재학생을 대상으로 사전 유치 채용 경쟁을 하는 것도 아니고…."

"너무 놀랄 건 없어요. 비록, 사우디 왕가에서 피터 집사에게 관심이 많았지만 결국, 사우디 왕가를 선택한 것은 우리가 아니라 피터 집사예요."

희미한 기억을 더듬어 보니 가끔 학교로 사전 면접을 위해 방문하는 채용 담당자들이 있었다. 미국 오바마 대통령 비서가 다녀간 적도 있고 할리우드 최고 스타 톰 크루즈 매니저, 영국 엘리자베스 여왕 집사, LG전자와 삼성전자 인사팀에서도 다녀간 적이 있으니 결코 이상한 일은 아니었다.

레전드급 소문으로는 북한 김정은의 비서실장도 집사를 채용하기 위해 학교를 방문했고 나에 대해 깊은 관심이 있었다는 전혀 실체가 확인되지 않은 뜬소문도 있었다. 아무튼, 사우디 왕가에서 날 집사 후보로 생각했다니 놀랍기만 했다. 한편으로는 왜 날 2년 동안이나 지켜봤는지 특유의 호기심이 발동했다.

"그런데, 왜 하필 저였나요? 압둘 집사님처럼 인도에서 온 뛰어난 학생들도 몇 명 있었는데… 집사님의 후임이라면 저보다 오히려 인도 학생이 낫지 않을까요?"

"왜 피터 집사가 선택되었는지 그 이유는 내일 알 수 있을 거예요. 하루만 더 기다려 보세요. 피터 집사가 여기에 오게 된 결정적이유지요."

압둘은 입꼬리를 살짝 들면서 미소를 지었지만, 그 얼굴 표정속에는 알 수 없는 묘한 긴장감이 섞여 있었다.

'왜 간단하고 명확한 질문에 지금 바로 대답을 주지 않는 걸까. 내가 그 이유를 알게 되면 사우디 왕가에서 제시한 억대 연봉과수많은 복리 혜택을 모두 포기하고 당장 짐을 싸서 야반도주라도강행할까 걱정하는 것일까?'

다음 날 아침, 식사를 마치고 왕궁을 한 바퀴 산책했다. 대추야자 나무가 가득한 아기자기한 정원은 큼지막한 담벼락을 사이에두고 기다란 소총으로 무장한 날렵한 군인들이 있었고 문밖으로는 일반인들이 방문할 수 있는 시민공원과 연결되어 있었다.

그 외 출입문들은 모두 5미터 높이의 거대한 담장과 연결된 투박한 철제문이었다. 첫 번째 출입문은 민간인 경비원 두 명이 서있고 두 번째 출입문은 무장한 군인 두 명이 출입문을 지키고 있었다. 더 놀라운 것은 출입문 사이에 최신식 장갑차와 탱크가 배치된것이다. 왕궁의 옥상에도 헬기가 착륙할 수 있는 공간이 있다.

왕궁을 중심으로 동서남북 사방으로 정원, 실외 수영장, 헬스장, 직원 숙소로 이루어져 있고 각각 경비 초소에는 두 명의 무장군인들이 짝을 지어 사방의 경비를 철통같이 지키고 있었다.

사우디 왕궁은 사막의 모래 위에 세워진 거대한 요새와 같았다. 어쩌면 난 세상에서 가장 화려한 감옥에 갇혀 있는지도 모른다. 최근 반살림 왕이 펼치는 혁신적인 개방정책은 세계적으로 많은 이슈를 낳고 있었다.

사우디 최초로 여성 운전 허용, 관광비자 허용, 외국인 여성은 아바야*를 입지 않아도 됨, 외국인 커플 호텔 혼숙 허용 등 한국에서는 너무나 당연한 일들이 사우디에서는 수많은 논란을 낳고 있었다. 저녁에도 역시 허공을 가르는 기도 소리가 예외 없이 울려 퍼졌다.

"알라후 아크바르!"

그 뜻은 아랍어로 '신은 위대하시다.' 그것은 알라신에게 감사로 하루를 마무리하는 기도문이다. 새벽에도 어김없이 무슬림의 기도 소리가 잠을 깨웠다. 이제부터 새벽을 깨우는 기도 소리는 일상이 되리라. 사실, 사우디의 우렁찬 기도 소리와 결이 다를지라도 기도는 내게 오랫동안 친숙했다. 난 비록 명목상 기독교인 일지라도 어머니는 새벽예배를 빠지지 않으시는 독실한 기독교인이시다.

아버지가 돌아가신 후, 어머니는 아버지 회사에서 지급해 준 보상금으로 홍제천 근처에 작은 카페를 마련하셨다. 우리 카페는 나름 착한 가격에 맛있는 원두커피로 입소문이 났다. 일명, 동네 아주머니들의 온갖 정보와 비밀들이 공유되는 깜찍하고 귀여운 아

---

*아바야 : 사우디 여성들의 전통 의복

지트다.

어머니는 카페에 자주 방문하셨던 최 권사님의 지극한 정성으로 기독교인이 되셨다. 어머니를 따라 일요일마다 교회에 갔지만, 대학생이 된 후, 바쁘다는 핑계로 어머니의 특별한 요청이 있는 날에만 교회에 갔다. 일 년에 두세 번 교회를 방문할 때면, 교회 어른들은 마치 잃어버린 탕자를 맞이하듯 날 반갑게 맞아주셨다. 어머니는 교회 집사가 되신 후, 새벽마다 속삭이는 목소리로 나를 위해 그리고 누군가를 위해 기도하셨다.

난 어머니의 새벽기도 소리에 잠을 깬 적이 많았다. 자장가와 같은 고즈넉한 어머니의 기도 소리와 이 시간 새벽을 천둥소리처럼 가르는 무슬림의 기도 소리는 분명 차이가 있다. 하지만 신에게 무언가를 의탁하는 경건한 마음가짐은 비슷할 것이다.

셋째 날은 오전 9시부터 10시까지 아랍어 수업이 진행되었다. 한국외대에서 불어를 전공했고 다양한 언어를 공부한 친구들과 어울렸기 때문에 새로운 언어를 배우는 것은 전혀 부담스럽지 않았다. 다행히도 학창 시절 국어, 영어, 독일어, 대학 때 전공이었던 불어까지… 언어를 배우는 일은 내게 지적 호기심을 자극하는 매우 흥미진진한 시간이었다. 수업 대부분을 불어와 영어로 진행하는 프랑스 국립 집사학교를 과감하게 선택한 것도 대학 4년간 배웠던 불어 실력에 대한 강한 자신감이었다.

40대 초반으로 보이는 사우디인 아랍어 강사와 수업이 끝나자 압둘이 나타났다.

"아랍어 수업은 어땠나요?"

"수업 첫날이라 강사님과 간단히 자기소개를 하고 아랍어 알파벳을 배우며 아랍어에 대한 소감을 나눴어요."

"아랍어에 대한 느낌은 어때요?"

"대학 시절 아랍어를 본 적이 있어요. 아랍어를 볼 때마다 글자가 참 예쁘다는 생각이 들어요."

"피터 집사는 뭐든 긍정적으로 생각하는 것 같아 맘에 쏙 들어요."

"압둘 집사님도 아랍어를 읽고 쓰실 줄 아시나요?"

"30년 사우디 왕궁에 근무하다 보니 자연스럽게 듣고 말하기는 익숙해졌어요. 하지만 의외로 아랍어를 읽고 쓸 경우는 많지 않아요. 아랍어는 러시아어와 함께 세상에서 가장 배우기 어려운 언어로 꼽힐 정도지요."

그 순간 대학 1학년 시절 다양한 친구들의 모습들이 스쳐 지나갔다. 아랍어를 전공하던 친구들은 1학기 내내 힘들게 아랍어 알파벳을 배우고 여름 방학이 되면 아랍어 알파벳을 모두 잊어버린다는 이야기, 러시아어과 학생들은 한결같이 부르주아니 프롤레타리아니 흥분하면서 마치 사회주의 운동가인 것처럼 심각한 표정으로 논쟁하던 모습이 떠올랐다.

"피터 집사, 이제 그레이스 왕비님께 인사드리러 가요."

2장

미로가 내 앞에
펼쳐져 있는 것처럼

2장

미로가 내 앞에
펼쳐져 있는 것처럼

압둘과 함께 엘리베이터를 타고 왕궁 3층으로 이동했다. 왕궁은 총 3개 층으로 구성되어 있다. 1층은 응접실, 식당, 기도실, 회의실, 강의실, 2층은 게스트룸, 집사숙소, 응급실, 도서관, 영화관, 3층은 반살림 왕 가족들만이 거주하는 사적 공간이다. 보통왕궁에서 근무하는 외국인 직원들은 별채에 있는 직원 숙소에 거주하지만, 집사는 반살림 왕 가족을 가까이에서 보좌하기 위해 특별히 왕궁 안에 숙소가 있다.

왕궁 입성 3일 차에 드디어 나의 고용주를 보러 가는 것이다. 3층은 중앙 접견실을 중심으로 5개의 통로가 나선형으로 연결되어 있고 통로마다 마치 미로처럼 통로들이 서로서로 연결되어 있다. 길을 안내하는 압둘은 아마도 눈을 감고도 이 모든 미로를 정확하게 찾아갈 것이다.

중앙 접견실에서 3시 방향의 통로를 따라 걸어가자 넓은 거실이 나타났고 거실에는 아랍식 탁자와 유럽풍 소파들이 놓여 있었다. 놀랍게도 한국 장식들도 눈에 들어왔다. 눈앞에 보이는 것은 분명 고려청자였고 한라산을 그린 거대한 수묵담채화와 제주도 성산일출봉 사진이 벽면에 큼지막하게 걸려있었다.

5분 정도 시간이 흐르자 두 명의 여인들이 등장했다. 놀랍게도 40대 후반으로 보이는 우아한 한국인 여자분과 20대 초반 아랍과 한국 혈통이 오묘하게 섞인 아름다운 아가씨였다. 한눈에 봐도 두 사람은 모녀 관계임을 알 수 있었다. 아마 현재 사우디에 존재하는 여인 중에서 가장 아름다울 거라는 생각이 들었다. 20대 초반 아가씨를 보는 순간 마치 스냅사진처럼 내 머릿속에 저장된 과거의 단편 사진들을 하나둘씩 소환했다.

분명, 어디서 본적이 있는 얼굴이었다. 집사학교 2학년 여름방학 때 잠시 학교 도서관에서 사서 아르바이트를 한 적이 있다. 그때 생드니 성당이 멀리서 보이는 창가 자리에서 책을 읽거나 가끔, 책을 빌려 가던 눈에 띄는 아름다운 여대생이 있었다. 그녀가 언제 오는지 알 수도 없었고 어디에 사는지 물어볼 용기도 없었다. 그녀는 여신이었으며 그녀가 앉아 있던 자리와 그녀가 바라보던 창문, 그녀의 모든 몸짓은 그 자체가 꽃이었고 화보였다.

그녀는 나태주 시인의 시와 흡사했다.

오늘의 꽃

웃어도 예쁘고
웃지 않아도 예쁘고
눈을 감아도 예쁘다
오늘은 네가 꽃이다
―나태주―

그녀는 한여름 밤의 꿈과 같이 일주일에 한두 번 도서관을 방문한 후, 어느 날 홀연히 자취를 감추었고 그녀를 다시 볼 수 없었다. 그녀의 이름은 자밀라였고 그녀가 대출했던 책들은 모두 레오나르도 다빈치와 관련된 책이었다. 그녀를 머릿속 메모리에 다빈치 자밀라로 저장했지만, 그 기억은 시간이 흐름에 따라 희미하게 사라졌다.

"안녕하세요. 피터 집사, 만나서 반가워요."

분명 한국 사람이 한국어로 내게 인사를 건네고 있었다.

"안녕하세요. 왕비님께서 한국 분일 거라고는 전혀 생각하지 못했어요."

"아마도 많이 놀랐을 거예요. 그레이스 왕비예요."

"안녕하세요. 피터 집사님, 우린 샌드니에서 본 적이 있지요. 저는 자밀라예요."

직감적으로 난 사우디로 오게 된 운명의 50%를 신이 선택했다면 25%는 내가, 나머지 25%는 바로 내 앞에 마주한 그레이스 왕비님이 선택했다고 생각했다. 그레이스 왕비님은 어색해하는 날 편안하게 해 주시려고 반살림 왕과의 결혼 이야기를 간략하게 설명해 주셨다.

"반살림 왕은 20대 중반에 사촌인 사우디 공주와 결혼을 하셨어요. 하지만, 첫 번째 아내와는 자녀가 없이 결혼 10년 만에 사별을 하셨어요."

"참고로 전 여기 계신 그레이스 왕비님의 딸이에요."

자밀라 공주님께서 양념처럼 살포시 끼어드셨다.

"그 후, 부모님과 친척들의 재혼 권면에도 불구하고 반살림 왕은 10년을 홀로 지내셨어요. 그러던, 어느 날 제주도에서 개최된 세계 에너지 세미나에 참석하셨어요. 당시 난 20대 후반이었고 반살림 왕자의 아랍어, 한국어 통역관으로 잠시 일하게 되면서 인연이 되어 사우디 왕자비가 되었어요."

"제주도에서 반살림 왕을 처음 만나신 거군요."

"어머니와 함께 제주도를 몇 번 방문했는데 제주도는 분명 사랑을 부르는 낭만의 섬이에요."

"자밀라 공주님께서 말씀하신 것처럼, 제주도에서 맺어진 커플들이 아주 많아요. 물론, 제주도는 신혼여행으로 더 유명한 관광지예요."

"저도 사랑을 찾아 제주도로 가야 할까요?"

자밀라 공주님은 자신이 내뱉은 말이 순간 부끄러웠는지 얼굴이 금세 빨개졌다.

"피터 집사, 집사학교를 수석으로 졸업한 것으로 알고 있어요. 한국외대 4년 동안 성적도 매우 우수하더군요. 원래 공부를 좋아하는 스타일인가요?"

"왕비님, 공부를 좋아한다기보다는 아무리 작은 일이더라도 주어진 일에 최선을 다하려고 하는 삶의 태도가 좋은 성적으로 연결된 것 같아요."

"피터 집사, 사우디 왕궁에는 압둘 집사처럼 민첩하고 슬기로운 집사가 반드시 필요해요. 피터 집사도 그 역할을 잘 수행할 거라 믿어 의심치 않아요. 앞으로 사우디 왕가를 잘 부탁해요."

"피터 집사님, 앞으로 저도 잘 부탁드려요."

그레이스 왕비님은 내일 오후 3시에 다시 만났으면 한다는 말씀을 남기시고 자밀라 공주님과 함께 자리에서 일어나셨다.

이른 아침 햇살이 충만한 공원에는 청소하는 관리인들의 움직임이 분주했다. 사우디에는 황량한 사막과 뜨거운 모래바람만 있는 줄 알았는데 왕궁 옆에 한줄기 사막의 오아시스 같은 근사한 시민공원이 있다.

초등학교 운동장 10배 크기의 커다란 공원을 수십 명 관리인들이 일사불란하게 자로 잰 듯이 저마다 구역을 나누어 서로 경쟁하듯 능숙한 솜씨를 뽐내며 청소를 하고 있다. 아마도 날이 더워지기 전에 조금이라도 이른 시간에 청소를 마치려고 하는 듯했다. 무엇보다도 청소하면서 가장 중요한 서비스는 바로 대추가 주렁 주렁 달린 대추야자 나무와 이름 모를 아름다운 꽃들 그리고 파릇 파릇한 잔디밭에 물을 흠뻑 적셔 주는 일이다.

사우디는 비가 자주 내리지 않아 물이 매우 귀하다. 압둘에 따르면 리야드는 평균적으로 한 달에 한 번 비가 올까 말까 한다고 하니 사우디에서 물이 얼마나 소중한지 가늠할 수 있다. 리야드에서 사용하는 대부분의 물은 바닷물을 담수로 정제한 물을 사용하며 바닷가 근처에 있는 담수발전소로부터 리야드까지 수백 킬로미터를 거대한 파이프라인을 통해 물을 공급한다.

더 놀라운 것은 한국의 많은 기업이 성공적으로 사우디 담수발전소 공사에 참여했을 뿐만 아니라 1976년도에 현대건설에서 수주한 사우디 주베일항은 당시 한국 국가 예산의 4분의 1에 해당하는 엄청난 금액이었다. 그로 인해, 1970년대부터 사우디와 한국은 지금까지 우호적인 관계를 유지하고 있으며 사우디에서 한국 기업에 대한 평판은 여전히 좋다고 한다.

수많은 꽃들 사이로 그나마 아는 꽃이 눈에 들어왔다. 노란색 무궁화 꽃처럼 도도하게 피어있는 꽃! 그 이름은 바로 황근(Yellow rosemallow)이다.

노년의 얼굴 주름이 가득한 수단 출신 청소부는 빨간색 호스에 연결된 연두색 분무기를 잡고 안개와 같은 뿌연 물줄기를 뿜으며 황근 꽃줄기에 시원한 물세례를 주고 있다. 그 아래로 뚝뚝뚝 떨어지는 자그마한 물방울들을 마치 신의 축복인 듯이 비둘기, 딱따구리, 참새 등 각종 새들이 나누어 마셨고 새들이 메마른 목을 축이기 위해 잠시 한눈판 빈틈을 비집고 재빠르게 고양이들이 새들을 뒤쫓았다.

구름 한 점 없는 맑은 하늘과 푸르른 잔디밭, 시민들의 발길이 아직 닿지 않은 시민 공원에서 아침 산책은 가벼운 명상 속에 하루를 상쾌하게 시작할 수 있는 소중한 시간이다. 어린 시절, 아버지와 날 이어주는 가장 소중한 기억이 있다면, 홍제천을 따라 한강까지 산책하는 것이다. 아버지와 함께했던 아련한 추억이 내게 산책이라는 아주 건전하고 유익한 습관을 유산으로 물려주었다.

왕궁에서도 변함없이 아침 식사 전까지 1시간 정도 공원 산책을 했다. 왕궁을 둘러보고 경비병, 무장 군인들과 다정한 눈짓 인사를 하며 출입문을 통해 공원으로 나가면 마치 군 복무 시절 부대를 떠나 잠시 외출을 다녀오는 것처럼 가슴이 콩닥콩닥 설레는 시간이 되었다.

공원 산책로를 따라 사뿐사뿐 걷고 있을 때, 어디선가 날 부르는 부드러운 음성이 들렸다.

"피터 집사님!"

드넓은 공원의 상큼한 공기를 가르고 내 귓가에 선명하게 들리는 목소리는 어제 마주한 자밀라 공주님이었다.

"공주님, 미인은 잠꾸러기인데 벌써 일어나셨네요."

수줍은 듯이 미소를 싱긋 지으며 자밀라 공주님이 대답하셨다.

"새벽에 일찍 눈이 떠져 베란다 밖을 바라보니 피터 집사님께서 공원 방향으로 가시는 게 보였어요. 잠시 더 잘까 망설이다가 그냥 산책하러 나왔어요. 저도 평소 산책을 즐기거든요. 어린 시절부터 줄곧 이 공원에서 혼자 산책을 했어요."

165센티 늘씬한 키에 갈색 긴 머릿결, 하얀 얼굴에 동양의 아름다움이 고상하게 깃든 공주님을 바라보는 것만으로도 너무 황홀했다. 예전에 봤던 영화 알라딘의 자스민 공주가 마치 화면을 찢고 걸어 나온 것 같았다.

자밀라 공주님은 방탄소년단을 포함한 한류에 대해 쉴 틈 없이 다양한 주제들을 쏟아 내셨다. 공주라는 타이틀만 뺀다면 KPOP을 사랑하고 BTS에 열광하는 한국의 20대 청년들과 다를 바가 없었다.

"집사님, 왜 한류가 강하다고 생각하세요. 어떤 점이 사우디 청년들을 포함한 세계 사람들을 한류 열풍으로 매료시켰다고 생각해요?"

공주님의 예상치 못한 질문에 어떻게 대답해야 할지 순간 말문이 막혔다. 사실 한류에 대해 깊은 생각을 해 본 적이 없었다. 하지만 다행히도 나의 근심은 곧 사라졌다. 공주님이 직접 답을 하셨기 때문이다.

"바로 그것은 경쟁력 있는 콘텐츠라고 생각해요. 한국 드라마, 영화, 그리고 음악까지 세계와 경쟁할 수 있는 좋은 콘텐츠를 많이 갖고 있기 때문이에요. 한류에는 멋진 나만의 스토리와 사람들을 매료시킬 수 있는 근사한 서사들이 잘 녹아 있어요. 사우디 문화도 커다란 변화가 필요예요. 한류처럼 다양한 소재들을 탄탄하고 재미있는 스토리로 근사하게 담아내는 콘텐츠!"

자밀라 공주님과 대화를 나누는 동안 대학 시절 잠시 사귀었던 여자친구를 마주한 듯한 묘한 감정이 밀려왔다. 그녀는 시인이 되고 싶어 했는데 실제로 시집을 출간한 걸 한국 서점에서 우연히 발견했다. 그 시집은 가끔 여자친구에 대한 향수가 피어오르면 종종 꺼내 보곤 한다.

사랑에 관한 강렬한 제목을 지닌 그녀의 시집 "사랑을 만나면 멈추지 말아요." 비록 그녀와 나의 사랑은 대학시절 슬프게 멈추었지만 내가 사우디에서 다시 이런 감정을 느끼게 될 줄이야….

집사학교 교양 과목인 아랍문화 시간에 사우디 여성들과는 눈도 마주치지 않도록 조심해야 한다던 교수님의 가르침이 섬광처럼 나타난 후, 조금씩 희미해지더니 산책이 끝나는 순간, 아예 자취를 감춰 버렸다.

오늘도 어제와 같은 하루가 시작되었다. 앞으로 한 달 동안은 집사로서 실무를 담당하기보다는 철저히 이론적인 업무를 배우는 기간으로 계획되었다. 나름 체계적인 인수인계라는 생각이 들었다. 압둘은 생각보다 매우 꼼꼼한 사람이다.

집사의 업무, 집사의 태도, 사우디 왕가에 대한 설명 및 직원, 경비병, 군인들까지도 이름과 나이, 특징, 휴가, 월급, 가족관계 등 온갖 다양한 정보들을 일목요연하게 정리해 놓았다. 정리한 솜씨로 볼 때, 적어도 프랑스 집사학교에서 상위권 성적을 받았을 것이다.

오후 3시, 그레이스 왕비님과 약속한 시간이 다가왔다. 오늘은 어떤 이야기를 들려주실까 기대도 되고, 한편으로는 사우디에서 생활은 어떠신지, 한국은 일 년에 한 번씩 방문하시는지, 반살림 왕은 어떤 분인지, 묻고 싶은 질문들도 많았다. 무엇보다도 왜 나를 채용하셨는지 가장 궁금했다.

3층 접견실에서 아이스 카라멜 마끼아또를 마시며 그레이스 왕비님을 기다렸다. 다행히도 왕궁에는 전문 바리스타가 있어 다양한 커피 주문이 가능하다.

"아이스 커피를 좋아하나 봐요?"

차분한 목소리의 주인공 그레이스 왕비님이셨다.

"언제부터인지 정확히 기억나지 않지만 사계절 내내 아이스 커피를 마셔요."

"사우디는 겨울에도 춥지 않으니 사계절 내내 아이스 커피를 마실 수 있을 거예요."

"아마도 열이 많아서 그런 건지, 추운 겨울에도 아이스 커피가 좋아요. 특히, 어머니께서 손수 만들어 주시는 아이스 카라멜 마끼아또를 아주 좋아해요."

"왕비님도 커피를 좋아하시나요?"

"커피를 마시면 카페인 때문인지 밤에 잠을 잘 이루질 못해요."

"커피가 체질상 맞지 않는 분들도 계시지요."

"커피보다는 한국 전통차, 녹차, 홍차를 즐겨 마셔요."

"저는 카페인에 민감하지 않지만, 하루에 1~2잔 정도만 커피를 마시려고 해요."

"커피가 건강에 좋다는 이야기도 있던데 분명, 차는 머리를 맑게 해 주고 혈액 순환에도 도움이 된다고 해요. 그래서 건강에 좋은 새로운 습관을 하나 형성해야겠다고 결심한 후, 40대부터는 차를 즐기게 되었어요."

커피로 가볍게 시작한 대화는 어느덧 왕비님의 꿈 이야기로 연결되었다. 제주도에서 반살림 왕을 만나기 전 그레이스 왕비님은 신비한 꿈을 꾸셨다.

"23년 전 한국외대 아랍어 통역대학원을 졸업하고 기독교 선교 단체 일원으로 제주도에서 12주 과정 선교사 훈련을 받고 있었어요. 그러던 어느 날 꿈속에 하얀 옷을 입은 선지자와 검은 옷을 입은 선지자가 나타났어요."

"두 선지자는 나의 모든 것을 알고 있는 것처럼, 마치 나의 과거와 현재 그리고 미래까지 내 모든 삶을 온전히 꿰 뚫어 보고 있는 것처럼 날 바라봤어요. 그때 검은 옷을 입은 선지자가 세 번 크게 소리를 질렀어요."

"그레이스! 너는 아무 쓸모가 없는 사람이다."

"그레이스! 너는 아무 쓸모가 없는 사람이다."

"그레이스! 너는 정말 아무 쓸모가 없는 사람이다."

"난 너무 두려워 떨었고 반면, 하얀 옷을 입은 선지자는 잔잔한 미소로 마치 내게 아무 걱정하지 말라는 듯 따뜻한 눈빛으로 날 바라보았어요. 그 후, 검은 옷을 입은 선지자가 다시 커다란 목소리로 말했어요."

"너라는 사람은 아무 쓸모가 없다. 하지만, 너를 통해 한 아이가 태어날 것이고 그 아이는 우선순위를 명확히 아는 자며 장차 왕이 될 것이다."

"난 그 이야기를 듣고 새벽에 꿈에서 깨어났어요."

그레이스 왕비님은 꿈을 꾸신 바로 그날 반살림 왕자가 참가 중인 제주도 세미나에서 긴급하게 아랍어 통역을 요청받고 반살림 왕자의 임시 통역관이 되었다.

"왕비님 원래 그런 신비한 꿈을 자주 꾸시나요?"

"인생의 중요한 순간마다 신비한 꿈을 꾸곤 해요."

"그렇다면, 혹 저를 채용하실 때도 뭔가 꿈을 꾸신 게 있나요?"

왕비님은 대답 대신 날 바라보시며 은은한 미소를 지으셨다.

"제가 프랑스 집사학교에 입학하자마자 사우디 왕가에서 깊은 관심을 표명하신 것으로 이야기를 들었어요."

"맞아요. 피터 집사가 사우디에 오게 된 건 결코 우연이 아니에요."

난 순간 왕비님의 확고한 답변에 놀라지 않을 수가 없었다.

"피터 집사가 사우디에 오게 된 건 우리의 과거와 현재, 그리고 미래를 다 알고 계시는 신의 뜻일 거예요."

그레이스 왕비님은 일주일 후에 다시 만나자는 이야기를 남긴 채 작별의 눈인사를 하셨다.

도대체 사우디 왕궁에 온 것이 정말 내가 선택한 것이 아니라

신이 부르신 것일까 아니면 그레이스 왕비님이 부르신 것일까 내가 감당할 수 없는 엄청난 비밀이 숨겨져 있는 것처럼 마음이 순식간에 요동치기 시작했다. 마치 반드시 탈출해야 할 미로가 내 앞에 펼쳐져 있는 것처럼….

일주일이 쏜살같이 지나갔다. 일상은 반복적이지만, 매일매일 전혀 지루하지 않은 새로운 삶이었다.

AM 05:00 기상

AM 05:00 ~ AM 06:00 산책

AM 06:00 ~ AM 07:00 휴식

AM 07:00 ~ AM 08:00 아침 식사

AM 08:00 ~ AM 09:00 독서(가끔 전 여친의 시집 읽기)

AM 09:00 ~ AM 10:00 아랍어 수업

AM 10:00 ~ AM 12:00 집사 업무 인수

AM 12:00 ~ PM 13:00 점심 식사

PM 13:00 ~ PM 16:00 집사 업무 인수

PM 16:00 ~ PM 17:00 순찰(직원들의 애로사항 청취)

PM 17:00 ~ PM 18:00 사우디 뉴스, CNN 뉴스 시청

PM 18:00 ~ PM 19:00 저녁 식사(주로 혼자 식사)

PM 19:00 ~ PM 22:00 자유 시간(도서관 방문, 수영 및 휴식)

PM 22:00 취침

살바토르 문디!
그것은 겨우 서막

$$\boxed{3장}$$

살바토르 문디!
그것은 겨우 서막

그레이스 왕비님과 세 번째 만남이 너무나도 기다려진 한주였다. 아이스 카라멜 마키아또를 마시며 3층 접견실에서 그레이스 왕비님을 설레는 마음으로 기다렸다.

건조한 사막 기후라서 바짝바짝 마르기 쉬운 입안과 코끝을 아이스 커피는 달콤한 카라멜 향기와 시원한 얼음으로 적셔 주며 약간의 긴장을 풀어 주었다.

접견실 안쪽에서 녹색 뿔테 안경을 쓴 영국인으로 보이는 점잖은 노신사가 다가왔다.

"안녕하세요. 피터 집사"

"안녕하세요."

"제임스 쿡이에요. 만나서 반가워요."

"왕궁에서 일하시나요?"

"미술 관리인으로 일하고 있어요."

"직원 명단에서는 전혀 본 적이 없는데요."

"피터 집사, 똑똑하시군요. 난 비공식 직원이에요."

"집사가 모르는 비공식 직원도 있군요."

"모르는 게 아니라 리스트에만 없을 뿐이에요."

"그럼 소속이 어떻게 되는 건가요?"

"난 반살림 왕 소속으로 되어 있어요. 하지만 왕비님과 더 가까워요. 왕비님께서 기다리세요."

노신사를 따라 그레이스 왕비님을 뵈러 이번에는 5시 방향의 미로와 같은 통로를 따라갔다. 통로와 통로 사이에 황금색 철제문이 있고 그 문을 지나니, 다시 기다란 통로가 펼쳐졌다.

천장에는 곳곳에 감시카메라가 설치되어 있는 게 눈에 띄었다. 오른쪽으로 방향을 틀자. 다시 방탄 유리문이 열리며 시민공원이 한눈에 내려다보이는 확 트인 거실이 나타났다.

거대한 유리 벽면 앞에 대리석 테이블과 검은색 가죽 소파가 놓여 있고 우아하게 그레이스 왕비님이 앉아 계셨다.

"왕비님, 안녕하세요."

"어서 오세요."

"제임스 쿡 씨는 왕궁에 있는 모든 미술작품을 관리하시는 분이에요. 하지만 소속은 반살림 왕의 직속으로 되어 있어요. 주로 해외에 거주하시고 가끔 리야드 왕궁에서 볼 수 있을 거예요. 앞으로 두 분은 함께 이야기할 기회가 많이 있을 거예요."

제임스 쿡은 가벼운 목례를 하고 거실에서 조용히 사라졌다.

"왕비님, 오늘은 어떤 이야기를 들려주실지, 일주일 동안 설레는 맘으로 기다렸어요."

"갑자기, 손주에게 재미있는 이야기를 들려주는 이야기 할머니가 된 듯한 느낌이 드네요."

그레이스 왕비님은 수줍은 미소를 지으셨다. 그 미소는 가지런한 하얀 이가 살짝 보이면서 보조개가 드러나던 자밀라 공주님의 애교를 띤 미소와 흡사했다.

"혹시, 나에게 궁금한 게 있으면 먼저 질문하세요."

난 자밀라 공주님의 진로에 대해 궁금했던 일이 갑자기 생각났다.

"왕비님, 자밀라 공주님은 한국어, 아랍어, 영어, 불어에 능통하며 프랑스에서 대학을 졸업하고 사우디로 올해 초에 귀국했다고 들었어요. 앞으로 진로에 대한 어떤 특별한 계획이 있으신가요?"

"자밀라 공주는 고등학교까지 리야드에 있는 American School을 다녔어요. 다행히도 영어는 American School에서, 한국어는 학교에 함께 다니던 친구들과 어울려서 자연스럽게 회화가 가능한 수준이에요. 물론, 한국어는 내가 어려서부터 따로 가르치기도 했어요."

"자밀라 공주님과 산책길에 잠시 대화를 했는데 한국어 실력이 유창하셨어요."

"피터 집사도 산책을 좋아하는군요. 공주도 어린 시절부터 산책을 매우 좋아했어요."

"공주님께서 저에게도 그런 말씀을 하셨어요."

"자밀라 공주는 외교관이 되고 싶어 해요. 그래서, 공주 의견을 존중해서 프랑스로 유학을 보냈고 파리대학에서 전공은 국제정치, 부전공은 경제학을 공부했어요. 사실, 난 모교인 한국외대 통역대학원으로 유학을 보낼까 잠시 고민도 했어요. 한국 소식에 관심이 많은 자밀라 공주는 미국 여배우 안젤리나 졸리 아들 매덕스가 연세대학교에 입학한 것을 뉴스로 보면서 고연전을 위해 고려대학교 MBA에 입학하겠다고 농담을 하기도 했어요."

자밀라 공주님께서 외교관인 모습을 잠시 상상해 보았다. 분명, 이 세상에 현존하는 가장 우아한 외교관이 될 것이다.

"내가 어떻게 사우디 국왕의 아내가 되었을까? 이런 점은 궁금하지 않나요? 반살림 왕께서 나와 결혼한다고 했을 때, 무슬림도 아니고 사우디 공주도 아닌 평범한 한국인 통역관에 대해 사우디 왕실과 종교계 원로들 사이에 많은 논란과 극심한 반대가 있었어요."

그렇다. 사실, 난 반살림 왕과 그레이스 왕비님의 결혼이 사우디 내 매우 특별하고 예외적인 결혼이었다는 것을 미처 생각하지 못했다. 미국 할리우드 로맨스 영화에서 본 것처럼 단순히 신분이 다른 남녀가 종교와 국경을 초월하여 이루어 낸 아름답고 낭만적인 사랑 이야기로 생각했다.

"오늘은 피터 집사를 위해 특별히 우리 왕궁에서 가장 소중한 보물을 공개할게요."

"사우디 왕가의 보물이라면… 알라딘 영화에서 봤던 나르는 양탄자 아니면 지니가 나오는 알라딘의 요술램프인가요?"

세 번째 만난 왕비님이 너무 편해진 것이었을까 친근한 사람에게만 주로 던지던 적의 없는 가벼운 농담이 무의식적으로 튀어나온 것이다. 나는 본능적으로 허공에 흩어진 단어들을 애써 하나씩 하나씩 주워 담고 싶었으나 이미 그 단어들은 먼지가 되어 순식간에 내 앞에서 사라졌다.

그레이스 왕비님은 여유로운 미소를 지으시며 대리석 테이블 위에 있는 황금색 버튼을 누르셨다. 버튼을 누르자 한 벽면을 전부 가리고 있던 자주색 커튼이 양쪽으로 서서히 갈라지기 시작했다. 커튼이 모두 사라지자 내 눈앞에 놀라운 일이 벌어졌다. 내 심장 박동이 빨라지고 거칠게 뛰더니 일순간 호흡과 심장이 멎는 듯 절정의 순간에 도달했다.

2017년 11월 뉴욕의 크리스티스 경매에서 5천억 원에 낙찰되었고 작품을 구매한 사람이 중동의 대부호라는 기사를 본 적이 있었는데… 바로 레오나르도 다빈치의 "살바토르 문디" 그 대작이 내 눈앞에 펼쳐졌다.

신문 기사에서 베일에 싸인 것처럼 언급한 중동의 대부호는 바로 반살림 왕이었다.

살바토르 문디와 난 깊은 인연을 갖고 있다. 어쩌면 나만 그런 것이 아니라 프랑스 국립 집사학교 졸업생이라면 살바토르 문디 작품을 모를 수가 없었다. 뿐만 아니라, 집사학교 다빈치 미술관에 전시된 수많은 모사 그림들이 눈앞에 아른거렸다. 집사학교 교양 필수과목인 다빈치의 작품세계 연구 강의에서 난 살바토르 문디를 주제로 선택하여 동기생들과 열띤 토론을 했다.

살바토르 문디는 1506~1513년경, 프랑스의 국왕 루이 12세 요청으로 레오나르도 다빈치가 가로 45.5cm, 세로 65.6cm 크기로 월넛 목판에 유채로 그린 작품이다. 살바토르 문디는 라틴어로 세상을 구원하는 예수! 그리스도를 뜻하며 작품 안에는 예수의 오른손 두 손가락은 축복을 내리는 모습을, 왼손은 우주와 세상을 표현하는 투명한 구슬을 들고 있다.

당시 토론 주제는 살바토르 문디가 정말 레오나르도 다빈치의 작품인가, 아니면 다빈치의 제자 지오반니 안토니오 볼트라피오의 작품인가였다. 하지만 우리의 후끈했던 논쟁과 상관없이 이미 2011년 가을 런던 내셔널 갤러리에서 레오나르도 다빈치 작품으로 최종 확정되었다.

난 과거와 현재가 교차하는 기억 속에서 놀라움과 경외심으로 살바토르 문디를 바라보았다.

"지금 피터 집사가 보고 있는 작품이 바로 다빈치의 살바토르 문디예요."

난 지금 5천억 원 가치가 발현되고 있는 다빈치의 실제 작품과 만난 것이다. 그것도 유명한 전시관에서 수많은 사람들과 먼발치에서 작품을 감상하는 게 아니라 바로 눈앞에서 마치 살바토르 문디 작품이 날 위해 존재하는 것처럼 일대일로 마주한 것이다. 살바토르 문디가 살아온 지난 500년의 시간이 흐르고 흘러 지금 내 곁에 존재하는 것이다.

"살바토르 문디 작품을 직접 구매해 주신 분은 반살림 왕이세요."

"왕비님, 미술작품은 오래전부터 상류계층의 부를 축적해 오는 방식이에요. 반살림 왕께서 투자 목적으로 구매하셨다고 해도 전혀 이상하지 않게 보여요."

"반살림 왕께서는 고가 미술품 수집에 큰 관심은 없으세요. 살바토르 문디는 제가 왕께 직접 부탁해서 구매해 주신 작품이에요."

"왕께 구매를 요청하셨을 때 흔쾌히 수락하셨나요."

"제임스 쿡 씨가 없었다면 구매를 결정하시기 쉽지 않으셨을 거예요."

"5천억 원이라는 금액은 결코 적은 돈이 아니잖아요? 누구든 그럴 것 같아요."

"피터 집사, 살바토르 문디 작품은 5천억 원 이상의 가치를 갖고 있어요."

난 순간 5천억원 이상의 가치를 갖고 있다고 말씀하신 왕비님의 얼굴을 바라봤다. 왕비님께서는 내 시선을 살며시 피하시며 살바토르 문디를 바라보셨다.

"앞으로 우리 왕궁에 근무하면서 놀라게 될 일이 많을 거예요. 살바토르 문디! 그것은 겨우 서막에 불과해요."

다빈치 작품이 서막이라면… 도대체 이 왕궁에는 얼마나 많은 신비한 비밀들이 존재하는 걸까 올림픽 종목 중 호기심이라는 종목이 있다면 반드시 난 금메달을 땄을 것이다. 상상할 수 없는 놀라운 비밀들이 존재할 거라는 사우디 왕궁! 내 안에 오랫동안 깊숙이 묶여있던 호기심이라는 노아의 방주가 서막을 향해 드디어 닻을 올렸다.

미술 관리인 제임스 쿡! 그는 누구인가? 그는 영국 출신의 70대 노신사다. 그의 외모는 마치 007 시리즈 1대 제임스 본드! 숀 코네리를 닮았다. 실제로 젊었을 때는 영국의 정보기관에서 일했다는 소문도 있다. 그의 탄탄하고 균형 잡힌 몸매를 고려한다면 그 소문은 사실일지도 모른다.

이름도 어쩌면, 숀 코네리였는데… 숀 코네리와 제임스 쿡을 사람들이 혼동할까 친절하게 제임스 쿡으로 바꾼 건 아닐까 압둘은 제임스 쿡에 대해 그의 등장은 매우 극적이고 기묘하다는 듯 이렇게 설명했다.

제임스 쿡은 그레이스 왕비님이 사우디 왕가의 가족들과 인사를 위해 이 왕궁에 온 23년 전 처음 모습을 보였다. 반살림 왕이 여러 왕자들을 제치고 왕세자로 책봉되기 전, 즉 지금으로부터 11년 전 다시 사우디에 왔다. 희한하게도 23년 전, 그리고 11년 전 그 중요한 순간마다 제임스 쿡은 사우디에 나타난 것이다.

그 후, 2017년 반살림 왕이 살바토르 문디 작품을 구매하면서 미술 관리인으로서 본격적으로 왕궁에 근무하기 시작했다. 평소에는 말수가 적고 업무는 미술작품을 보관, 신규 구매, 기존 작품을 판매하는 역할을 맡고 있으며 대부분 해외에서 시간을 보낸다고 한다. 그래서 제임스 쿡의 숙소는 왕궁에 있지 않다. 그는 리야드 시내에 있는 리츠칼튼 호텔에 숙박한다.

"피터 집사, 안녕하세요."

"제임스 쿡 씨, 안녕하세요."

"우리 왕궁에서 내가 가장 아끼는 미술작품을 보여 드릴게요. 물론 제가 제일 사랑하는 최고의 작품은 잘 아는 것처럼 살바토르 문디예요."

제임스 쿡은 1층 통로로 날 안내했다. 통로 양 벽에는 다양한 미술 작품들이 있는데 제임스 쿡은 한 작품 앞에서 발걸음을 멈췄다.

"이 작품에 대해 어떻게 생각해요?"

"글쎄요. 미술에 대한 특별한 조예가 없어서 어떻게 말씀드려야 할지…."

"미술작품은 바라보는 사람에 따라 가격도, 평가도, 의미도 달라져요. 그냥 관람객이 느끼는 그 느낌, 있는 그대로 감정의 동선을 따라가면 되는 거예요."

관람객이 느끼는 감정의 동선을 있는 그대로 따라가라… 지금 내 앞에 보이는 작품은 모래 바람이 극심하게 불어 앞을 제대로 볼 수 없는 그림이다. 모래사막의 한복판에서 어딘가를 향해 많은 무리들이 힘겹게 낙타를 타고 나아가는 장면이다.

"사막의 모래 폭풍에 맞서 힘겹게 낙타를 타고 앞으로 나아가는 사람들을 보니… 뭔가 모를 삶의 고통과 역경이 느껴지네요. 반면, 왠지 모르게 그 고난을 반드시 이겨 내리라는 희망이 보이기도 해요."

"고통과 역경, 고난 그리고 희망, 맞아요. 보이는 대로 느끼고, 느끼는 대로 보면 되는 거예요. 무엇보다도 피터 집사가 희망을 발견한 건 대단히 고무적이에요."

"뭔가 알 수 없는 희망이 담긴 것 같아요."

"이 작품은 프랑스 화가 샤를 테오도르 프레르가 그린 사막 횡단하기예요."

"아마도 이 작품에 나온 아랍인들은 사막에서 오래전부터 유목 생활을 해 온 베두인*들을 대상으로 그린 것 같아요."

"이 작품을 볼 때마다 사막의 모래로 가득 찬 사우디가 언젠가 젖과 꿀이 흐르는 풍성한 초원으로 변하길 소망해요."

황량한 사우디 사막이 물과 나무가 가득한 초원으로 바뀐다. 최근 수십 년간 전 세계 기후변화로 발생한 이상 기온 현상을 고려한다면… 제임스 쿡의 희망이 반드시 불가능하다고 생각하지

---

*베두인 : 아랍어로 사막에 사는 사람들을 뜻함

않는다. 사우디 리야드조차도 매년 기온이 낮아진다는 이야기가 있다. 예전보다 비도 더 자주 오고…. 물론, 여전히 대낮에는 40도를 웃도는 고온이 리야드를 뜨겁게 메우고 있다.

"지금 사우디는 매우 큰 정치적 변화 속에 있어요. 대내적으로는 반살림 왕의 강한 개방화 정책, 대외적으로는 시아파인 이란과 순니파인 사우디의 갈등, 사우디와 예멘의 오랜 전쟁이 지속되고 있어요."

"정치에는 그다지 관심이 없어요. 그냥 단순히 사우디 왕가에 집사로 취업을 한 거예요. 물론, 시아파와 순니파에 대해서는 대학교 교양 시간에 들어 본 적이 있어요. 할 수만 있다면, 다툼, 분쟁, 전쟁보다는 평화가 중동 땅에 가득하길 소망하는 평화주의자예요."

"이제 사우디 왕가의 식구가 되었으니 시아와 순니, 이란과 사우디, 사우디와 예멘, 이런 정치적인 갈등들은 가장 중요한 생활의 소재가 될 거예요. 2층 도서관에서 관련 자료들을 틈틈이 공부하면 도움이 많이 될 거예요."

"그레이스 왕비님께서 이야기를 나누고 싶어 하시니 오후 4시에 3층 접견실로 가봐요."

제임스 쿡은 알 수 없는 묘한 느낌을 주는 사람이다. 단순한 미술 관리인이 아니라 마치 수도원의 오랜 비밀을 혼자서 은밀히 수호하는 비밀 결사대와 같다.

영국의 노신사 제임스 쿡! 도대체 그의 정체는 뭘까?

오후 4시가 되어 그레이스 왕비님을 만나기 위해 3층 접견실에서 대기했다. 아직은 저 미로 속 통로 깊은 곳으로 혼자 들어가기에는 엄두가 나지 않는다. 오후 4시가 되자 압둘이 날 데리고 7시 방향 미로와 같은 통로로 이동했다.

통로를 지나 쭉 안쪽으로 이동, 그리고 좌우로 각각 한 번씩 방향을 돌려 통과하니 확 트인 공간이 나왔다. 도대체 3층은 정확하게 배치도가 어떻게 되는 걸까?

분명한 건 중앙 접견실을 중심으로 오각형의 바큇살이 연결된 듯 방사형 통로로 되어 있다.

압둘이 7시 방향은 자밀라 공주님이 거하시는 방과 연결된 곳이라고 했다. 확 트인 공간의 외벽 유리문을 여니 공원이 훤히 보이는 베란다가 나왔다. 그리고 그곳에 그레이스 왕비님이 편안해 보이는 황토색 가죽 소파에 앉아 계셨다.

"왕비님, 안녕하세요."

"이제 왕궁에 온 지도 벌써 보름이 지났네요."

"네. 벌써 2주나 지났어요."

"왕궁 생활은 어때요? 업무는 잘 배우고 있나요?"

그레이스 왕비님의 온화한 미소가 편안함을 주었다.

"왕비님, 왕궁 생활은 잘 적응하고 있어요. 업무도 집사학교에서 배웠던 내용들과 비슷해서 한 달 정도 지나면 실무를 해도 될 것 같아요."

"실무는 천천히 시작해도 돼요."

"부디 이곳에서 생활이 편안하고 즐거웠으면 해요."

"오늘은 제임스 쿡 씨와의 만남을 이야기해 드릴게요."

'숀 코네리를 닮은 70대 영국 노신사와 40대 후반 한국인 출신 왕비와 어떤 관련이 있는 걸까?'

"제임스 쿡이란 이름을 알게 된 건 순전히 꿈을 통해서 알게 되었어요."

'아차 했다. 왕비님께서 또 꿈 이야기를 하시는구나!'

꿈 이야기라면 고등학교 시절 어머니와 함께 교회 예배에 참석했을 때, 들었던 꿈꾸는 소년 요셉 이야기가 어렴풋이 생각난다. 야곱의 열한 번째 아들 요셉이 형제들의 시기로 노예로 팔려 가서 온갖 고난과 어려움을 극복하고 요셉의 꿈처럼 애굽의 총리가 되었다는 전설 같은 이야기였다.

"반살림 왕자와 교제를 시작하고 결혼을 결심했지만, 사우디 왕가의 반대를 이길 용기가 없었어요. 그래서 사우디로 갈 날을 초조하게 기다리며 매일 밤 간절히 하나님께 길을 열어달라고 기도했어요."

난 왕비님의 이야기에 서서히 빨려 들어가고 있었다.

"그러던, 어느 날 꿈속에서 커다란 손이 튀어나왔고 검은색 벽면에 이렇게 글귀를 적었어요. 살바토르 문디! 제임스 쿡!"

"당시 난 살바토르 문디가 무엇인지, 제임스 쿡이 누구인지 전혀 알지 못했어요. 단지, 인터넷 검색을 통해 살바토르 문디가 다빈치 작품이라는 것을 알았고 런던 내셔널 갤러리에서 근무하는 직원분들 중 한 분 이름이 제임스 쿡이란 것을 알게 되었어요.”

왕비님의 눈가에는 팽팽한 긴장감이 감돌았다. 아마도 당시의 절박한 심정이 있는 그대로 투영된 듯했다.

“무작정 런던 내셔널 갤러리에 전화해서 제임스 쿡 씨와 통화하고 싶다고 메모를 남겼고 사우디로 떠나기 일주일 전 놀랍게도 제임스 쿡 씨로부터 연락을 받았어요.”

이야기를 듣고 있는 내 손에도 알 수 없는 식은땀이 흐르기 시작했다. 그레이스 왕비님은 믿기 어려운 신비한 꿈들을 부담스럽게 왜 계속 내게 말씀하시는 걸까?

“제임스 쿡 씨는 내가 누구인지 왜 자신에게 메모를 남겼는지 물어봤고 내 이야기를 듣자마자 런던에서 살바토르 문디 작품을 지통에 담아 리야드로 찾아왔어요.”

“왕비님, 제임스 쿡 씨가 살바토르 문디 작품을 직접 갖고 리야드에 왔다는 말씀이신가요?”

“맞아요. 반살림 왕자가 왕족과 원로들에게 나를 소개하는 그날 자신을 친구로서 함께 초대해 달라고 했어요. 자신에게는 어떤 능력도 없지만, 함께 들고 온 살바토르 문디 작품이 뭔가 알 수 없는 신비한 능력을 발휘할지도 모른다는 거였어요.”

살바토르 문디 작품이 신비한 능력을 갖고 있다니… 난 도저히 왕비님의 말씀을 믿을 수 없었다.

“난 제임스 쿡 씨와 함께 사우디 왕가의 왕족들, 원로들과 이 왕궁에서 인사를 했고 신기하게도 인사를 나눈 후, 반살람 왕자와 결혼을 반대했던 그 모든 분들이 우리의 결혼을 흔쾌히 승낙해서 사우디 왕자비가 되었어요. 이게 바로 제임스 쿡 씨와 나의 첫 인연이에요."

"왕비님, 도대체 살바토르 문디가 어떤 능력을 발휘했다고 생각하시는 건가요?"

"살바토르 문디가 이 왕궁에 들어오기 전에는 나와 반살림 왕자의 결혼을 모두 반대했어요."

"그럼, 살바토르 문디가 모든 사람의 마음을 결혼 승낙으로 바꾸었다는 건가요?"

왕비님은 내 질문에 대답 없이 이야기가 끝나자 가벼운 눈인사를 하신 후, 유유히 거실을 먼저 나가셨다.

'그레이스 왕비님과 제임스 쿡 도대체 그들에게 무슨 일이 있었던 것일까 극심했던 사우디 왕가의 반대가 어떻게 제임스 쿡 씨와 살바토르 문디 작품의 단 한 번 방문으로 극적인 승낙이 연출된 것일까?'

어둠이 짙게 드리워진 사막의 밤하늘에 떠 있는 수많은 별처럼 사우디 왕궁에서 생활은 알 수 없는 수수께끼로 가득 채워지기 시작했다.

4장

우리가 함께 해야 할
수많은 미션들

4장

우리가 함께 해야 할
수많은 미션들

다음 날 이른 아침 압둘에게 제임스 쿡을 만날 수 있는지 물어봤
다. 제임스 쿡은 어제 프랑스 파리로 갑자기 한 달간 휴가를 떠났
다고 한다. 아쉽게도 제임스 쿡과의 만남은 한 달 뒤로 미뤄졌다.

하지만 친절하게도 제임스 쿡은 내게 메모 한 장을 남겼다.

---

memo

피터집사
한달 후에는 순니파와 시아파에 대해
깊은 대화를 했으면 해요. 앞으로 우리가
함께해야 할 수많은 미션들이 있어요.
From 제임스 쿡

'우리가 함께해야 할 수많은 미션들이 있다. 도대체 제임스 쿡은 내게 무슨 이야기를 하고 싶은 것일까?'

제임스 쿡은 파리로 떠났고 리야드에 남겨진 난 순니파와 시아파에 대한 공부를 시작했다. 중동의 맏형인 사우디 왕가의 집사로 취직한 만큼 순니파와 시아파는 반드시 짚어 볼 필요가 있는 중요한 주제였다.

왕궁에는 도서관이 있어 다양한 책들과 자료 열람이 가능하다. 하루 일과가 끝나면 간단한 저녁 식사와 샤워를 한 후, 2층에 있는 도서관으로 향했다. 저녁 시간에 도서관을 주로 찾는 사람은 자밀라 공주님이다.

"피터 집사님~ 마사할 카이르*! 안녕하세요!"

공주님은 내게 아랍어와 한국어를 섞어서 인사를 하시곤 했다.

왕궁 도서관은 그레이스 왕비님께서 결혼하시자마자 2층에 설치되었다고 한다. 물론, 도서관에 걸맞게 친절한 젊은 모로코인 숙녀 사서도 있다. 사서에게 왕궁 도서관을 사용하는 사람이 있는지 물어보니 그레이스 왕비님, 자밀라 공주님 그리고 제임스 쿡 이렇게 세 분이 주로 이용한다고 한다.

그럴 만하다. 왕궁에 근무하는 직원들은 고단한 하루 일과를 마친 후 도서관에서 조용히 독서를 하는 것보다는 좀 더 활동적인

---

*마사할 카이르: 아랍어 저녁 인사

다른 즐거움을 찾을 것이다. 왕궁에서 기숙사 생활을 하는 직원들은 일과가 마무리되면 오후 6시~12시까지 자유롭게 외출을 할 수 있다.

리야드에는 대형 쇼핑몰들이 가득하다. 쇼핑몰에서 이것저것 다양한 상품들을 마음껏 쇼핑하고 때론 친구들과 영화를 본다면, 답답한 왕궁 생활을 벗어나 좀 더 여유로운 사우디 생활을 즐길 수 있을 것이다.

도서관에 있는 책들은 참으로 다양하다. 마치 용산역 영풍문고에 온 것처럼 도서 목록들이 주제별로 정갈하게 책장에 표기되어 있다. 한국어로 된 책들도 여러 권 눈에 보인다. 진열된 책들을 자세히 보니 특이한 점이 눈에 띈다. 루이 12세를 포함한 프랑스 왕가와 관련된 책들과 레오나르도 다빈치에 관한 책들은 별도 책장으로 관리하고 있다.

프랑스 국왕 루이 12세와 다빈치를 보니, 집사학교 스테반 교수님이 떠올랐다. 교수님은 다빈치의 작품세계라는 교양과목을 가르쳤는데 항상 루이 12세와 다빈치의 관계에 대해 심도 있게 연구하시곤 했다.

왜 스테반 교수님은 500년 전 사람들에 대해 그리 관심이 많으신 걸까 희한한 취미를 갖고 계신다고 단순하게 생각했다. 그런데, 공교롭게도 사우디 왕궁에서 또다시 루이 12세와 다빈치의 책들을 마주한 것이다. 뿐만 아니라, 도서관 한쪽 벽면에는 생드니에서 가끔 지나쳤던 생드니 대성당 사진이 걸려있다.

생드니 대성당은 파리의 북쪽에 위치해 있으며 7세기경 설립된 고딕양식 성당이다. 루이 12세를 포함한 대부분 프랑스 국왕들의 무덤이 그 성당 안에 안치되어 있다. 생드니 대성당 사진에서 눈을 떼고 도서관에 온 목적을 다시 더듬었다.

내가 해야 할 일은 순니파와 시아파를 공부하는 것이다. 제임스 쿡이 돌아오기 전까지 난 그럴듯한 논리적 이론을 갖춰야 한다. 그래야 내가 궁금한 것들을 제임스 쿡에게 얻을 수 있을 것이다.

며칠 동안 저녁 시간을 이용해 계속 다양한 자료들을 살펴봤다. 사우디와 이란의 갈등, 예멘 전쟁, 이라크 전쟁, 카타르와 다른 GCC*국가의 갈등 등

"피터 집사님, 안녕하세요."

"자밀라 공주님, 안녕하세요."

"도서관에서 피터 집사님을 자주 볼 수 있어 좋네요."

"하하하~ 제임스 쿡 씨가 휴가를 가시기 전 주신 숙제가 있어서… 열심히 공부 중이에요."

"숙제가 뭔지 알 것 같아요. 아버지도, 어머니도, 제임스 쿡 씨도 항상 저에게 다양한 중동 정세에 대해 질문을 하곤 했거든요."

"아마도 비슷한 숙제를 받으셨을 거라 예상돼요."

"공주님은 중동의 이런 복잡한 외교적, 정치적 상황에 대해 어

---

*GCC : Gulf 지역에 있는 6개국(사우디, UAE, 바레인, 카타르, 오만, 쿠웨이트)

떻게 생각하시나요?"

"혹시, 저에게 손쉽게 정답을 얻으려고 그러시는 건 아니시죠? 제 생각은 매우 단순하고 명료해요. 더 이상 중동, 이슬람 사회에 그런 소모적인 전쟁과 분쟁은 필요하지 않아요. 이젠 미래를 함께 바라보고 화해와 협력의 길로 힘차게 나아가야 해요."

공주님은 해맑게 미소를 지으시며 GODIVA 초콜릿과 아이스 카라멜 마끼아또를 건네주시며 도서관을 나가셨다.

순간적으로 공주님의 단호하고 거침없는 답변에 깜짝 놀랐다. 생드니 집사학교 도서관에서 몰래 바라보던 꽃 같은 그녀, 이곳 리야드 산책길에서 만났던 천진난만한 자밀라 공주님과는 전혀 다른 강인하고 낯선 모습이었다.

난 다시 책장 목록 중 정치 부분 중동 색인을 찾았다. 어렵지 않게 순니파와 시아파에 관한 책들을 여러 권 발견했다. 분명 제임스 쿡은 여기 있는 순니파와 시아파에 관한 책들은 다 읽었을 것이다. 일부 책들은 신간으로 제임스 쿡이 직접 그 책들을 주문했을지도 모른다.

'순니*와 시아**! 과연 그들에겐 어떤 뿌리 깊은 아픈 사연이 있는 것일까?'

---

*순니 : '선지자의 삶'을 뜻하는 'Sunna'라는 단어에서 유래
**시아 : '알리를 추종하는 사람들'이라는 'Shia-t-Ali'에서 유래

매일 밤 조금씩 순니파와 시아파를 연구하기 시작했다. 단순하게 수치로 보면 순니파는 전체 무슬림의 85% 정도를 차지하고 시아파는 15%를 차지한다. 그 뿌리는 이슬람교를 창시한 무함마드로부터 시작되었지만 4대 칼리프* 알리에서 두 파로 갈라졌다.

순니파는 정통주의 또는 율법주의를 중시하고 코란과 무함마드, 선지자들의 가르침에 순종한다. 순니파의 대표적인 국가는 바로 내가 입사한 사우디아라비아 왕국이다.

반면, 시아파는 코란을 문자적으로 이해하기보다는 문자 안에 숨겨진 심오한 의미를 찾아 삶에 적용하는 것을 중시한다. 시아파는 무함마드의 혈통이 칼리프가 되어야 한다고 생각하며 시아파의 대표적인 종주국은 바로 이란이다.

무함마드가 죽은 후, 무함마드의 사위이자 혈통인 알리가 4대 칼리프에 오르지만, 알리와 알리의 큰아들은 암살을 당한다. 그 후, 알리의 둘째 아들 후세인이 칼리프가 되지만 후세인을 포함한 시아 세력이 대학살을 당하고 결국, 순니파와 시아파는 피로 얼룩진 상처를 남기며 갈라지게 된다.

순니파와 시아파는 암살과 대학살이라는 비극적인 역사와 페르시아인과 아랍인이라는 민족적 차이가 더해져 오늘날까지 사우디와 이란으로 대표되어 마치 시한폭탄처럼 언제 어디에서 전쟁이

---

*칼리프 · 이슬람교의 종교 지도자

날지 알 수 없는 중동의 화약고가 되었다.

결국, 중동에서 현재까지 계속되고 있는 분쟁들 즉, 사우디와 예멘전쟁, 이라크 내전, 시리아 내전, 사우디와 이란의 군사적 갈등, 카타르와 GCC 국가들의 외교적 분쟁 등이 모두 시아파와 순니파 갈등과 연결된다고 볼 수 있다.

"피터 집사님, 공부는 잘되나요?"

"공주님도 제 대학 성적표를 보셔서 잘 아시죠? 제가 맘만 먹으면 엄청 학구적이라는 것"

"피터 집사님, 가끔 시간 나실 땐 뭔가 쓰시던데… 뭘 그렇게 쓰시는 거예요."

"공주님은 절 염탐하신 건가요? 하하하."

"그게 아니라 똑바로 공부하는지 감시한 거죠."

"가끔 시를 써요."

"피터 집사님이 시를 쓰신다고요?"

"네 국어를 학창 시절부터 좋아했고 시를 종종 썼어요."

"그럼 대표적인 시 하나만 낭송해 주세요."

"시인인지 아닌지 제가 평가해 볼게요."

"프랑스 집사 학교 면접시험을 보고 오는 길에 이집트 카이로를 여행한 적이 있어요."

"와우! 이집트 카이로라니… 근사하네요. 그럼 나일강과 피라미드를 방문하고 미라도 보셨나요?"

"나일강을 방문해보며 시를 한 편 지었어요. 헤어진 여자친구를 생각하며 나일강과 사랑하는 여인을 겹치게 표현하고 싶었어요."

"집사님 시를 들려주실 수 있나요."

나일강

수천 년 세월이 흐르고 흘러
당신과 나
지금 이 시점에 마주해요
당신의 기쁨과 슬픔
당신의 사랑과 아픔
모두 알 수 없지만
나일강
이 시간 우리는 함께 해요

수천 킬로 거리를 좁히고 좁혀
나와 당신
여기 바로 이곳에서 만나요
당신의 흥망과 성쇠
당신의 범람과 풍요
모두 볼 수 없지만
나일깅

이 공간 우리는 함께 해요

나일강 당신과 나 나와 당신
시간과 공간을 넘어
이 순간 우리는 영원히 함께해요

"피터 집사님께서 이런 문학적인 면이 있는 줄은 생각지도 못했어요. 나일강 시 너무 근사해요. 시간과 공간을 초월하는 사랑이 느껴져요."

"공주님께서 칭찬해 주시니 쑥스럽네요."

"피라미드는 어때요? 저도 너무 방문하고 싶어요."

"피라미드는 경외감 그 자체예요. 피라미드 앞에 서 있으면 수천 년 역사의 숨결 앞에 고개가 저절로 숙여져요."

"경외감이라! 말로는 실감이 나질 않네요. 아 제가 살바토르 문디 작품을 본 순간 일종의 경외감을 느낀 것 같아요."

"전 특히 대학 시절 파울로 코엘료의 연금술사 책을 감명 깊게 읽었어요. 주인공 산티아고가 피라미드 앞에서 마침내 보물의 비밀을 발견하거든요."

"와우! 오늘 집사님의 새로운 모습을 발견해서 너무 기뻐요. 집사님도 피라미드 앞에서 보물을 발견하셨나요?"

"현재까지 보물은 찾지 못했지만, 사우디 왕궁에서 살바토르 문디 작품을 만난게 제가 찾은 최고의 보물인 것 같아요."

"집사님, 혹시 살바토르 문디 작품을 훔칠 계획을 갖고 있는 건 아니시죠?"

공주님과 마주 보며 우리는 한참을 웃었다.

순니파와 시아파, 그리고 사우디 주변 정치 상황을 공부하면서 훌쩍 한 달이 지나갔다. 드디어, 제임스 쿡은 휴가를 마치고 사우디 왕궁으로 돌아왔다.

"피터 집사, 잘 지냈나요?"

"제임스 쿡 씨가 하루속히 오시길 기다리면서 열심히 순니파와 시아파에 대해 공부했어요."

"한 달간 휴가는 어떠셨나요?"

"주로 파리와 샌드니에서 시간을 보냈어요."

"고향이 런던으로 들었는데… 왜 런던에서 휴가를 보내지 않고 파리에서 휴가를 보내셨는지 궁금하네요."

"사실, 샌드니 대성당의 신부로 계시는 작은 아버지께서 편찮으시다는 이야기를 듣고 다녀왔어요."

"그런 이야기는 전혀 듣지 못했어요. 단순히, 여름휴가를 가신 줄 알았어요."

"집사학교도 방문하고 스테반 교수님과 많은 시간을 보냈어요."

"스테반 교수님을 알고 계시는군요."

"물론이에요. 사우디 왕가는 집사학교를 재정적으로 후원하고 있어요. 우리 쿡 가문은 살바토르 문디 작품을 오랫동안 관리했기 때문에 특히 다빈치 작품에 관심이 많으신 스테반 교수님과는 잘 알고 지내는 사이에요. 순니파와 시아파에 대해 어떤 결론을 내린 게 있나요?"

"결론보다는 중동에서 지금 발생하고 있는 많은 분쟁들의 근원이 순니파와 시아파의 암살과 대학살이라는 뿌리 깊은 상처에서 비롯된 것을 알게 되었어요. 그런 갈등이 여전히 현재에도 종교적, 정치적, 경제적으로 연결되어 사우디와 이란을 대척점으로 끊임없이 분쟁이 계속되는 현실을 깨달았어요."

"브라보! 놀라운 발전이에요."

제임스 쿡은 만족스럽다는 듯이 고개를 끄덕이며 너털웃음을 지었다.

"내일 오후에는 그레이스 왕비님과 특별한 시간을 가질 예정이에요."

생각해 보니 지난 한 달간 자밀라 공주님은 가끔 도서관에서 만났지만, 그레이스 왕비님을 뵌 적은 없었다. 아마도 그레이스 왕비님은 반살림 왕께서 주로 계시는 제다에 계셨던 것 같다. 오늘 밤은 모처럼 도서관에서 공부 대신 수영을 했다. 제임스 쿡과 면담에서 칭찬을 받은 것에 대한 자그마한 보상이었다.

왕궁 수영장은 실내 수영장과 실외 수영장이 있다. 실내 수영장은 모래바람이 심한 날에 사용하는 경우가 많고 남자와 여자가 각각 사용하는 시간이 구분되어 있다. 실내 수영장은 대부분 여직원들이 사용하고 실외 수영장은 남직원들이 사용했다.

실외 수영장은 다이빙을 할 수 있는 깊은 구간도 있고 따뜻한 온수가 나오는 온천탕은 별도 작은 공간으로 마련되어 있다.

　　시원한 수영장에 몸을 담그고 물안경을 낀 채 깨끗한 수영장 바닥을 살펴보면, 마치 바닷가에서 스노클링을 하는 것처럼 내 머릿속까지 상쾌해지는 기분이 들곤 한다. 수영은 산책과 한 축으로 내겐 쉼과 회복을 주는 행복한 시간이다.

5장

도저히
믿을 수 없는 이야기

5장

도저히 믿을 수 없는 이야기

오후 4시가 되자 제임스 쿡이 찾아왔다. 그레이스 왕비님과 만나기로 한 시간이 다가온 것이다. 제임스 쿡은 커피 향이 은은하게 퍼지는 따뜻한 아메리카노, 난 달콤한 아이스 카라멜 마끼아또를 마시며 서로를 말없이 물끄러미 바라봤다.

70대 부유해 보이는 영국 노신사와 20대 흙수저 출신 한국 청년! 사우디 왕궁에서 함께 근무하다니…. 참으로 보기 힘든 조합이 분명하다.

문득, 제임스 쿡은 결혼은 했는지 자녀가 있는지 개인 신상이 궁금해졌다.

"제임스 쿡 씨, 혹 자녀가 있나요?"

"자녀는 없어요. 결혼을 안 했어요. 하지만, 여자친구와 동거한 적은 몇 번 있어요."

제임스 쿡을 생각하면 가족이 없어 외로워 보이거나, 홀로 남아 있어 안쓰럽다는 생각은 들지 않았다. 분명, 전혀 그런 우울한 장면은 떠오르지 않는다. 오히려 제임스 쿡에게는 노년의 여유와 삶의 지혜, 70대임에도 불구하고 건장한 몸매에서 풍겨 나오는 알 수 없는 묘한 매력이 느껴진다.

"다들 오래 기다렸나요?"

그레이스 왕비님이 우아하게 다가오셨다.

"오늘은 매우 중요한 이야기를 해야 하니 내 방으로 가요."

그레이스 왕비님을 따라 9시 방향으로 기다란 통로를 통과하여 방으로 들어갔다. 그레이스 왕비님이 주로 머무시는 방이 분명했다. 벽면에는 백두산, 한라산, 설악산, 지리산, 북한산 등 한국의 유명한 산들 사진이 가득했다.

"오늘은 정말 중요한 이야기를 하려고 해요. 피터 집사는 어쩌면 커다란 충격을 받을 수도 있어요."

제임스 쿡은 그레이스 왕비님 말씀에 동의한다는 듯 날 바라보며 고개를 끄덕였다.

"왕비님, 잘은 모르겠지만 제가 이곳에 온 게 결코 우연이 아니라고 생각해요."

제임스 쿡이 먼저 이야기를 시작했다.

"내 부친은 프레드릭 쿡이에요. 우리 가문은 살바토르 문디 작품을 대대로 지켜왔고 아버지가 돌아가신 후, 내가 살바토르 문디 작품을 직접 보관했어요. 아버지는 술에 취하시면 살바토르 문디 작품에는 신비한 기적이 일어난다고 혼잣말처럼 말씀하셨어요."

"아버님께 그 신비한 기적들이 무엇인지 들으셨나요?"

"아버지가 돌아가실 때까지도 살바토르 문디가 구체적으로 어떤 신비한 능력을 갖고 있는지 전혀 설명해 주시지 않았어요. 아버지가 살바토르 문디 작품을 소유하실 때는 작품 가치가 고작 58파운드였어요. 현재 금액으로 환산하면 500불도 안 되는 적은 돈이에요."

"살바토르 문디 작품이 처음부터 고가는 아니었군요."

"당시에는 살바토르 문디 작품이 레오나르도 다빈치의 작품이 아니라는 소문이 파다했어요. 아버지는 그 소문이 더 나을 수도 있다고 생각하셨던 것 같아요. 아버지가 돌아가시기 전날, 살바토르 문디 작품의 신비한 기적을 알기 위해서는 생드니 대성당의 신부이신 작은아버지를 반드시 찾아가라는 유언을 남기셨어요."

"그래서 지난 휴가 때 생드니 대성당에 다녀오신 거군요. 작은아버지께 어떤 특별한 이야기를 들으신 게 있나요?"

"23년 전에도, 지난달까지도, 수십 번, 작은아버지를 찾아갔지만, 난 신비한 기적의 주인이 아니라고 매번 한결같이 말씀하셨어요."

그레이스 왕비님께서 약간 떨리는 목소리로 말씀을 하셨다.

"살바토르 문디! 그 작품을 갖고 있으면 의견이 일치하지 않는 장소, 분쟁이 있는 곳에 화합과 평화가 찾아온다는 것을 알게 되었어요. 그것이 제임스 쿡 씨와 내가 경험한 23년 전, 첫 번째 기적이에요. 그 후, 제임스 쿡 씨를 만나러 여러 번 영국을 방문했고 제임스 쿡 씨에게 살바토르 문디 작품의 기적이 무엇인지 찾는 것보다 먼저, 작품의 진위를 객관적으로 증명하는 일에 더 집중해 달라고 부탁했어요."

"나 역시, 그레이스 왕비님을 만나기 전까지 살바토르 문디 작품이 어떤 기적을 발휘할 거라고 확신할 순 없었어요. 하지만, 왕족과 원로들의 극심했던 결혼 반대가 갑자기 승낙으로 바뀌는 것을 눈으로 직접 목격한 후에는 살바토르 문디가 어떤 신비한 능력을 갖고 있다고 생각하게 되었어요. 그래서, 왕비님을 만난 후, 런던 갤러리 전문가 그룹과 함께 살바토르 문디가 다빈치의 작품임을 밝히는 작업을 본격적으로 착수했어요."

"왕비님, 제임스 쿡 씨와 함께 경험하신 23년 전에 있었던 일회성 사건만으로 살바토르 문디가 어떤 기적을 일으켰다고 단정하기에는 무리가 있어요. 그날 우연히 수많은 분들이 모인 공개된 장소라서 체면상 어쩔 수 없이 두 분의 결혼을 승낙할 수도 있는 것 아닌가요?"

"피터 집사, 우리도 첫 번째 기적만으로 살바토르 문디가 어떤 능력을 갖고 있다고 100% 확신할 순 없었어요. 그래서, 그 사건 이후 제임스 쿡 씨와 함께 살바토르 문디와 관련된 역사적 자료들을 연구하기 시작했어요. 또한, 제임스 쿡 씨와 오랜 친분이 있는 집사 학교 스테반 교수님을 통해 놀라운 사실을 추가로 알게 되었어요."

제임스 쿡이 상기된 얼굴로 추가 설명을 시작했다.

"다빈치가 프랑스 국왕 루이 12세에게 살바토르 문디 작품을 선물한 시점은 프랑스가 이탈리아 정복을 위해 끊임없이 이탈리아를 괴롭힌 시기였어요. 국왕 루이 12세는 1498년 왕위에 오르자 밀라노와 나폴리 왕국을 차지하기 위해 수차례 이탈리아 원정을 시도했지만 모두 실패했어요. 살바토르 문디는 라틴어로 세상을 구원하는 자 즉 〈구세주〉란 뜻이에요."

"제임스 쿡 씨, 지금 살바토르 문디 작품이 프랑스로부터 이탈리아를 구했단 말인가요?"

"피터 집사, 결론적으로 다빈치는 사랑하는 조국 이탈리아를 루이 12세의 정복으로부터 지켜 내기 위해 살바토르 문디를 제작했고 이 작품을 제작하는 동안 간절히 구세주께 기도했을 거라는 하나의 가설을 세웠어요. 실제로 작품 속에 예수의 오른손 두 손가락은 축복을 내리는 모습을 하고 있으며, 왼손에는 세상과 우주를 상징하는 투명한 구슬을 쥐고 있어요."

그레이스 왕비님께서 날 바라보시며 말씀하셨다.

"11년 전 반살림 왕께서 왕세자로 책봉될 때, 우리는 두 번째 기적을 체험하게 되었어요.

당시, 반살림 왕자는 왕위 계승 서열 4위였어요. 이미 형제 상속으로 사우디 왕가의 왕위 세습 전통이 오랫동안 유지되었기에 반살림 왕자는 왕세자가 될 기회가 전혀 없는 상황이었어요."

"왕비님, 그럼 23년 전에 이어 11년 전에 또 다른 신비한 일이 일어난 건가요?"

"맞아요. 사우디 제다에서 왕족들과 종교계 원로들을 모시고 왕세자를 책봉하는 날이었어요. 관례상 왕세자 후보로 서열 1위부터 4위까지 등록하고 서열 1위가 왕세자로 투표되는 사전 합의가 이미 완료된 왕세자 책봉식이에요."

제임스 쿡이 다시 말을 이어갔다.

"투표권이 있는 분은 왕족 5분과 종교계 원로 5분을 합해서 총 10분이에요. 왕비님께서는 내게 전화를 하셔서 살바토르 문디를 갖고 제다를 방문해 달라고 긴급하게 요청을 하셨어요. 제다에 도착해서 지통에 담은 살바토르 문디를 왕비님께 전달해 드렸고 왕비님은 살바토르 문디와 함께 투표장에 들어가셨어요."

그레이스 왕비님은 그날의 긴박했던 상황을 다시 떠올리며 차분하게 설명하셨다.

"당시 내겐 살바토르 문디가 어떤 신비한 능력을 발휘할 거라는 강한 믿음이 있었어요. 그래서 지통을 들고 투표장에 앉아 투표하시는 분들이 반살림 왕자를 선택해 달라고 간절히 기도했어요. 투표 종료 후, 개표 결과를 확인하니 놀라운 일이 벌어졌어요. 10분의 투표위원들이 만장일치로 반살림 왕자를 왕세자로 선택한 거예요. 투표장에 함께 있던 그 누구도 반살림 왕자의 왕세자 책봉을 반대하는 사람이 없었어요."

"왕비님과 난 이런 놀라운 기적을 두 번 체험한 후, 살바토르 문디 작품을 반드시 지켜야겠다는 결론을 내렸어요. 다행히도 2011년 살바토르 문디는 다빈치의 작품으로 판정이 났고 2013년에 8천만 달러로 소장 가치가 오르게 되었어요. 그 후, 그레이스 왕비님의 노력으로 2017년 4억 5천30만 달러(약 5천억 원)에 반살림 왕께 낙찰이 된 거예요."

"이 놀라운 비밀을 도대체 누가 알고 있는 건가요? 반살림 왕, 자밀라 공주님, 압둘 집사도 모두 알고 있는 건가요?"

"이 비밀을 알고 있는 사람은 나와 제임스 쿡 씨, 오직 둘 뿐이에요."

"그럼. 이 놀라운 비밀을 왜 제게 이야기해 주신 건가요?"

"내가 신비한 꿈에 대해 피터 집사에게 두 가지 이야기를 했어요. 그 꿈은 무려 23년 전에 두 번 꿈을 꾼 거예요. 그런데 2년 전 피터 집사가 집사학교에 입학하던 해에 세 번째 꿈을 꾸게 되었어요. 무려 거의 20년 만에 나타난 신비한 꿈이에요"

"저를 만나기 2년 전에 꿈을 꾸셨다고요?"

"난 어둠이 짙게 깔린 광야에서 두려움에 떨며 혼자 서있었어요. 내 주변에는 오직 칠흑같이 캄캄한 어두움뿐이었어요. 그때 광야에서 한 줄기 빛과 함께 나지막한 소리가 들리기 시작했어요. 마치 그 음성은 처음에는 번개처럼 반짝거리기도 하고 갑자기 천둥처럼 하늘을 찢듯이 울려 퍼지기도 했으며 거대한 파도와 같아 사우디 왕궁을 집어삼킬 만큼 기묘한 목소리였어요"

"살바토르 문디! 그 신비한 기적의 문을 여는 자! 피터!"

"난 꿈에서 깬 후, 압둘 후임을 선정하기 위해 받은 집사학교 입학생들의 명단을 살펴봤어요. 바로 50명의 명단에 피터라는 이름이

단 한 명 있었어요."

"왕비님, 입학생 명단에 있던 그 피터가 지금 저란 말씀이신가요?"

"맞아요. 난 압둘 집사를 즉시 파리로 보내 피터 집사에 대해 알아보라고 했어요."

"그래서 압둘 집사가 집사학교에 종종 방문한 거군요."

"압둘 집사뿐이 아니에요. 자밀라 공주도 피터 집사가 누군지 궁금해서 다빈치 도서관에 방문한 거예요."

"와우! 생각지도 못한 일이네요. 자밀라 공주님도 꿈 이야기를 아시나요?"

"아니에요. 자밀라 공주는 압둘 집사 후임이 누군지 궁금해서 방문한 거예요. 압둘 집사조차 꿈 이야기는 전혀 모르는 일이에요. 단지, 후임이 어떤 사람인지 알아보라고 지시했을 뿐…."

"왕비님께서 제 꿈을 꾸셨다고 하니 어떻게 반응해야 할지… 정말 모르겠어요."

"우린 피터 집사가 졸업할 때까지 조용히 2년이라는 시간을 기다렸어요."

"왕비님 전 사우디 왕가에 취직한 일개 집사에 불과해요. 도대체 무슨 말씀이신지…."

"피터 집사는 앞으로 살바토르 문디가 보유한 신비한 능력들을 찾고 그 능력을 통해 놀라운 일들을 수행하게 될 거예요. 그 일들은 전쟁이 있는 곳에 평화를 주며 약한 자들과 병든 자들에게 소망을 주는 매우 소중하고 귀한 창조적인 일이 될 거예요."

도저히 믿을 수 없는 이야기가 내 앞에 펼쳐졌다. 갑자기, 누군가 내 마음의 문을 강하게 세 번 '쿵! 쿵! 쿵!' 두드렸고 내가 마음의 문을 열자, 거센 폭풍우 속 한가운데 고요한 폭풍의 눈처럼 잠시 정적이 흐르더니 살바토르 문디! 구세주가 내 안에 들어와 내 온몸을 완전히 휘감았다. 일순간 내 심장과 두 눈은 마치 불타는 것처럼 뜨거워졌다. 그 순간 나는 살바토르 문디가 되고 살바토르 문디는 내가 되었다.

6장

파리로 떠나다

6장

파리로 떠나다

눈을 뜨니 왕궁 2층 응급실이었다. 침대 옆 테이블에 GODIVA 초콜릿과 아이스 카라멜 마끼아또가 놓여 있었다. 얼음이 녹지 않은 걸 보니 자밀라 공주님이 다녀가신지 얼마 안 된 것 같았다.

응급실 문이 열리자 처음 보는 미모의 중년 여성분이 보였다. 한눈에 봐도 그레이스 왕비님과 닮았다는 것을 알 수 있었다. 다만, 좀 더 차가우면서 도도하고 지적이라는 느낌을 받았다. 신고 있는 굽이 높은 검은색 하이힐과 유난히 빨간 입술도 눈에 띄었다.

"피터 집사, 닥터 리예요. 어제 왕비님 방에서 갑자기 쓰러져서 응급실로 옮겼어요. 정확히 24시간 만에 의식을 찾았어요. 24시간 동안 내내 꿀잠을 잔 것 외에는 어떠한 이상 증후도 발견되지 않아 일시적인 단순 쇼크로 보여요."

닥터 리의 음성이 또박또박 정확하게 내 귀에 꽂히는 듯 선명하게 들렸다. 응급실 안에 보이는 사물들도 마치 현미경으로 보는 것처럼 전보다 훨씬 또렷하게 보였다. 그 뿐만 아니라, 달콤한 아이스 카라멜 마끼아또와 GODIVA 초콜릿 향기가 더 진하게 내 코끝에 감돌았다.

　정확히 어떤 변화를 구체적으로 표현할 순 없지만, 나의 오감! 후각, 시각, 청각, 촉각, 미각이 뭔가 더 선명하고 민감하게 변한 것이다. 응급실 문을 열고 자밀라 공주님께서 들어 오셨다.

　"이제 깨어나셨네요, 피터 집사님!"

　해맑게 웃는 공주님의 미소가 친근하게 느껴졌다.

　"이모, 집사님은 어때요?"

　"괜찮은 것 같아. 모든 상태가 정상이야."

　"다행이네요. 24시간 동안 깨어나질 않으셔서 걱정했어요."

　"시간이 그렇게 흐른 줄도 모르고 잠을 잤네요."

　"피터 집사님, 은근히 허약체질 아니세요. 건장한 청년이 졸도라니….""

　"그러게 말이에요. 무슨 일이 있었는지 저도 알 수가 없어요."

　"여하튼 괜찮으셔서 다행이에요."

　"공주님, 걱정해 주셔서 고마워요."

　"집사님, 전 이번 주말에 파리로 떠나요."

　"파리라고요?"

　"아버지께서 프랑스 사우디 대사관에서 외교 업무를 실습하는 게 좋겠다고 말씀하셔서 6개월간 파리에서 근무할 예정이에요"

제임스 쿡이 반쯤 열린 문을 통해 등장했다.

"피터 집사도 공주님과 함께 파리로 갈 거예요."

"피터 집사님도 같이 간다고요?"

난 예상치 못한 제임스 쿡의 이야기에 놀라지 않을 수 없었다. 하지만 그곳이 파리라면 이야기가 다르다. 언제든지 가지 않을 이유가 전혀 없는 곳 그곳이 바로 파리다.

"와우! 재미있겠네요. 하하하."

자밀라 공주님의 웃음소리가 허공을 가르며 내 귀에 선명하게 울려 퍼졌다.

일요일 오후 사우디 국왕의 전용 보잉 비행기 일명 나르는 궁전 747을 타고 프랑스 파리 샤를드골 공항에 밤늦게 도착했다.

비행기에서 내리자 검은 양복을 입은 3명의 경호원이 인사를 했다. 한국인으로 보이는 미모의 여성 경호원이 공주님과 나를 검은색 리무진에 태웠고 나머지 2명 우락부락한 외국인 남성 경호원들은 또 다른 검은색 리무진으로 우리 차를 바짝 따라왔다.

리야드에서 출발하기 전 제임스 쿡은 내게 3가지 업무를 지시했다.

첫째, 생드니 대성당에 계신 쿡 신부님으로부터 비밀 일기장을 입수할 것

둘째, 살바토르 문디의 다른 능력들에 대해 스테반 교수님과 함께 실마리를 찾을 것

셋째, 자밀라 공주님께서 프랑스에 계시는 동안 공주님의 필요

들을 지원할 것

일시적 쇼크 현상이 발생한 날 내게 일어난 신비한 경험과 몸에 일어난 신체적 변화에 대해 그레이스 왕비님과 제임스 쿡에게 말하지 않았다. 나 역시 무슨 변화가 일어난 건지 스스로 검증할 시간이 필요했고 정확하게 설명할 수 없는 초자연 현상들을 굳이 이야기하고 싶지 않았다.

검은색 리무진은 파리 중심부에 자리 잡은 리츠파리 호텔로 우리를 안내했다. 자밀라 공주님은 내게 편히 쉬라고 말씀하신 후, 경호원들과 함께 샤넬 스위트 302호로 향했다. 난 슈페리어룸에 투숙했고 너무나 피곤한 나머지 침대에 그대로 드러누웠다. 하얗고 양털처럼 포근한 침대에 몸을 맡긴 채 오늘 하루를 돌아봤다.

파리 집사학교에서 수많은 동료 그리고 후배들이 이야기하던 나르는 궁전 747을 타고 사우디 공주님과 파리에 도착한 후, 경호를 받으며 1박에 100만 원이 넘는 리츠파리 호텔에 투숙하다니 영화 속에서 본 듯한 장면들이 내게 일어난 꿈같은 하루다.

리츠파리 호텔 500미터 거리에는 튈르리 정원이 있어 산책하기 좋으며 오르세 미술관은 900미터 거리다. 호텔에서 생드니 집사학교까지도 오페라 지하철역을 이용하면, 30분 만에 도달할 수 있다. 공주님 방은 302호 스위트룸이다. 특히, 302호는 샤넬의 창시자 코코 샤넬이 37년간 머물렀다고 한다. 그래서 302호는 샤넬 스위트라고 부른다.

파리에 도착한 다음 날 평소 습관대로 튈르리 정원을 향해 산책하러 호텔을 나섰다. 튈르리 공원은 1564년에 조성되었다. 파리에는 흔한 공원조차도 450년 전에 조성되어 있어 파리 전체가 하나의 거대한 문화유산이라고 해도 과언이 아니다.

공원 주변에는 밤나무와 라임나무 정원이 조성되어 있고, 프랑스의 근대 조각가 마이욜(Aristide Maillol)의 브론즈상과 로마, 그리스 신들의 조각상 들이 있다. 산책을 하면서 저절로 사랑에 관한 시상이 떠오르는 풍경들이다.

그대만을 사랑해요
원한다고 늘 함께 있을 순 없어요
그대만을 사랑해요
힘껏 기다리고 기다려요
바란다고 항상 만날 순 없어요
그대만을 사랑해요
한껏 애틋하고 애틋해요
보고 싶다고 언제나 볼 순 없어요
그대만을 사랑해요
맘껏 그립고 그리워해요

"피터 집사님"

떠오르던 시상들을 흩트리며 자밀라 공주님 목소리가 울려 퍼졌다.

"공주님 피곤하실 텐데… 산책을 나오셨네요."

"새벽 5시에 잠이 깨서 뒤척이다 집사님이 나가시는 걸 보고 바로 따라 나왔어요. 302호에서는 호텔 로비로 사람들이 출입하는 게 다 보이거든요. 하하하."

경쾌한 공주님의 웃음소리가 튈르리 정원을 상큼하게 물들였다.

"공주님은 오늘 대사관으로 출근하시나요?"

"아니에요. 내일부터 출근해요."

"집사님은 오늘 집사학교로 가시나요?"

"오늘은 특별한 약속은 없고 스테반 교수님과 내일 만나기로 했어요."

"좋네요. 그럼 우리 오후에 몽마르트르 언덕에 함께 가요."

"파리에 오면 첫 번째 방문 코스로 몽마르트르 언덕에 올라가서 파리를 향해 활짝 인사를 해야지요."

사실, 난 오늘 몽마르트르 언덕에 갈 생각이었다. 공주님께서 어떻게 내 맘을 아셨을까. 오후 2시에 몽마르트르 언덕에 가기로 약속하고 가볍게 아침 산책을 마무리했다.

아침 식사를 한 후, 이메일을 확인했다. 제임스 쿡으로부터 이메일이 한 통 도착해 있었다. 내용은 공주님의 경호원 3명에 대한 신상이었다.

공항에서 처음 봤던 미모의 한국인 경호원이 제일 궁금했다. 이름은 러블리 수, 한국계 미국인으로 미국 육군사관학교 웨스트

포인트를 졸업했다. 그 후 미국 CIA(중앙정보국) 국제팀에서 4년간 근무했고 트럼프의 딸 이방카 여사 경호원을 2년간 수행했다.

화려한 경력을 가진 경호원이 왜 자밀라 공주님의 경호를 맡게 되었는지 갑자기 궁금해졌다. 나이는 28세 이목구비가 아름다운 외모, 갈색 긴 머리에 167센티 여성스러우면서도 탄력 있는 균형 잡힌 몸매를 갖고 있었다.

나머지 경호원 2명은 예상한 대로 알제리계 프랑스 용병 출신들이었다. 예멘 내전 참여, 시리아 내전 참여, 나이지리아 보코하람 소탕 등 할리우드 영화에서나 볼 수 있는 무시무시한 경력의 30대 후반 용병들이었다.

오후 2시에 로비에서 공주님을 기다리며 몽마르트르 언덕 지하철 코스를 다시 한번 점검했다.

"집사님 가시죠?"

공주님은 경호원 러블리 수와 함께 나타나셨다.

"안녕하세요. 경호원 러블리 수예요."

"안녕하세요. 피터 집사예요."

"만나서 반가워요. 파리 집사학교를 수석으로 졸업하셨다는 이야기를 들었어요."

"CIA 출신 경호원을 이렇게 만나게 되어 영광이에요"

"와우! 두 분 초반부터 신경전이 장난 아니시네요. 하하하"

공주님 웃음소리에 우리 모두 수줍은 미소를 짓지 않을 수 없었다. 우리는 지하철이 아닌 검은색 리무진을 타고 몽마르트르 언덕 근처 주차장에 도착했다. 다행히도 나들이와 어울리지 않는 우락부락한 두 명의 경호원들은 보이지 않았다. 리무진에서 내려 달라다 광장을 지나 몽마르트르 언덕을 향해 천천히 걷기 시작했다.

햇살은 따사로웠고 봄바람이 살랑살랑 불어왔다. 언덕 길가에 핀 알록달록한 꽃들은 저마다 화려한 빛깔을 뽐내었고 푸르른 나무들은 봄바람에 산들산들 흔들거렸다. 5월 몽마르트르 언덕은 싱그러운 햇살이 충만했다. 이 순간 함께 걷고 있는 자밀라 공주님과 경호원 러블리 수는 눈부시게 아름다웠다.

오후에 도착한 몽마르트르 언덕은 관광객들로 가득했다. 노란색 깃발을 들고 한국인 단체 관광객들에게 열심히 설명하는 30대 중반 한국인 남성 가이드도 보였고 청춘남녀들의 아기자기한 사랑놀이가 곳곳에서 향연을 펼쳐지고 있었다.

"집사님! 수 님! 우리 함께 사진 한 장 찍어요."

공주님은 자연스럽게 옆에 지나가던 젊은 프랑스 여성에게 휴대폰을 건네며 사진을 찍어 달라고 부탁을 했다. 1870년대 지어진 사크레 쾨르 성당을 배경 삼아 공주님과 첫 기념사진을 찍었다.

광장 모퉁이에서는 20대 젊은 동유럽 청년이 클래식 기타를 치며 감미로운 목소리로 팝송을 부르고 있었다. 자밀라 공주님은 노래하는 남자 앞에 놓인 허름한 녹색 모자 안에 100유로 신권 지폐를 살짝 놓으셨고 20대 청년은 공주님께 눈짓으로 감사의 인사를 전했다.

공주님은 마치 10대 소녀처럼 몽마르트르 언덕에서 누릴 수 있

는 세상의 모든 기쁨을 마음껏 누리셨다. 빙그르르 좌우로 돌기
도 했고 나와 러블리 수를 번갈아 보며 연신 빙그레 웃으셨다. 러
블리 수와 몇 번 눈을 마주쳤다. 러블리 수는 알 수 없는 눈빛으로
날 바라봤다. 이제껏 내가 경험하지 못한 매력적인 눈빛이었다.

러블리 수는 주변 사람 그리고 주위 환경들을 날카롭게 주시하
며 반쪽의 여유와 반쪽의 긴장감 속에 그녀에게 주어진 경호 임무
를 자연스럽게 수행하고 있는 것처럼 보였다. 그 경호의 범주 안
에 내가 있는 건지 오직 공주님만 지켜야 할 경호의 대상인 건지
궁금하기도 했다.

몽마르트르 언덕에서 돌아온 후, 리츠파리 호텔 실내 수영장으
로 이동했다. 수영은 내게 스트레스 해소에 도움을 주는 매우 유
익한 운동이다. 아무리 속상한 일이 있어도 다이빙해서 물속으로
온몸을 던지면 스트레스와 세상의 모든 걱정 근심이 순식간에 사
라졌다.

특히, 일상이 무미건조한 사우디에서 수영은 마치 메마른 사막
의 시원한 오아시스와 같았다. 대학 시절 자유형, 배영, 접영, 평
영을 모두 순차적으로 배웠지만 선호하는 수영은 단연, 자유형과
배영이다. 통상, 자유형으로 출발하고 돌아올 때는 배영을 한다.
물론 보기에 가장 멋있는 수영은 단연코 접영입니다. 돌고래처럼
발을 두 번 튕기고 두 팔을 앞으로 힘차게 뻗고 다시 접는 동작이
매우 인상적이다.

다행히 수영장에는 사람이 없었다. 아무도 없는 커다란 수영장

에서 혼자 수영하는 것만큼 행복한 순간은 없다. 마치 온 우주의 주인이 된 듯 물속에서 여유롭게 마음껏 수영을 즐길 수 있기 때문이다.

반면, 수영장에 사람이 많으면 사람마다 수영 실력이 달라, 눈치를 보며 출발 순서를 정하고 상대방을 배려하며 속도를 조절해야 한다. 앞 사람의 속도를 고려하지 않고 수영 하는 경우, 앞 사람의 발을 건드리게 되는 경우도 종종 있기 때문이다.

특히, 젊은 여성분의 발끝이라도 건드리게 되면, 매우 난처한 상황에 이르게 된다. 하지만, 중년, 노년 여성들은 상대적으로 예상치 못한 접촉에도 덜 민감하고 관대한 편이다. 물론, 이런 당혹스러운 순간만 있는 건 아니다. 대학 친구 재웅이는 오랫동안 수영강습을 함께 받던 여대생에게 적극적으로 구애를 펼쳐 살짝궁 핑크빛 로맨스에 빠지기도 했다.

눈을 살짝 뜨고 수영장 바닥을 바라봤다. 일급수처럼 깨끗하고 투명하게 바닥에 새겨진 아름다운 문양들이 눈앞에 선명하게 보였다. 머리부터 발끝까지 상쾌해지는 기분이 밀려온다. 호흡을 조절하며 팔을 부드럽게 앞으로 뻗고 서서히 발길질을 했다.

예전과 달리 몸이 가볍고 뭔가 확 빨라진 속도감이 느껴졌다. 분명, 평소처럼 왼쪽 팔을 젓고 순차적으로 오른쪽 팔을 뻗은 후, 발차기를 살짝 했는데 마치 숏핀 오리발을 장착한 것처럼 온몸이 앞으로 쏜살같이 쭈욱 뻗어나갔다.

속도에 너무 놀라 제자리에 멈춰 섰다. 그 순간, 날 바라보는 강렬한 시선이 느껴졌다. 놀란 표정의 경호원 러블리 수였다.

"피터 집사님, 국가대표 수영선수였나요?"

"네?"

"어떻게 한 번 발차기에 그렇게 빠르게 앞으로 나갈 수가 있나요?"

난 당황해서 순간적으로 할 말을 잃었다. 나도 어떻게 된 영문인지 전혀 알 수 없었기 때문에 어떤 구차한 변명을 할 수 있는 상황도 아니었다.

"박태환 선수보다도 훨씬 빠르신 것 같아요."

"러블리 수 님, 안녕하세요. 저도 방금 무슨 일이 있었는지…잘 모르겠어요."

러블리 수는 알 수 없는 듯한 묘한 미소를 지으며 물속으로 서서히 들어왔다.

"사실, 피터 집사님 개인 신상을 확인한 후, 이상한 점이 몇 가지 있었어요."

"제 신상을 확인하셨다고요?"

CIA 출신 경호원이 공주님과 동행한 사우디 왕가의 집사를 조사했다는 이야기가 이상하게 들리진 않았다. 나 역시 러블리 수의 신상정보를 받았기 때문이다.

그것보다는 사실, 지난 27년 세월 동안 수영장에서 여성과 단둘이 있은 적은 한 번도 없었다. 그것도 파리 최고급 리츠파리 호텔의 우아한 수영장이라니….

다가오는 러블리 수의 몸짓 하나하나가 물결의 파동을 일으키며 내 심장을 터치하는 것처럼 느껴졌다. 러블리 수가 서서히 다가올수록 심장의 박동이 빨라졌고 숨 가쁘게 요동치는 힘을 견디지 못하고 내 심장은 마침내 쿵 하고 바닥까지 내려앉았다.

어느덧 러블리 수는 바로 내 앞에 마주 섰다. 그녀의 연분홍 빛깔 터질 듯한 가슴이 눈앞에 선명하게 드러났다.

러블리 수 역시, 너무나 밀착되었다는 걸 인식했는지… 갑자기 양쪽 볼이 발그스레하다. 홍조를 띤 러블리 수의 얼굴은 치명적일 정도로 아름다웠다. 러블리 수와 함께 있는 지금 이 순간이 꿈인지 현실인지 혼란을 일으키기에 충분했다.

어색한 순간을 모면하기 위해 말을 건네고 싶었지만, 머릿속에서 힘겹게 모았던 단어들이 러블리 수의 한 없이 깊은 눈빛과 마주치자 다시 사방으로 삽시간에 흩어지기 시작했다.

러블리 수도 무언가 대화의 실마리를 더듬고 있는 것처럼 보였다. 경호원으로서 주변 환경을 날카롭게 주시하던 몽마르트르 언덕에서의 매서운 눈빛은 어디에서도 찾아볼 수가 없었다.

"피터 집사님, 내일 저녁 9시 호텔 루프톱 바에서 맥주 한잔 어때요?

"네? 아…좋아요."

"피터 집사님에 대해 궁금한 게 많아요."

"저 역시, 러블리 수 님에게 궁금한 게 많아요."

"그럼 내일 봐요."

"네."

우린 어색한 마주함을 서투르게 끝내고 애써 반대편으로 등을 지고 수영을 시작했다. 난 속도를 현저히 줄였다. 발차기는 시도조차 하지 않았다. 러블리 수는 접영을 하기 시작했다. 내가 그토록 배우기 힘들어했던 접영 동작을 완벽한 자세로 시현하고 있었다. 마치 넓은 태평양 한가운데 바다를 즐기는 동화 속 아름다운 인어공주와 같았다.

난 러블리 수로부터 눈길을 떼고 도망치듯 잠영을 시작했다. 사실, 러블리 수가 볼 수 없게 물속 저 깊은 곳으로 숨어 버리고 싶었다. 그녀의 매력적인 모습을 보고 제대로 말도 하지 못한 게 너무나 부끄럽게 느껴졌다. 일단, 수영장 바닥 깊은 곳에 몸을 숨기는 게 필요했다.

'어쩜 그렇게 표정 관리가 안됐을까?'

물 밖으로 슬며시 고개를 들어 살펴보니, 야속하게도 러블리 수는 보이지 않았다.

비밀 일기장

7장

비밀 일기장

자밀라 공주님은 아침 일찍 러블리 수와 사우디 대사관으로 출발했다. 난 스테반 교수님을 만나기 위해 집사학교로 발걸음을 향했다.

5월 캠퍼스는 파릇파릇한 잎사귀가 가득한 나무들로 뒤덮여 있었다. 여기저기 지저귀는 온갖 새소리는 지난 2년간 즐거웠던 학창 시절의 기억을 소환하기에 충분했다.

스테반 교수님은 다빈치 미술관장을 겸임하고 계셔서 교수실은 미술관 1층 전시실 안쪽에 위치해 있다. 스테반 교수님의 오랜 연구 결과가 살바토르 문디가 소유한 신비한 능력에 대한 어떤 단서를 줄 수 있을지 몹시 궁금했다.

"교수님, 안녕하세요."

"피터 군, 잘 지냈나?"

"집사 역할은 잘 수행하고 있다고 제임스 쿡 씨에게 소식은 들었네."

"네. 교수님, 학장님도 잘 지내시죠?"

"학장님께서는 올해 안식년으로 미국으로 휴가를 가셨네. 자네를 보면 무척 좋아하셨을 텐데…"

"학장님도 뵙고 싶었는데 아쉽네요."

"학장님께는 자네가 다녀갔다는 것을 나중에 말씀드리겠네."

"감사드려요. 교수님."

"무엇보다도 사우디 왕궁에서 살바토르 문디의 기적에 대해 듣고 자네가 많이 놀라지 않을까 걱정이 되었네."

"단순히, 사우디 왕가 집사로 채용된 줄 알았는데 상상치도 못한 놀라운 일들을 알게 되었어요. 교수님은 어떻게 이 비밀과 그렇게 오랜 세월 동안 연결되신 건가요?"

"집사학교에 초빙 교수로 처음 온 건 30년 전이네. 그때 다빈치 작품연구로 박사학위를 취득하고 집사학교 다빈치 미술관에서 근무하기 시작했어. 당시 제임스 쿡 씨의 작은 아버지께서 샌드니 대성당 신부로 계셨고 미술관에 오셔서 가끔 이상한 질문들을 하시곤 하셨어."

"쿡 신부님께서 이상한 질문들을 하셨다고요? 어떤 질문을 하신 건가요?"

"자네도 알다시피, 난 다빈치 작품 중 살바토르 문디를 가장 좋아하네. 쿡 신부님 가문이 대대로 살바토르 문디 작품을 보관해

왔다고 하시더군. 뿐만 아니라, 살바토르 문디에게는 뭔가 신비한 능력이 있는데 자신은 정확히 그 능력이 무엇인지 모른다는 거였어. 다만, 신비한 기적의 비밀을 담고 있는 일기장을 보관하고 있다고 하셨지."

"신비한 기적을 담고 있는 비밀 일기장이라?"

"하지만, 일기장을 오랫동안 보관해 온 자신조차도 그 일기장을 소유할 권한이 없다고 하셨어. 언젠가 일기장의 주인이 나타나면 그 일기장을 전달하겠다고 입버릇처럼 말씀하셨지."

"전 제임스 쿡 씨로부터 교수님께서 살바토르 문디의 능력을 찾을 수 있도록 지원하라는 임무를 맡았어요. 제가 어떤 도움을 드릴 수 있을까요?"

"무엇보다도 쿡 신부님의 일기장이 필요해."

"쿡 신부님 나이가 이제 90이 다 되셨네. 사실, 난 신부님이 갑자기 돌아가시지 않을까 항상 걱정하고 있네. 지난달에 유일한 피붙이인 조카 제임스 쿡 씨가 찾아와서 일기장을 달라고 간곡히 요청했지만, 제임스 쿡 씨는 일기장의 주인이 아니라고 단칼에 거절하셨어."

"자네와 함께 쿡 신부님을 설득할 방법을 찾아야 할 것 같아. 일기장을 손에 넣어야 뭔가 머릿속에 흩어져 있는 조각들을 끼워 맞출 수 있을 것 같네."

스테반 교수님과 대화를 마친 후, 다빈치 미술관에 전시된 다빈치의 38개 모사 작품들을 다시 한번 살펴보았다. 수없이 이 전시실을 오고 갔지만 이렇게 한 작품 한 작품이 새롭게 느껴진 적은 없었다.

다소곳이 두 손을 모으고 다빈치를 바라보고 있는 모나리자! 왜 다빈치는 그녀에게 눈썹을 그려 주지 않은 걸까 이렇게라도 다빈치의 작품을 보고 그에게 말을 건다면, 다빈치의 영혼이 살며시 살바토르 문디의 비밀들을 넌지시 이야기해 줄 것만 같았다.

저녁이 되어 러블리 수와 약속한 호텔 루프톱 바에 도착했다. 러블리 수는 아직 보이지 않았다. 먼저 창가에 자리를 잡고 어둠이 짙게 드리워진 파리 밤거리를 바라봤다. 거리에는 차량도 인적도 드물었다.

"피터 집사님"

러블리 수가 가슴이 깊게 파인 하얀색 원피스를 입고 나타났다. 심장이 다시 서서히 박동하기 시작했다. 심장을 흥분과 정상의 중간쯤에 놓기 위해 심호흡을 가다듬었다.

"오늘 대사관 근무는 어떠셨어요?"

"미국 백악관을 자주 방문했는데 사우디 대사관도 비슷한 분위기였어요."

"약간 딱딱하고 뭔가 경직된 느낌!"

"게다가 공주님이 계시니 곳곳에서 긴장감이 감돌았어요. 다들 어찌나 그렇게 공주님께 신경을 쓰시던지 하하하"

"아무래도 사우디 국왕의 유일한 딸이기 때문에 모두 긴장할 수밖에 없지 않을까요?"

"집사님은 어땠어요?"

"졸업 후, 3개월 만에 방문해서 특별히 크게 달라진 건 없었어요."

"러블리 수 님은 어떻게 자밀라 공주님 경호원이 되신 거예요?"

"저와 같은 경호원들은 엄청난 보수와 흥미진진한 의뢰인이면 언제든 호감이 가지요."

"이방카 여사와 재계약 시점이었는데 CIA 출신 조직 B 선배로부터 공주님 소개를 받고 흔쾌히 승낙했어요."

"CIA 출신 조직 B의 선배라…회사 이름이 매우 특이하네요."

"네. 전직 CIA 출신뿐만 아니라, 이스라엘 모사드, 영국 MI6, 한국 국정원 출신도 있어요.

국가를 초월한 민간 최대 정보 조직이라고 보시면 돼요. 저도 조직 B에서 일하는 걸 제안 받았지만, 일단, 자밀라 공주님 경호가 훨씬 매력적으로 보였어요."

"맞아요. 사우디 공주님을 모실 수 있는 영광은 아무에게나 오지 않죠."

"집사님, 맥주 한잔하시죠."

러블리 수는 속삭이는 목소리로 건배를 제의했다.

"Cheers!"

"Cheers!"

맥주잔을 가볍게 마주친 후, 두 눈을 지그시 감고 생맥주를 한 모금 마시면서 러블리 수를 살짝 훔쳐봤다. 가느다란 하얀 목선이 조금씩 떨리는 러블리 수의 모습은 치명적일 만큼 매혹적이었다. 이렇게 아름다운 여성이 왜 하필 모든 순간 위험과 맞서야 하는 경호원이 된 걸까 궁금해지기 시작했다.

"집사님, 개인 신상정보를 본 후 이상한 점을 몇 가지 발견했어요."

"제게 특이한 점은 없을 텐데요. 지극히, 평범한 스타일이라서… 혹시 4.5점 만점에 4.33을 받은 집사학교 수석 비결이 궁금하신 건가요?"

러블리 수는 살짝 어이없다는 표정을 애교 있게 지어 보였다.

"가장 특이하게 본 점은 피터 집사님 연봉이 지나치게 높다는 거예요."

"제 연봉이 얼마인지 아시는 건가요? 오… 그거 일급비밀인데…"

"집사학교를 수석으로 졸업한 사람들이 해마다 있었지만, 집사님처럼 수억대 연봉으로 취업한 사례는 한 번도 없었어요."

"연봉이 높은 것도 문제인가요?"

"이례적으로 높은 건 뭔가 이유가 있지요."

"사실 저는 연봉을 얼마 달라고 제시한 적도 없어요."

"그렇군요. 그렇다면, 그건 사우디 왕가에서 의도적으로 피터 집사님께 올인했다고 볼 수밖에 없는 상황이에요."

순간적으로 러블리 수가 내 연봉을 근거로 특별한 채용에 대해 언급한 점이 놀라웠다. 이제 CIA 출신도 아닌데… 사우디 왕가의 일개 집사 연봉까지 신경 쓸 줄이야…

"채용은 누가 하신 건가요? 반살림 왕께서 하신 건가요?"

"아니에요. 제가 알기로는 그레이스 왕비님께서 하신 걸로 알고 있어요."

"그럼 러블리 수는 누가 채용한 건가요?"

"전 공주님 경호원이니 당연히 반살림 왕의 승인을 받았죠."

"러블리 수 님은 직접 반살림 왕을 뵌 적이 있나요?"

"아니요. 아직까지는 직접 뵌 적은 없어요. 전 파리에서 바로 첫 근무를 시작했거든요."

"피터 집사님은 반살림 왕을 뵌 적이 있나요?"

"저도 사우디 왕궁에서 직접 뵌 적은 없어요."

"물론 한 가지 가설은 그레이스 왕비님께서 한국인이라서 한국 출신 집사가 반드시 필요했다. 뭐 이렇게 십분 양보를 해도…. 매우 이례적인 채용이에요."

"러블리 수 님께 모든 걸 다 이야기해 드릴 순 없지만, 제가 사우디 왕가 집사가 된 건 결코 우연이 아니라 분명, 마법과 같은 일이에요."

"다른 한 가지 특이한 점은 피터 집사님 아버님의 죽음이에요. 아버님께서 사우디에서 사망한 것으로 되어 있지만 실제로 아버님 시체는 발견되지도 않았고 사우디 정부와 한국 정부는 상세한 추가 조사도 없이 아버님의 죽음을 실종이 아닌 사망으로 졸속 처리했어요. 알고 계셨나요?"

생각지도 못한 기습 질문을 받자 방망이로 한 대 두들겨 맞은 듯 정신이 혼미해졌다.

아버지 죽음에 대해서 이제껏 어떤 의심을 한 적이 없었다. 당시 난 고등학생이었고 아버지 시신이 없는 것조차 이상하게 생각하지도 않았다. 어머니도 아버지 시신 없이 진행된 장례식에 대해 어떠한 설명도 없으셨다. 더욱이 아버지가 실종되었다는 사실은 전혀 듣지도 못했다.

"아버지가 실종되었다는 사실은 처음 듣는 이야기예요."

"그렇군요. 항상 당연하게 보이지 않는 일들은 뭔가 그 뒤에 감춰진 비밀들이 있어요."

"아버님 실종사건은 사우디에 귀국하시면 그레이스 왕비님께 자세히 조사해 달라고 부탁해 보세요. 뭔가 생각지도 못했던 놀라운 비밀이 있을 수도 있으니까요."

설렘으로 시작했던 러블리 수와의 만남은 아버지 죽음이 단순 사고가 아니고 실종이었다는 전혀 예상치 못한 충격적인 이야기로 막을 내렸다.

아침 6시가 되니 눈이 저절로 떠졌다. 일어나자마자 튈르리 공원으로 산책하러 갔다. 파리에 온 지도 어느덧 보름이 지났다. 공원을 향해 걸어가며 온통 내 머릿속은 쿡 신부님을 어떻게 설득할 수 있을지 걱정으로 가득 찼다.

지난 일주일간 스테반 교수님과 기대한 건 쿡 신부님이 미술관을 방문할 때 최대한 자연스럽게 인사를 드리며 친분을 쌓는 거였다. 그러나, 기대와 달리, 불행하게도 일주일 동안 쿡 신부님은 한 번도 미술관을 방문하지 않으셨다.

혹시나 아프신 건 아닌지 은근히 걱정되었다. 아무리 생각하고 또 생각해도 더 이상 무작정 기다릴 수만은 없다는 결론에 도달했다. 오늘은 직접 생드니 대성당을 방문하는 게 낫겠다는 생각이 들었다. 공원 오솔길을 따라 걷는데 눈앞에 산책 중이신 자밀라 공주님이 보였다.

"자밀라 공주님, 굿모닝!."

"피터 집사님, 일주일 만에 보내요."

"공주님, 시간이 참 빨라요. 벌써 파리에 온 지 2주가 지났어요."

"피터 집사님, 리야드보다 파리를 너무 좋아하시는 거 아니에요. 얼굴에 시간이 빨리 가는군요. 너무도 아쉬워요. 라고 쓰여 있는 것 같아요. 하하하"

"공주님, 아니에요, 리야드와 파리 둘 다 장단이 있는 것 같아요."

"장단이라 궁금하네요. 리야드 생활의 장점은 뭔가요?"

"리야드라기보다는 왕궁 생활이 알차고 재미있는 것 같아요. 하루 종일 왕궁에만 있잖아요. 그 안에서 모든 게 해결되고 그 안에서 모든 게 이루어지지요. 왕궁에서는 낭비되는 시간 없이 마치 시계 바늘처럼 24시간이 한 치의 오차도 없이 재깍재깍 돌아가요."

"그럴 수도 있겠네요. 마치 새장에 갇힌 파랑새처럼."

"반면, 파리 생활은 너무 자유로워요. 어디든 가고 무엇이든 마음껏 즐길 수 있어요."

"그럼 파리의 자유냐 리야드의 구속이냐 이런 건가요? 하하하"

공주님은 특유의 미소를 지으며 해맑게 웃으셨다. 공주님께서 웃고 있는 모습을 보고 있으면 그 누구라도 공주님께 빠져들지 않을 수 없다. 공주님은 분명 그 자체만으로도 반짝반짝 빛나는 보석처럼 우아하고 사랑스러운 매력을 소유하고 계신다.

"공주님, 대사관 실습은 어떠세요?"

"외교 업무가 확실히 적성에 맞는 것 같아요."

"와우! 적성에 맞는다니… 감사한 일이네요."

"재미있기도 하고 기대가 되기도 하고 사우디가 해결해야 할 많은 외교적 현안들을 열심히 배우는 중이에요."

"집사님은 어때요?"

"쿡 신부님께 일기장을 받아야 하는데 현재까지 그 어떤 진전도 없어요."

"조카이신 제임스 쿡 씨에게도 일기장을 주지 않으셨다고 들었어요."

"제 생각에도 일기장을 받는 건 결코 쉽지 않을 것 같아요."

"차라리 러블리 수와 제가 성당에 들어가서 일기장을 훔쳐 올까요. 잘은 모르지만, 그 일기장이 엄청 중요한 것 같은데…하하히!"

공주님께서 호탕하게 웃으신 후, 내 눈을 정면으로 바라보셨다.

"집사님, 모든 일은 순리대로 천천히 풀어가는 게 가장 좋은 방책이에요."

"네. 공주님, 오늘은 제가 쿡 신부님을 직접 방문하려고 해요."

"그것도 좋은 방법이네요. 계속 주변을 빙빙 맴도는 것보다 때론 과감하게 직접 맞서는 게 좋을 수도 있겠어요."

"일기장을 받게 되면 공주님보다 먼저 사우디로 돌아갈 수도 있어요."

"부디 꼭 그렇게 되길 기원해요. 6개월 실습 후, 어머니께서 새로운 임무를 주신다고 했어요. 전 최선을 다해 제 앞에 놓인 길을 걸어갈게요."

자밀라 공주님은 자신감이 넘쳐 보였다. 세상에서 가장 아름다운 공주님과 세상에서 가장 낭만적인 튈르리 공원을 함께 걷고 있지만 화창한 푸른 하늘도 형형색색의 예쁜 꽃들도 일기장을 손에 넣지 못한 내겐 특별한 감동을 주지 못했다.

스테반 교수님과 학교 식당에서 점심 식사를 한 후, 생드니 대성당으로 무작정 향했다. 지난 2년간 집사학교를 다녔지만, 신기하게도 생드니 대성당을 한 번도 방문한 적이 없었다.

생드니 대성당은 내겐 그냥 무심코 스쳐 지나간 수많은 건물 중 하나에 불과했다. 한 번이라도 생드니 대성당을 방문해서 쿡 신부님과 인연을 맺었다면 발걸음이 훨씬 가벼웠을 텐데 이런저런 생각이 밀려왔다. 생드니 대성당 입구에 들어서니 성모 마리아상을 바라보고 계신 노신부님이 보였다. 제임스 쿡과 닮은 이목구비가 한눈에 봐도 쿡 신부님 임을 알 수 있었다.

"신부님, 안녕하세요. 제임스 쿡 씨와 함께 사우디 왕궁에서 근무하는 피터 집사예요."

신부님은 기도하시는 것처럼 두 눈을 감으신 후, 다시 날 잠잠히 바라보셨다.

"드디어 왔군."

"네?"

"자네를 30년간 기다려왔네."

"신부님, 그게 무슨 말씀이세요?"

"피터 집사, 아기 예수님을 한눈에 알아본 시므온과 안나 이야기를 알고 있나?"

"네. 시므온과 안나 교회 설교 시간에 들어본 적이 있어요."

"두 사람은 성령이 충만한 사람들이었네. 요셉과 마리아가 아기 예수님을 데리고 성전에 갔을 때 메시아임을 알아본 분들이지."

"맞아요. 그런 이야기를 들은 것 같아요."

"지난 30년간 매일 하나님께 기도했네. 일기장의 주인이 나타나면 시므온과 안나가 아기 예수님을 알아봤듯이 나도 일기장의 주인을 알아볼 수 있게 해달라고…."

"신부님, 지금 제가 그 일기장의 주인이란 말씀이신가요?"

신부님은 고개를 끄덕이셨고 내 온몸에는 머리부터 발끝까지 마치 전기에 감전된 듯 전율이 흘렀다.

"신부님, 왜 살바토르 문디와 제 운명이 서로 연결된 걸까요? 도대체, 왜 저에게 이런 신비한 일들이 일어나는지 알 수가 없어요."

"피터 집사, 지난 수천 년 동안 하나님께 특별한 운명을 선택받은 소수의 사람들이 존재했네."

"아브라함, 요셉, 모세, 다윗! 이분들은 그들이 직접 선택했다고 생각하는 것조차 실상은 하나님께서 미리 정해 놓으신 신비한 운명의 한 조각이었네."

"신비한 운명의 한 조각이라고요?"

"물론, 자네가 그 소명을 감당할 수 없다면, 언제든지 그 짐을 내려놓을 수 있을 거네. 그러나, 자네는 능히 그 소명을 감당할 수 있기에 지금 그 자리에 서 있는 걸세."

"신부님은 살바토르 문디가 어떤 능력을 갖고 있는지 알고 계신 건가요?"

"나 역시 살바토르 문디가 어떤 능력이 있는지 알지 못하네. 내 역할은 단지 일기장을 그 주인에게 전달하는 것뿐이네."

쿡 신부님은 잠시 자리를 비우신 후, 빛바랜 녹색 나무상자를 가져오셨다.

"일기장은 그 상자 안에 들어있네. 그 일기장을 갖고 살바토르 문디의 비밀을 찾게."

쿡 신부님은 나무상자를 건네신 후, 나를 꼭 안아 주셨다. 마치 사우디에서 실종된 아버지가 살아오셔서 날 껴안아 주시는 것 같았다.

스테반 교수님은 학교에 계시지 않았다. 일단, 호텔로 돌아가 사우디에 있는 제임스 쿡에게 일기장을 받았다고 알렸다. 제임스 쿡의 목소리는 통화 내내 흥분되어 있었고 스테반 교수님과 함께 일기장을 분석하라고 했다. 호텔 방에서 녹색 상자 안에 놓인 일기장을 조심히 꺼내 찬찬히 살펴보았다. 일기장은 그림으로 이루어져 있었다.

비밀 일기장은 총 10장으로 되어 있고 세 가지 주제를 가지고 있는 것처럼 보였다. 주제별로 여러 장의 투박한 연필 스케치가 그려져 있다. 각 주제의 첫 그림은 숫자가 표기되어 있고 마지막 그림은 살바토르 문디 작품과 성경 구절이 기록되어 있었다. 이 그림을 과연 누가 그렸을까 투박한 선으로 그렸지만 분명 힘이 있고 각 그림이 성경 구절과 연관된 어떤 메시지를 갖고 있다는 생각이 들었다.

주제별 그림을 간단히 정리하면 다음과 같다.

첫 번째 주제 : 예수님

1번 그림 : 30

2번 그림 : 십자가에 달리신 예수님

3번 그림 : 부활하신 후 하늘로 올라가시는 예수님

4번 그림 : 살바토르 문디(Romans 1:4)

숫자 30, 십자가에 달리신 예수님, 부활 후 승천하신 예수님 무슨 뜻일까?

두 번째 주제 : 전투 장면

1번 그림 : 1440

2번 그림 : 군인들이 전투를 위해 창과 검을 들고 누군가를 노려봄

3번 그림 : 양측 군대가 서로 뒤엉켜 싸우는 그림

4번 그림 : 살바토르 문디(Matthew 5:23~24)

무슨 의미인지? 정확히 알 수 없으나 전투와 관련이 있는 것 같다.

세 번째 주제 : 문을 두드리는 살바토르 문디

1번 그림 : 2019

2번 그림 : 문을 두드리는 살바토르 문디(Philippians 4:13)

비밀 일기장 마지막 주제는 살바토르 문디 작품 속 구세주가 문밖에서 문을 두드리는 장면이다.

세 개의 주제는 그림들이 숫자를 갖고 있고 그 숫자는 적어도 연도를 의미하는 것 같다. 그러나 연도와 그림이 구체적으로 어떤 연결 고리를 갖는지 정확히 이해할 수가 없다.

다음 날 아침 일찍 스테반 교수님을 찾아갔다. 스테반 교수님은 비밀 일기장을 보시더니 세상을 다 가진 듯한 표정을 지으셨다.

"피터 집사, 드디어 비밀 일기장을 손에 넣었구먼."

지난 2년간 스테반 교수님을 가까이에서 모셨지만 저렇게 행복한 미소를 짓는 모습은 처음이었다.

"교수님, 저도 이렇게 쉽게 일기장을 받게 될 줄은 전혀 예상하지 못했어요."

교수님은 비밀 일기장을 한 장씩 한 장씩 자세히 넘겨보시더니 두 눈을 감으시며 무언가를 곰곰이 생각하셨다. 그 모습은 마치 철학자의 깊은 사색이 연상되어 난 한참을 조용히 바라만 보고 있었다. 스테반 교수님의 유희 시간을 감히 깨뜨리고 싶지 않았다.

"교수님 각 주제가 어떤 의미인지 아실 수 있나요?"

스테반 교수님은 고개를 앞뒤로 천천히 끄덕이시며 흥분된 목소리로 말씀하셨다.

"살바토르 문디의 신비한 비밀과 능력들이 무엇인지 정확히 알수 없지만 적어도, 비밀 일기장이 의미하는 세 가지 주제는 확실히 찾은 것 같네."

"저도 이미 한 가지 비밀은 들어서 알고 있어요."

"맞아! 그레이스 왕비님과 제임스 쿡 씨가 벌써 두 번이나 그능력을 경험하셨지."

"피터 군, 첫 번째 그림이 의미하는 바를 알 수 있겠는가?"

"교수님, 숫자 30은 연도를 뜻하는 것 같아요?"

"맞아 AD 30년을 의미하는 것 같네."

"자네도 기독교라고 하지 않았나?"

"네 교수님, 독실하진 않지만 제가 기독교인 것은 맞아요."

"그렇다면, 나보다도 자네가 첫 번째 비밀은 더 쉽게 찾을 수 있을 것 같은데…."

"교수님, 첫 번째 그림은 십자가에 달리신 예수님이에요."

"두 번째 그림은 무엇인가?"

"부활하신 후 제자들 앞에서 하늘로 올라가시는 예수님."

"그렇지. 역사적으로 예수님께서 사망한 시기를 AD 30년으로 추정하는 학자들이 많네."

교수님은 책상 위에 놓여 있는 NIV 성경책을 가져 오셨다.

"마지막 그림 위에 성경 구절이 기록되어 있지?"

"네 로마서 1장 4절이에요."

교수님은 성경을 펼치신 후, 로마서 1장 4절을 찾으셨다.

"피터 군, 로마서 1장 4절을 읽어 보게."

"성결의 영으로는 죽은 자들 가운데서 부활하사 능력으로 하나님의 아들로 선포되셨으니 곧 우리 주 예수 그리스도시니라."

"내 생각엔 저 그림의 핵심은 예수님의 부활이네. 만약 부활이 없었다면 지금 이렇게 수많은 기독교인들이 존재할 수가 없었을 거네."

"부활의 소망! 이게 첫 번째 그림의 핵심이란 말씀이시군요."

"살바토르 문디 작품이 맨 마지막에 등장하는 걸 보면 첫 번째 능력은 부활의 소망과 연관이 있는 것 같네."

"피터 군, 두 번째 그림일기는 어떤 전투를 상징하는지 알고 있나?"

"아니요. 전혀 감도 못 잡겠어요. 옛날 중세 유럽 기사들의 전투인 것 같은데…."

"숫자 1440! 그게 힌트인 것 같네. 1440은 1440년을 의미하는 거네."

"1440년과 관련된 유명한 전투가 있네."

"1440년 유럽의 유명한 전투라…."

"자네에게도 분명 강의 시간에 설명한 적이 있어."

"아! 생각나요! 앙기리아 전투! 교수님께서 다빈치의 작품 중에 소실되었다고 말씀하셨어요."

"그렇지! 앙기리아 전투는 매우 기묘한 역사적 배경을 갖고 있다네."

스테반 교수님의 눈빛은 마치 보석을 찾은 듯 반짝반짝 빛나고 있었다.

"1440년 6월 29일 피렌체 공화국이 이끄는 이탈리아 동맹군과 밀라노군 사이에 전쟁이 벌어졌네. 수천 명이 투입된 전투에서 마지막 날까지 치열한 교전을 했는데, 전설에 의하면 신기하게도 단 한 명만 전사했다고 하네."

"저도 앙기리아 전투에서 오직 한 명의 사상자가 발생했는데 그런 전투 사례는 인류 역사상 단 한 번도 없었다고 들었어요."

"사실, 그 사망자 한 명조차도 전투로 인한 사망이 아닌 말에서 떨어진 안선 사고사였네."

"그림 순서를 따르면, 앙기아리 전투에서 피렌체군과 밀라노군은 치열한 전투를 준비했지만 맨 마지막 그림은 살바토르 문디가 등장하고 있네."

"교수님, 결국 살바토르 문디가 소유한 갈등을 화해로 바꿀 수 있는 능력을 이 그림에서도 암시하는 게 아닐까요? 실제 역사적 사건을 통해 그 능력이 사실임이 증명된 거네요."

심장 박동이 마구마구 요동쳤다. 스테반 교수님 역시 흥분을 감추지 못하고 날 바라보셨다. 교수님은 다시 성경책을 펼치셨다.

"확실한 증거는 바로 이 성경 말씀이네. 마태복음 5장 23~24절 자네가 읽어 보게나."

"그러므로 예물을 제단에 드리려다가 거기서 네 형제에게 원망들을 만한 일이 있는 것이 생각나거든 예물을 제단 앞에 두고 먼저 가서 형제와 화목하고 그 후에 와서 예물을 드리라."

"두 번째 주제는 성경 말씀대로 화목, 화해, 합의, 일치 이런 메시지를 담고 있네."

"그렇다면, 세 번째 주제의 그림은 어떤 의미가 있을까요?"

"세 번째 주제 맨 마지막 그림은 마치 살바토르 문디 작품의 구세주가 직접 문을 두드리는 것처럼 보이네. 또한, 숫자 2019가 있는 걸 볼 때, 정말 비밀 일기장의 주인이 자네가 맞는 것 같네. 바로 올해가 2019년이고 비밀 일기장이 자네 손에 들어왔으니…"

스테반 교수님은 행복이 가득한 미소를 지으시면서 마지막으로 성경책을 펼쳤다.

"빌립보서 4장 13절은 너무나도 유명한 성경 말씀이네. 내가 직접 자네를 위해 암송해 주겠네. 잘 들어보게."

난 두 눈을 감고 스테반 교수님의 낭독을 음미할 준비를 마쳤다.

"내게 능력 주시는 자 안에서 내가 모든 것을 할 수 있느니라."

"와우! 놀라운 말씀이네요."

"우리가 알고 있는 불일치를 화합으로 이끌어 주는 능력 외에, 부활의 능력, 모든 것을 할 수 있는 능력들이 살바토르 문디 안에 가득 차 있는 것 같네. 쿡 신부님 말씀대로 피터 집사가 그 일기장의 주인이니 앞으로 살바토르 문디 안에 숨겨진 그 능력들이 무엇인지 직접 찾아보게."

부활의 능력, 모든 것을 할 수 있는 능력이라니… 도무지 믿을 수 없는 능력들이었다.

8장

센 강변의
미묘한 송별회

8장

셴 강변의
미묘한 송별회

오후 3시쯤 사우디에 있는 제임스 쿡으로부터 한 통의 전화가 왔다.

"피터 집사, 수고 많았어요."

"제임스 쿡 씨, 전화 주셔서 감사해요."

"스테반 교수님과 일기장의 비밀은 다 밝혔나요?"

"첫 번째는 부활의 소망, 두 번째는 화합, 세 번째는 모든 것을 할 수 있는 능력이라고 말씀하셨어요."

"화합은 알겠는데… 부활의 소망과 모든 것을 할 수 있는 능력은 선뜻 이해되지 않는군요. 일단, 일기장을 직접 보고 싶으니 일주일 내로 복귀하는 일정으로 준비해요."

"네. 알겠어요."

제임스 쿡과 통화를 마치고 사우디 귀국 비행기표를 예약했다.

일기장을 확보한 걸, 자밀라 공주님께는 말씀드렸지만, 구체적으로 어떻게 일기장을 받았는지 일기장이 어떤 의미를 갖는지 자세히 설명할 시간은 없었다. 공주님께서도 따로 일기장에 대해 질문을 하지도 않으셨다.

공주님은 평일에는 외교에 대한 다양한 업무를 익히시느라 분주하셨고 주말에도 러블리 수와 각종 외교 행사에 참석하시느라 제대로 얼굴을 뵙기도 쉽지 않았다. 물론, 러블리 수는 일기장의 존재조차도 모른다.

난 남은 일주일 동안 대부분 집사학교 미술관에 가서 다빈치의 작품들을 감상하거나 스테반 교수님께서 가끔 요청하시는 자료 정리 업무를 도와 드렸다. 파리를 떠나기 전 쿡 신부님께 인사를 드리러 갔다.

신부님은 여느 때와 다름없이 성당 예배당 앞쪽 긴 의자에 앉아 계셨다. 난 90세에 어떤 모습일까 갑자기 궁금해졌다. 쿡 신부님은 마치 지혜와 인품을 모두 갖춘 현자처럼 보였다. 아마도 헤르만 헤세의 작품 소설 나르치스와 골드문트의 주인공! 나르치스가 노년이 되면 쿡 신부님의 모습이 될 것만 같았다.

"신부님, 안녕하세요."

신부님은 반가운 듯이 날 바라보셨다. 신부님의 따뜻한 온기가 고스란히 그대로 전달되었다.

"피터 집사, 살바토르 문디 비밀의 문을 열었나?"

"일기장 안에 숨겨진 비밀들을 찾았어요."

"세 가지를 모두 찾은 건가?"

"신부님은 살바토르 문디의 비밀을 모두 알고 계시는군요."

"아닐세. 내가 비밀을 아는 게 아니라 방금 자네가 숨겨진 비밀을 찾았다고 했을 때 3가지 비밀이 있다는 음성이 들려왔네. 마치 하나님께서 나를 단지 도구로 사용하셔서 나를 통해 자네에게 온전히 말씀하시듯."

"참 신비로워요. 신부님과 대화하면 마치 하나님의 메신저와 이야기하는 것 같아요."

"부디 그 비밀의 능력들을 온전히 찾아서 세상을 구원하는 역할을 감당해 주게나."

"신부님, 전 이번 주말에 사우디로 돌아가요."

"이제 일기장을 찾았으니 살바토르 문디와 진정 하나가 되어야겠지."

"자네가 사우디로 돌아가기 전, 생 위베르 성당에 있는 다빈치무덤을 꼭 다녀오게."

"작년에 스테반 교수님과 함께 방문한 적이 있어요."

"어쩌면 다빈치의 영혼이 직접 자네에게 숨겨진 능력에 대한 열쇠를 줄지도 모르니… 살바토르 문디 비밀의 능력들을 직접 마주하는 것은 결코 쉽지 않지만, 오직 자신을 믿고 앞에 놓인 그 길을 담대하게 걸어가게."

쿡 신부님은 날 꼭 껴안아 주셨다. 이런 따사로운 느낌은 돌아가신 아버지를 다시 생각나게 했다.

자밀라 공주님은 나를 위한 송별회를 계획하고 계셨다. 캐주얼한 복장으로 에펠탑 야경을 먼저 구경하고 센 강변에서 가볍게 산책을 한 후, 저녁 식사를 함께하는 일정이었다. 물론, 경호원 러블리 수도 동행할 것이다.

　금요일 오후 7시 리츠파리 호텔 정문에는 검은색 리무진이 대기하고 있었다. 난 하얀색 반팔티, 스트레이트핏 청바지를 입었고 어머니가 사우디에 가기 전에 선물해 주신 검은색 프로스펙스 런닝화를 신었다. 잠시 후, 자밀라 공주님이 나타나셨다. 공주님은 하얀색 블라우스, 스키니핏 청바지에 하얀색 휠라 운동화를 신으셨다. 하지만 러블리 수는 보이지 않았다

　"공주님, 러블리 수는 함께 가지 않나요?"

　"수 님은 약속이 있어 저녁 식사 시간에 맞춰 올 수 있다고 해요."

　"저녁 식사 장소는 센 강변 근처인가요?"

　"맞아요. 지난번 경치가 좋고 음식이 맛있는 식당을 미리 찜해 둔 곳이 있어요."

　검은색 리무진에는 우락부락한 프랑스 용병 출신 경호원이 반팔 셔츠와 청바지를 입고 동석했다. 아마도 공주님께서 복장을 맞추도록 지시하신 게 분명했다. 어쩜 저렇게 셔츠가 근육에 밀려 터질 것 같은지 순간적으로 나도 모르게 웃음이 나왔다.

　파리 시내를 가로질러 보라색 조명이 비추는 에펠탑에 도착했다. 에펠탑은 언제나 마음을 설레게 한다.

"집사님, 일기장에 대한 비밀은 언제 이야기해 주실 건가요?"

"사실, 공주님께 말씀드리려고 했는데 너무 바쁘셔서 말씀드릴 기회가 없었어요."

공주님은 수줍게 미소를 지으셨다.

"피터 집사님의 중요한 임무 중 하나가 쿡 신부님으로부터 일기장을 받는 거라 들었어요."

"네. 공주님과 함께 산책 한 날 직접 쿡 신부님을 뵈러 간 전략이 적중했어요."

"어머니는 저에게 그 일기장이 어떤 의미가 있는지 나중에 설명해 줄 테니 피터 집사님께는 별도 부담을 주지 말라고 신신당부하셨어요."

"때가 되면, 공주님께 왕비님께서 모든 걸 설명해 드릴 거예요."

"사실, 무척 궁금하긴 한데… 때론, 궁금한 일들을 나중에 자연스럽게 알게 되는 것도 나쁘지 않을 것 같아요. 무엇보다도 제임스 쿡 씨도 이루지 못한 그 어려운 일을 성공적으로 수행하신 걸 진심으로 감축드려요."

"축하해 주셔서 감사드려요."

"파리에 더 있고 싶으시면 제가 어머니께 말씀드릴까요?"

"아니에요. 공주님은 여기서 하실 일이 있으시고 전 사우디에서 제가 감당해야 할 일이 있으니 돌아가야 해요."

"일요일 출국 전에 특별히 하고 싶은 일은 없나요?"

"내일 오전에 다빈치 무덤에 다녀올 생각이에요."

"아~ 앙부아즈에 있는 생 위베르 성당에 가신다는 건가요?"

"네 맞아요."

"저도 한 번 다녀온 적이 있어요. 차량으로 2시간 30분 정도 가시면 될 거예요. 아침에 리무진을 준비해 드릴게요."

"공주님, 감사드려요."

"집사님, 파리에는 언제 처음으로 오셨어요?"

"대학 복학하기 전, 2015년 2월에 한 달간 파리 배낭여행을 했어요."

"겨울에 파리라니… 너무 춥지 않았나요?"

"날씨가 춥긴 했지만, 겨울의 파리도 나름 낭만과 사랑이 가득해요."

"그럼 그때 에펠탑을 처음 방문하셨겠네요. 에펠탑을 보면서 무슨 생각 하셨어요?"

"나중에 기회가 되면, 헤어진 여자친구랑 함께 다시 오고 싶은 생각을 했어요."

"그래서, 그 꿈은 이루신 거예요?"

"아니에요. 하하하."

자밀라 공주님과 함께 있는 시간은 너무나 평온했다. 저 멀리 우락부락한 경호원이 우릴 항상 지켜보고 있지만, 경호원의 시선도, 이 시간 그 누구의 시선도, 내겐 중요하지 않았다.

"공주님은 에펠탑을 언제 처음 오셨어요?"

"프랑스로 유학 온 2015년 3월이에요"

"와우! 저랑 한 달 차이로 방문하셨네요."

"그러게요. 집사님은 2월 저는 3월이라."

"공주님은 에펠탑을 보시며 어떤 생각을 하셨어요?"

"전 비밀이에요."

"앗 전 말씀을 드렸는데 공주님은 비밀이시라니…"

"원래 숙녀는 비밀이 있어야 신비롭게 보이는 거 아시죠?"

자밀라 공주님은 미소를 머금은 채 자연스럽게 센 강변 방향으로 걸어가셨다. 집사학교 재학시절 센 강변을 수없이 걷고 또 걸었다. 그땐 주로 혼자 걸었는데 자밀라 공주님과 함께 센 강변을 걸으니… 온 세상이 사랑스럽게 느껴졌다. 공주님은 대사관에서 있었던 이런저런 이야기들을 들려주셨고 난 스테반 교수님, 쿡 신부님과 있었던 일들을 차근차근 설명해 드렸다.

공주님은 강변 근처에 정면이 온통 통창으로 된 이태리 식당 앞에서 발걸음을 멈추셨다. 식당 안쪽을 보니 이미 빨간색 머리띠, 하얀 반팔 티셔츠에 부츠컷 청바지를 입은 러블리 수가 우리를 바라보며 반갑게 손을 흔들었다.

송별식 장소는 센 강변이 아름답게 보이는 이태리 식당이었다. 프로 한식러인 날 위해 이태리 음식 중 제일 좋아하는 해물 리조또를 사주시려고 공주님이 정하신 것이다. 우리는 오랜만에 만난 시골 초등학교 친구들처럼 한참 수다를 떨었다.

순간, 자밀라 공주님, 러블리 수를 번갈아 바라봤다. 세상에 이렇게 아름다운 여인들과 즐겁게 식사할 수 있는 사람이 얼마나 될까 한 분은 사우디 공주님, 다른 한 분은 CIA 출신 최고의 경호원, 나는 실로 복 받은 사람이라는 생각이 들었다.

저녁 식사를 마치고 디저트로 음료를 주문했다. 난 즐겨 마시는 아이스 카라멜 마키아또, 자밀라 공주님은 딸기 스무디, 러블리 수는 아이스 아메리카노, 서로에게 빨대를 건네기 위해 러블리 수와 손가락이 스치듯 마주 닿았다. 분명, 짧은 순간이었는데 묘한 감정이 찾아왔다. 러블리 수도 약간 상기된 얼굴로 날 바라봤다. 이상한 기류를 눈치챈 듯 자밀라 공주님께서 말문을 여셨다.

"두 분 지금 썸타는 건가요? 하하하!"

공주님의 예상치 못한 일격에 온통 웃음바다가 되었다. 센 강변의 밤은 서서히 깊어 갔고 사랑과 우정을 넘나드는 미묘하고 유쾌한 송별회도 구름 속에 몸을 숨긴 달빛과 함께 저물어갔다.

9장

생 위베르 성당
다빈치의 무덤

생 위베르 성당
다빈치 무덤

아침부터 다빈치 무덤에 관한 자료들을 인터넷을 통해 검색했다. 집사학교 현장 강의 시간에 직접 앙부아즈성에 방문하여 다빈치의 무덤을 본 적이 있어 그때 기억들이 다시 새록새록 떠올랐다.

당시 학생들 사이에서 주된 관심사는 왜 다빈치 무덤이 고국인 이태리에 있지 않고 프랑스에 있는가였다. 60대였던 다빈치는 20대인 프랑스 국왕 프랑수아 1세 초청으로 프랑스로 이주했다. 프랑수아 1세는 아버지 같은 다빈치를 지극정성으로 지원했고 다빈치는 이태리에서 이미 영향력이 컸던 미켈란젤로나 라파엘로와 달리 프랑스에서 조용한 노년을 기대했는지도 모를 일이다.

오전 8시 호텔 정문에서 검은색 리무진을 두리번거리며 찾았지만, 리무진은 전혀 보이지 않았다. 한편, 호텔 지하 주차장 쪽에서 파란색 BMW Mini가 서서히 다가오더니 내 앞에 멈춰 섰다. 차

안을 들여다보니, 러블리 수가 운전석에서 해맑게 미소를 짓고 있었다.

"집사님, 굿모닝!"

"안녕하세요. 아침 일찍 어디 가세요?"

"하하하! 집사님께서 앙브아즈성에 간다는 비밀 정보를 들었어요."

"그래서 제가 직접 모시러 왔어요. 저도 앙브아즈성에 꼭 가고 싶었거든요."

"토요일이라 편히 쉬고 싶으실 텐데… 직접 차를 태워 주시고."

"집사님을 언제 다시 볼 수 있을지 알 수 없는데, 이 정도 서비스는 기본이죠. 손가락도 스친 사이인데… 하하하."

"감사해요."

러블리 수의 얼굴에는 웃음꽃이 가득했다. 밝은 미소로 활짝 웃고 있는 그녀를 보니, 내 마음도 행복으로 차오르기 시작했다.

그녀는 CIA 출신 경호원답게 능수능란하게 핸들을 좌우로 꺾었다. 때론 부드럽게, 때론 거칠게…

"집사님, 궁금한 게 있는데 물어봐도 될까요?"

"물론이에요. 우리 사이에 비밀이 어디 있다고?"

러블리 수는 깔깔거리며 웃음을 터트렸다.

"집사님! 우리 사이가 어떤 사이인데요?"

난 순간 어떤 말을 해야 할지 약간 당황스러웠다.

"우리 그냥 공주님께서 말씀하신 것처럼 썸타는 사이해요."

갑자기 어제 일이 영화의 한 장면처럼 선명하게 떠올라 둘 다 웃음보를 참을 수 없었다.

"정말, 자밀라 공주님께서 그 순간 그렇게 말씀하실 줄은 생각 지도 못했어요."

"그러게요. 공주님을 경호하다 보면, 예상치 못한 순간, 공주님 의 유머 감각에 깜짝깜짝 놀랄 때가 있어요."

"피터 집사님, 왜 이렇게 빨리 사우디로 복귀하세요?"

"그래도 한 달은 파리에 있었어요."

"집사님께서 최소 3개월은 파리에 계실 거라 생각했어요."

순간, 러블리 수에게 어디까지 이야기를 해야 하는지 잠시 망설 였다.

"사우디 왕궁에서 복귀하라고 일주일 전에 연락을 받았어요. 잘 아시는 것처럼 전 사우디 왕궁의 집사로 취업을 했어요. 왕궁 에서 복귀하라고 하면, 언제든지 돌아가야 해요."

러블리 수는 내 답변이 썩 마음에 드는 것 같진 않았다. 아무래 도 CIA 출신 경호원이니 나름 정황에 대한 의문이 있을 거라는 생 각이 들었다. 다행히도 러블리 수는 더 이상 날 추궁하지 않았다. 대신, 내가 왜 한국에서 대학을 졸업하고 집사학교에 갔는지 집사 학교에서 생활은 어땠는지 그리고 나의 소소한 연애 경험담 등을 물어보았다.

"수 님은 연애를 해 보신 적이 있으세요?"

"미국 육군사관학교 재학시절, 사관생도 동기와 2년 정도 비밀

연애를 했어요. 그리고 사관학교 졸업 후, CIA에 근무하면서 CIA 선배와 1년 정도 사내 연애를 했지요. 아마도 그게 마지막 연애였던 것 같아요."

"와우! 수 님은 비밀연애 전문이시네요. 하하하."

"집사님, 저랑 사우디 왕가 비밀연애 1년만 해 보실래요? 어때요?"

"하하하! 저야 영광이죠. 이렇게 아름다운 경호원과 왕가 비밀연애라! 분명 달콤 살벌한 연애가 되겠네요."

"집사님은 여자친구 있으세요?"

"대학 시절 사귀던 여친은 있었는데 헤어지고 그 후 여친을 사귀지는 않았어요."

"공주님께 살짝 들은 건 예전 여자친구가 시인이라면서요?"

"네. 집사학교 졸업 후, 잠시 한국에 머물렀는데 우연히 서점에서 그녀의 시집을 발견했어요."

"시인이 여자친구라 너무 근사한대요."

"벌써 몇 년 전 이야기예요. 이젠 더 이상 연락도 하지 않는⋯."

"혹시 집사님도 시를 쓰시나요?"

"저도 시를 좋아해서 가끔 시상이 떠오르면 시를 써요."

"와우! 멋지네요."

"제게도 집사님이 지으신 시 한 구절 들려주세요."

"음⋯ "

"제발⋯"

"쑥스럽네요."

"집사님, 아잉…"

"수 님 혹시 서울에 있는 인사동 아세요?"

"물론이죠. 저도 한국에 방문한 적이 있어요. 인사동은 서울에
서 반드시 가야 할 관광명소 중 하나지요."

"제가 인사동을 배경으로 쓴 〈인사동 그길〉이라는 시를 들려
드릴게요."

"아 제가 방문한 인사동과 집사님이 방문한 인사동은 어떻게
다른지 기대가 되네요."

"그럼 낭송해 볼게요."

"잠시만요… 집사님 배경음악 깔아 드릴게요."

러블리 수는 이루마의 Kiss the rain 피아노곡을 배경음악으로
깔아주었다."

인사동 그길
빼곡히 서 있던 회색 빛깔 상점들
오고 가며 스치던 수많은 행인들
한 줌의 눈길조차 허락할 수 없었죠
어딘가를 향해 걷고 또 걸어요

인사동 그길
다정하게 서 있는 오색 빛깔 상점들

가고 오며 마주한 낯선 얼굴들

눈 앞에 펼쳐진 한 장면, 한순간도

이젠 놓칠 수 없어요

인사동 그길

그대와 함께 그 길을 걸은 후

인사동 그길

이 순간 그대는 없지만

인사동 그길

그 모든 그길 위에

그대의 모습이 가득해요

"브라보! 집사님 정말 시인이시네요."

"아니에요. 그냥 취미생활이죠."

"저 인사동 그길을 그녀랑 걸으셨던 거예요?"

"네 그녀랑 걸었죠."

"와우… 너무 낭만적이에요."

어느덧 2시간 30분 여정은 빛의 속도로 지나갔고 앙브아즈성 근처 공용 주차장에 도착했다.

우린 앙부아즈성에 들어가기 위해 매표소에서 입장권을 구매했다. 돌계단을 터벅터벅 한 계단씩 오르며 중세의 난공불락 요새처럼 보이는 앙부아즈 성벽을 바라봤다. 앙부아즈성으로 들어가는 입구 오른쪽에 고딕양식으로 지어진 생 위베르 성당이 보였다. 생 위베르 성당에는 다빈치의 무덤이 있다.

회색 페인트가 군데군데 벗겨진 쇠창살로 된 좁은 문을 통과하니 눈앞에 짙은 회색 지붕에 하얀 돌로 지어진 아름다운 앙부아즈 성이 그 자태를 드러냈다. 러블리 수 역시 고풍스러운 경치를 마음껏 감상하고 있었다. 앙부아즈 성벽에서 아래를 내려다보니 평화롭고 풍요로운 프랑스 시골 마을 전경이 한눈에 들어왔다.

앙브아즈성은 프랑수아 1세가 거주한 곳으로 다빈치도 수없이 이 성과 저 마을을 넘나들었을 것이다. 다빈치의 흔적이 있는지 다시 한번 주위를 자세히 둘러보았다.

마치 어딘가에서 다빈치가 날 바라보고 있는 것 같았다. 다빈치 무덤으로 가기 위해 생 위베르 성당 안으로 들어갔다. 러블리 수는 누군가로부터 전화를 받았고 통화를 위해 밖으로 나간다는 귀여운 손짓을 한 후, 시야에서 사라졌다.

희한하게도 방문객들은 단 한 명도 보이지 않았다. 아치형 천장과 화려한 벽장식이 눈을 사로잡았고 스테인드글라스를 통해 들어오는 굴절된 빛이 다빈치 무덤을 사선으로 신비롭게 비추고 있었다.

다빈치 무덤에는 아름다운 빨간 장미와 하얀 목련꽃이 여기저기 어수선하게 흩어 뿌려져 있었다. 잠시, 무덤 옆에 있는 긴 의자에 앉아 러블리 수를 기다리며 다빈치의 대리석 무덤을 물끄러미 바라봤다.

작은 녹색 테이블 위에 연두색 사과가 가득 담긴 바구니와 하얀색 종이봉투, 초록색 연필, 황금색 연보함이 눈에 띄었다. 아마도 사과를 하나 선택하고 종이봉투에 돈을 넣어 연보함에 헌금을 드리는 게 아닌가 싶었다.

지갑에서 10유로 지폐를 한 장 꺼냈다. 종이봉투에 초록색 연필로 살바토르 문디의 비밀은 무엇인가? 사우디 집사 피터라는 글자를 사각사각 써 내려갔다. 연보함에 봉투를 넣고 사과 한 개를 움켜잡았다.

신성한 다빈치 무덤 앞에서 사과를 먹고 싶다는 생각이 든 것 그 자체가 너무 본능에 충실한 게 아닌가 싶었다. 한편, 싱싱한 연두색 사과, 검은색 이름이 아로새겨진 다빈치 무덤, 무덤 위 빨간 장미, 흩뿌려진 하얀색 목련꽃이 오묘하게 어울렸다.

사과를 맘껏 한 입 베어 아삭아삭 깨물었다. 갑자기, 일시에 눈앞이 환하게 밝아지기 시작했다. 눈이 부셔 힘껏 두 눈을 감았다가 다시 조심스럽게 한쪽 눈을 슬며시 떴다.

다빈치의 대리석 무덤 위에 누군가 앉아 날 빤히 바라보고 있었다. 자세히 보니, 다빈치 초상화와 닮은 다빈치의 실체와 마주한 것이다. 순간, 쿡 신부님의 말씀이 귓가에 들려 오기 시작했다.

"어쩌면 다빈치의 영혼이 직접 자네에게 숨겨진 능력에 대한 열쇠를 줄지도 모르니…"

온몸에 식은땀이 흐르기 시작했다. 다빈치는 나지막한 음성으로 성경 구절을 또박또박 읊조렸다. 분명, 내가 알고 있는 성경 말씀을 불어로 던져내고 있었다.

Apocalypse Jean 3:20 (요한계시록 3장 20절)

"Je vais voir. Je me tiens à la porte. Si quelqu'un entend ma voix et ouvre la porte, Je suis entré dans lui et je l'ai accompagné.Il va manger avec moi."

"누구든지 내 음성을 듣고 문을 열면 내가 그에게로 들어가 그로 더불어 먹고 그는 나로 더불어 먹으리라."

다시 눈을 뜨니, 내 앞에 마주했던 다빈치는 어느새 사라졌다. 녹색 테이블, 연두색 사과가 담긴 바구니, 황금색 연보함도 더 이상 존재하지 않았다. 반면, 내 왼 손바닥이 순식간에 뜨거워지더니 다빈치와의 만남이 실제였음을 보여주는 한 점의 붉은색 점이 고스란히 남았다. 분명 지금까지 내 양쪽 손바닥에는 어떠한 점도 없었지만, 이 순간 내 왼쪽 손바닥에는 붉은색 점이 흔적으로 선명하게 박혀 있었다.

"피터 집사님! 괜찮으세요?"

러블리 수가 날 다급하게 부르는 소리가 들려왔고 바닥에 쓰러진 날 서서히 일으켜 세웠다.

"집사님!"

러블리 수의 목소리가 내 귓가에 선명하게 도달했지만 난 꿈인지 현실인지 가늠하기가 어려웠다.

"어디 아프신 거예요?"

"아니에요. 괜찮아요."

난 다빈치의 발자취를 찾기 위해 다빈치 무덤과 성당 주변을 스캔하듯 한 장면 한 장면 살펴보았다.

"수 님, 혹 성당 안에서 노인 한 분을 보셨나요? 방금까지 이 무덤에 계셨는데…"

"집사님, 전 성당 입구에서 통화를 하고 있었어요. 집사님 외에는 성당 안에 들어간 사람도 밖으로 나온 사람도 전혀 없었어요."

러블리 수는 식은 땀을 흘리고 있는 날 걱정된다는 눈빛으로 바라봤다. 생 위베르 성당 다빈치 무덤에서 실존하는 다빈치와의 첫 조우는 러블리 수에게도, 그 누구에게도 이야기할 수 없는 한여름 밤의 꿈과 같은 만남이었다.

파리에서 리야드로 귀환은 한 달 전에 호사를 누렸던 나르는 궁전 747을 다시 탈 순 없었다. 하지만 사우디 왕궁에서는 비즈니스 클래스를 탈 수 있도록 배려를 해주었다. 재벌이나 유명 연예인이 아니고서 누가 20대에 비즈니스석을 탈 수 있을까 사우디 집사라는 직업도 나름 괜찮다는 생각이 들었다.

공항에서 나오자 하얀색 랜드로버가 날 기다리고 있었다. 사우디 왕궁에 도착하자 압둘과 제임스 쿡이 반갑게 맞아 주었다. 도착 시간이 밤 10시가 훌쩍 넘어 못다 한 이야기는 다음 날 그레이스 왕비님과 함께 나누기로 하고 비밀 일기장을 먼저 제임스 쿡에게 건네주었다.

"알라후 아크바르!"

새벽에 어김없이 창공을 가르는 우렁찬 기도 소리가 들려왔다. 예술의 나라 프랑스에서 이슬람의 종주국 사우디로 돌아온 게 실감이 났다. 어찌 된 일인지 파리에서 있었던 모든 순간 들이 마치 꿈처럼 느껴졌다.

산책을 하고 싶어 공원으로 발걸음을 향했다. 항상 그랬던 것처럼 다정한 손 인사를 건네고 경비원들을 통과하며 공원으로 들어갔다. 잘 정돈된 잔디밭이 푸릇푸릇했고 온갖 아름다운 꽃들이 공원을 가득 채웠다. 그레이스 왕비님과 제임스 쿡에게 어디까지 이야기해야 할지 고민이 되었다.

오전 10시가 되어 그레이스 왕비님이 주로 머무시는 살바토르 문디 작품이 있는 거실로 제임스 쿡과 함께 이동했다. 그레이스 왕비님은 환한 미소를 지으시며 거실 입구에서 날 반갑게 맞아 주셨다.

"피터 집사, 노고 많았어요. 건강한 모습으로 다시 보니 너무 반가워요."

"왕비님, 파리에 있는 동안 아낌없이 지원해 주셔서 감사드려요. 자밀라 공주님도 아주 건강하게 잘 지내세요."

"자밀라 공주와 매일 통화를 하고 있어요. 외교 업무가 본인의 적성에 맞는 것 같아 매우 기뻐요."

제임스 쿡이 말을 이었다.

"왕비님, 비밀 일기장을 살펴보세요."

제임스 쿡은 비밀 일기장을 왕비님께 두 손으로 공손하게 전달해 드렸다. 왕비님은 마치 연애편지를 읽는 소녀처럼 홍조를 띤 채 비밀 일기장을 조심스럽게 한 장 한 장 살펴보셨다.

때론 호기심이 가득한 표정을 짓기도 하시고 다른 한편으론 그림이 암시하는 메시지가 무엇인지 골똘히 생각해 보시는 듯했다. 난 스테반 교수님이 해석하신 내용을 있는 그대로 모두 설명해 드렸다. 왕비님은 흡족한 미소를 지으시며 말씀하셨다.

"결국, 첫 번째 능력은 십자가의 고난, 부활로 연결되어 있는데 스테반 교수님은 성경 말씀을 근거로 부활에 더 큰 비중을 두셨군요. 두 번째 능력은 우리가 예상했던 것처럼 다툼과 불일치가 있는 곳에 화합을 주는 거군요. 세 번째 능력은 구세주가 문을 두드리고 있고 내게 능력 주시는 자 안에서 내가 모든 것을 할 수 있다는 메시지가 들어있군요."

"피터 집사는 부활의 능력과 모든 것을 할 수 있는 능력에 대해 어떻게 생각하나요?"

제임스 쿡이 나를 똑바로 응시하며 질문했다.

"스테반 교수님도 저도 비밀 일기장의 내용만 이해했지 구체적으로 어떻게 그런 능력들이 발현되는지 알지 못해요."

"피터 집사 혹시 쿡 신부님께서 살바토르 문디의 능력에 대해 특별히 말씀해 주신 것 없었나요?"

제임스 쿡이 호기심에 가득 찬 표정으로 다시 질문했다.

"쿡 신부님은 제가 그 일기장의 주인이니 숨겨진 능력들을 찾을 수 있을 거라 말씀하셨어요. 하지만 비밀의 능력에 대해서는 잘 모르겠어요."

"피터 집사, 난 매일 살바토르 문디 작품의 상태를 관찰하고 있어요. 이 작품은 유화라서 보관 시에 온도, 습도, 적절한 햇빛이 매우 중요해요. 지난주 토요일 피터 집사가 다빈치의 무덤에 다녀간 이후 그림의 변화가 있었어요."

그레이스 왕비님께서 테이블 위에 버튼을 누르시자 벽면 커튼이 서서히 걷히면서 살바토르 문디 작품이 모습을 드러냈다. 자세히 보니 왼손에 들고 있던 투명한 구슬의 상단 부분이 붉은빛을 띠고 있었다.

"투명한 구슬이 어떻게 윗부분만 살짝 붉은색으로 바뀐 건가요?"

"우리도 이 놀라운 변화에 대해 피터 집사가 뭔가 실마리를 주지 않을까 기대하고 있어요. 혹, 다빈치 무덤을 방문한 날 어떤 특이한 일이 있었나요?"

갑자기 쿡 신부님께서 아무도 믿지 말고 나의 길을 가라고 말씀하신 이야기가 생각났다. 본능적으로 다빈치와의 기묘한 첫 만남은 아직은 이야기를 꺼낼 때가 아니라는 생각이 들었다. 물론, 그날 이후 내 왼 손바닥에 새겨진 붉은 점도…

잠시 방안에는 어색한 침묵이 흘렀다. 왕비님께서 자리에서 일어나시며 말씀하셨다.

　"일기장과 살바토르 문디의 비밀을 이해한 것만으로도 커다란
성과예요. 그 비밀들이 어떻게 나타나는지는 시간을 두고 더 찾아
보는 게 좋겠어요."

　왕비님과 귀국 후, 첫 대면은 수고했다는 격려의 말씀으로 마
무리되었다.

10장

가장 고귀한 기쁨은
이해의 기쁨

가장 고귀한 기쁨은 이해의 기쁨

침대에 누워 지난 몇 개월 동안 내게 일어난 특별한 사건들을 하나씩 곱씹어 봤다. 천장을 바라보는데 영문 알파벳 글자들이 공중 위로 서서히 한 단어씩 나타났다. 갑자기, 마법같이 그 단어들이 춤을 추면서 한 문장을 완성했다.

"The Noblest Pleasure is the joy of understanding."

저 문장은 분명 어디에서 본 적이 있었다. 앗! 바로 그 문장은 레오나르도 다빈치가 말했던 유명한 문구였다.

"가장 고귀한 기쁨은 이해의 기쁨이다."

문장을 해석하는 순간 글자들이 눈앞에서 순식간에 먼지처럼 사라졌다. 드디어, 비밀 일기장의 능력들이 퍼즐처럼 선명하게 세 가지 장면으로 맞춰지기 시작했다.

첫 번째 장면은 그레이스 왕비님께서 사막의 광야에서 들으신 음성이었다.

"살바토르 문디! 그 신비한 기적의 문을 여는자! 피터!"

그레이스 왕비님의 이야기를 들은 후, 누군가 내 마음의 문을 강하게 세 번 두드렸고 살바토르 문디가 내 안에 들어와 내 온몸을 감싸 안는 신비로운 첫 번째 체험을 하게 되었다.

두 번째 장면은 쿡 신부님과 대화였다.

"나 역시 지난 30년간 매일 하나님께 기도했네. 일기장의 주인이 나타나면, 시므온과 안나가 아기 예수님을 알아보듯이 나도 일기장의 주인을 한눈에 알아볼 수 있게 해달라고…."

난 신부님의 말씀을 듣자마자 머리부터 발끝까지 마치 온몸이 감전된 듯 강한 전율을 느꼈다.

마지막 세 번째 장면은 생 위베르 성당에서 다빈치와의 운명적인 첫 만남이었다. 다빈치는 검은색으로 아로새겨진 자신의 무덤 위에서 내게 불어로

"누구든지 내 음성을 듣고 문을 열면 내가 그에게로 들어가 그로 더불어 먹고 그는 나로 더불어 먹으리라."

라고 읊조린 것이다. 순간 내 왼 손바닥이 일시에 뜨거워지더니 하나의 붉은색 점이 흔적으로 남은 사건이다. 바로 그 시간에 살바토르 문디 작품 속에도 투명한 구슬 상단의 붉은 색깔이 생긴 것이다.

결국, 비밀 일기장의 마지막 장면은 살바토르 문디가 내 마음의 문을 두드렸고 내가 마음의 문을 열자 내 안에 들어와 그 순간

살바토르 문디가 내가 되고 내가 살바토르 문디가 되어 그 징표로 서로에게 붉은 색깔을 공유한 것이다.

갑자기 심장이 거칠게 요동치기 시작했다. 나의 오감! 미각, 후각, 시각, 촉각, 청각 뿐만 아니라 육감까지도 이 순간 나와 커튼 뒤에 가려져 있는 살바토르 문디가 강하게 연결되어 있음이 느껴졌다.

이것은 신성한 교감이며 거룩한 결합이었다. 살바토르 문디 작품이 수백 년 보유했던 신비한 능력들이 고스란히 나에게 투영된 것이다. 나는 이 놀라운 능력의 위임을 스스로 감내해야 하며 그 소중한 비밀을 반드시 지켜야만 하는 고귀한 운명의 한 조각이 된 것이다.

다음 날 아침 그레이스 왕비님께 일대일 면담을 요청했다. 내가 지금 가장 신뢰할 수 있는 분은 오직 그레이스 왕비님밖에 없었다. 살바토르 문디와 나와의 인연은 그레이스 왕비님의 꿈으로부터 시작된 것이며, 날 이 거대한 운명의 소용돌이로 초대한 분도 바로 그레이스 왕비님이시기 때문이다.

그레이스 왕비님께 비밀 일기장의 마지막 그림과 내게 있었던 신비한 세 가지 사건들을 하나씩 하나씩 설명해 드렸다. 또한, 쿡 신부님께서 이 비밀을 최대한 공유하지 않도록 당부하신 것도 말씀드렸다.

왕비님께서 살바토르 문디와 내가 하나 된 사실은 당분간 오직 왕비님만 아는 것으로 하겠다고 약속을 하셨고 내 왼손에 남겨진 붉은 점과 살바토르 문디 작품의 투명 구슬 위에 새겨진 붉은 색깔이 동일한 흔적임을 확인하시고 놀라움과 기쁨을 감추시지 못하셨다.

"피터 집사, 이제부터 집사 업무는 중단하도록 해요. 오전에는 아랍어 수업과 도서관에서 중동정치를 공부하고 오후에는 닥터리와 함께 오감에 대한 계발과 신체적 변화를 관찰하세요."

왕비님의 말씀대로 집사 업무는 중단되었다. 오후 시간에는 왕비님의 여동생인 닥터 리와 함께 주로 내 오감에 대한 관찰과 신체를 계발하는 훈련을 했고 난 닥터 리가 연구하고 있는 다양한 전염병에 대해 자연스럽게 관심을 갖게 되었다.

"피터 집사, 2016년 내가 사우디에 와서 처음 맡았던 연구가 뭔지 알아요?"

"박사님께서 메르스 분야 전문가라는 이야기를 들었어요."

"맞아요. 메르스는 2015년 5월 한국에서 첫 번째 메르스 환자가 발견된 후, 총 186명이 감염되었고 그중 38명이 사망하면서 한국에서 메르스 치사율은 20%에 달하게 되었어요."

"그래서, 메르스에 관한 연구를 위해 사우디에 오신 거군요."

"세상은 과거에 존재했던 흑사병, 스페인 독감, 그리고 메르스처럼 끊임없이 예상치 못한 새로운 바이러스의 공격에 노출될 거에요."

"박사님처럼 오롯이 전염병을 연구하시는 분들이 존재하기 때문에 우리가 안전하게 살아갈 수 있는 거겠죠."

"전염병 못지않게 피터 집사의 능력들도 매우 궁금해요. 어떻게 일반인과는 비교할 수 없는 놀라운 신체적 능력을 갖게 된 건지? 왕비님께서는 그 모든 변화가 살바토르 문디와 관련 있다고만 넌지시 말씀하셨어요."

"맞아요. 저에게 일어난 모든 변화는 모두 살바토르 문디와 관련이 있어요. 저도 그 능력이 박사님이 전염병 퇴치를 위해 노력하시듯 누군가에게 도움이 되는 능력이 되길 기도해요."

닥터 리의 얼굴은 처음에는 잔뜩 긴장감이 느껴지는 표정이었으나 어느덧 잔잔한 희망이 솟아나는 얼굴로 바뀌어 있었다. 한편으로는 살바토르 문디의 신비한 능력에 대한 호기심과 그 능력이 인류에게 어떤 형태로든지 도움이 될 거라는 기대감으로 가득 채워져 있었다.

계절은 어느덧 한 낮에 40~50도를 넘나드는 불타는 여름이 되었다. 8월 초 스테반 교수님으로부터 쿡 신부님께서 소천하셨다는 소식을 듣고 제임스 쿡은 장례식 참석을 위해 파리로 떠났다.

지난 3개월간 나의 오감은 극도로 선명하게 되었다. 닥터 리는 보통 사람들이 오감으로 느끼는 수준은 10점 만점에 평균 4점이며 극히 예민한 사람이 5점의 지표를 받게 되지만 나의 오감은 10점 만점에 10점을 모두 도달한 수치라고 설명했다.

이런 오감의 발달이 앞으로 나에게 어떤 도움을 줄지 가늠하기가 어려웠다. 나의 촉각이 보통 사람보다 2배 뛰어나다고 해서 과연 그게 어떤 의미를 줄 수 있는 것일까 일상생활 속에서 난 분명히 더 명확한 후각과 촉감, 더 세밀한 미각, 더 선명한 시각 그리고 정신을 집중하면 심지어 옆방에서 이야기하는 사람들의 목소리가 정확하게 들리는 놀라운 청각을 소유하게 되었다.

그러나, 난 이런 변화된 능력을 다 노출하진 않았다. 특히 청각과 시각은 더 월등한 능력을 보유하고 있었으나 지표 10을 넘지 않는 수준에서 티나지 않게 능력을 조절했다. 그레이스 왕비님께서 날 위해 특별히 한국인 태권도 사범을 부르셨고 일주일에 두 번씩 태권도를 배우는 시간도 갖게 되었다.

물론, 그렇다고 해서 내 신체의 비밀을 모르는 한국인 사범님 앞에서 신체 능력을 다 사용하지 않았다. 단기간에 난 충분히 자신을 보호할 수 있을 뿐만 아니라 누군가를 보호할 수 있는 충분한 전투력을 갖출 수 있었다.

수영의 경우, 예전에는 실외 수영장 25미터 직선거리를 매번 호흡하며 수영을 했는데 25미터 직선거리를 숨을 쉬지 않고 한 번에 갈 수 있다. 심지어 물속에서 잠수도 5분 이상 견디는 게 어렵지 않았다. 더 놀라운 것은 나의 이런 신체적인 변화가 훈련하면 훈련할수록 더 탁월한 수준으로 계발되는 것이었다.

현재까지 성장의 한계를 알 수 없다는 게 더욱더 경이로웠다. 내게 특별한 언급은 하지 않았지만, 닥터 리 역시, 내 신체 능력이 이미 인간이 도달할 수 없는 우주의 어딘가에 이른 것을 알고 있는 것 같았다.

10월 첫날 그레이스 왕비님께서 조용히 날 부르셨다.

"피터 집사, 11월에 반살림 왕께서 일부 장관을 교체하는 인사를 단행할 예정이에요. 난 자밀라 공주를 외무부 장관으로 추천해 달라고 반살림 왕께 간청할 거예요."

"왕비님, 제가 사우디 각료가 어떤 절차로 임명되는지 알 수 없지만 반살림 왕께서 외무부 장관으로 추천하시면 자밀라 공주님께서 외무부 장관이 되는 건가요?"

"아니에요. 왕실 인사위원회에는 5분의 심사위원들이 있어요. 11월 첫 주에 장관 후보자에 대한 면접을 마친 후, 5분 인사위원이 모두 만장일치로 임명을 승인해야 장관을 교체할 수 있어요."

"통상, 장관 선발을 위해 3명의 후보가 추천돼요."

"그렇다면, 예전에 반살림 왕자가 왕세자가 되신 것처럼 살바토르 문디가 의사결정을 모아주는 기적을 발현하길 원하시는 거군요."

"맞아요. 23년 전 내 결혼을 왕실에서 허락받을 때와 11년 전 반살림 왕자가 왕세자로 책봉될 때는 직접 살바토르 문디 작품을 들고 행사에 참석했지만, 이제 피터 집사와 살바토르 문디 작품이 연결되어 있으니 피터 집사가 자밀라 공주와 함께 면접 장소에 참석하면 심사위원들의 승인을 만장일치로 이끌어 낼 수 있을 것 같아요."

"그럼. 자밀라 공주님에게도 외무부 장관 추천을 이야기하셨나요?"

"공주는 이달 말에 귀국할 거예요. 이미 자밀라 공주와 외무부

장관에 대해서는 논의했고 공주도 흔쾌히 수락했어요."

사우디에서 지난해 여성으로서 처음으로 파티마 공주가 주미 대사에 임명된 상황에서 자밀라 공주님이 사우디 외무부 장관이 되는 것이 전혀 불가능해 보이지는 않았다.

11장

얼굴 모르는 그녀

11장

얼굴 모르는 그녀

10월 마지막 날, 자밀라 공주님께서 사우디로 귀국했다. 공주님의 귀환도 기쁜 일이지만 러블리 수가 공주님과 동행하는지도 궁금했다. 지난 6월 파리에서 리야드로 복귀한 후, 한 번도 자밀라 공주님이나 러블리 수에게 연락을 시도한 적은 없었다.

사실 공주님이야 사적으로 당연히 내가 연락할 수 있는 위치가 전혀 아니었지만, 러블리 수에게는 적어도 안부 전화는 할 수 있었을 것이다. 그러나, 내가 별도 연락을 취하는 것보다 기회가 된다면, 자연스럽게 러블리 수와 재회하는 것이 서로에게 훨씬 편할 것 같았다.

드디어 공주님께서 오후 3시에 사우디 왕궁에 도착하셨다. 공주님께 인사드리기 위해 현관으로 나갔다. 검은색 리무진이 현관 앞에 서서히 멈추었고 압둘이 뒷좌석 문을 열자 자밀라 공주님께서 하얀색 블라우스에 스키니핏 청바지를 입고 차에서 내리셨다. 센 강변에서 송별회 때 입으셨던 복장과 똑같은 모습 그대로 사우디에 오신 것이다. 공주님께서는 나를 보고 빙긋 웃으시며 반가우신 듯 연신 손을 가볍게 흔드셨다.

"공주님, 안녕하세요."

"피터 집사님, 안녕하세요. 잘 지내셨나요?"

"네. 매우 잘 지냈어요."

운전석 옆자리 문이 열리더니 검은색 양복과 검은색 선글라스를 낀 러블리 수가 모습을 드러냈다. 선글라스 안에 감추어진 러블리 수 표정을 읽을 순 없었다. 공주님은 인사 후, 그레이스 왕비님을 뵈러 급하게 3층으로 올라가셨다. 난 러블리 수에게 짐을 정리한 후, 함께 커피 한잔하자고 이야기했다.

러블리 수의 방은 내가 있는 방 반대쪽으로 배정되었다. 같은 2층 공간에 있지만, 정사각형으로 왕궁 구조가 되어 있어 서로 정반대 방향에 머무는 것이다. 러블리 수는 여행 가방을 침실에 놓고 바로 나를 따라나섰다.

우린 1층 직원 전용 카페에서 5개월 만에 마주했다. 러블리 수에게서 은은한 향수 향기가 풍겨 나왔다. 이 향기는 샤넬 넘버5 여성용 재스민 향수였다. 집사학교 졸업 후, 어머니께 선물하기 위해 면세점에서 재스민 향기를 시향 했던 기억이 또렷하게 소환되었다.

"집사님, 어떻게 지내셨어요?"

"항상 하던 대로 독서, 아랍어 공부, 중동정치, 경제 공부, 태권도, 수영, 가끔 시도 한 수씩 창작하며 지냈어요."

"태권도를 배우신다고요? 의외네요. 집사가 경호원도 아니고 웬 태권도를?"

"수 님을 만난 후, 저도 소중한 사람을 지킬 수 있는 멋진 남자가 되고 싶어 일주일에 두 번 태권도를 배우고 있어요."

리블리 수는 예상치 못한 답변에 어이없다는 표정을 지으며 오른손 검지를 좌우로 흔들며 입 모양은 귀엽게 노노~ 라고 말했다.

"수 님은 어떻게 지내셨어요?"

"활기찬 공주님 덕분에 정신없이 보냈죠."

"공주님과 함께 사우디에 오실 줄 몰랐어요."

"제가 사우디까지 따라와서 실망스럽나요?"

"아니에요. 다시 수 님을 뵙게 되어 너무 반가워요."

"경호원 고용계약을 연간으로 했어요. 집사님도 매년 재계약인가요?"

"네 저도 물론 매년 재계약을 해요."

"그렇군요. 집사님은 종신계약인 줄 하하하."

"종신계약이라뇨. 저도 언제든 해고될 수 있죠."

"전 적어도 내년 5월까지는 공주님 경호업무를 담당해요."

"파리에서 말씀드렸던 아버님 실종에 대해 그레이스 왕비님께 도움을 요청하셨나요?"

"아버지 실종 문제는 좀 더 제 마음의 준비가 필요해서 말씀드

리진 않았어요. 때가 되면 그레이스 왕비님께 부탁드릴게요. 지금
은 일주일 앞으로 다가온 공주님 외무장관 면접을 준비하는 게 가
장 중요해요."

"공주님께서 외무장관 후보로 선정되어 사우디로 가셔야 한다
는 걸, 불과 하루 전에 알았어요."

"사우디 왕가 일들은 그렇게 갑자기 통보되는 경우가 많아요."

"그죠. 이런 일급비밀들은 역시 보안이 제일 중요할 것 같아요.
경호원인 제게 조차도 공주님께서 비밀로 하실 줄이야!"

"워낙 사안이 중요하니, 그러셨던 것 같아요. 공주님은 왕족이
시니 어려서부터 교육방식이 일반인들과는 많이 다르신 것 같아
요."

"맞아요. 가끔은 제가 공주님과 함께 있지만 저랑 완전히 다른
세계에 사시는 분임을 느끼고 있어요."

"잘 아시는 것처럼 사우디 최초 여성 대사가 불과 작년에 배출
되었어요. 아무래도 대사도 아니고 외무장관은 미리 관련 내용이
언론에 노출된다면 이래저래 이야기가 많을 거예요."

"그래서, 공주님 면접 준비도 특별히 저와 집사님, 단 두 명이
돕도록 하신 거군요."

"앞으로 일주일간 예상 면접 답변을 요약하고 공주님께서 면접
을 잘 준비하실 수 있도록 최선을 다해야 해요."

"특별히, 전 내일 그레이스 왕비님과 별도 면담이 예정되어 있
어요."

"아 드디어 왕비님을 뵙게 되시는군요."

"CIA 근무할 때도 왕비님에 대한 정보 접근은 매우 제한적이었어요. 왕비님은 어떤 분이신가요?"

"제가 감히 왕비님에 대해 어떤 설명을 해 드리는 건 적절하지 않아요. 분명한 건 편한 마음으로, 있는 그대로 자신의 모습을 왕비님께 보여주시면 될 거예요."

"있는 그대로의 모습을 보여 드린다… 전 그게 제일 어렵던데…."

러블리 수 얼굴 안에 알 수 없는 근심의 그림자가 살짝 겹쳐 보였다. 내 오감이 일반인보다 최소 2배 이상 발달한 것이 이런 세밀한 표정과 감정의 미묘한 변화까지 읽어내는 듯했다.

다음 날 아침 예상치 못하게 그레이스 왕비님은 나와 러블리 수를 함께 호출하셨다. 3층 접견실에서 만난 러블리 수는 약간 긴장돼 보였다.

'미국 육군사관학교를 졸업하고 CIA에서 근무한 최고의 경호원조차도 사우디 왕비님과 첫 만남은 쉽지 않구나!'

한편, 러블리 수의 면담에 날 함께 부르신 이유도 너무 궁금했다. 그레이스 왕비님께서 나에 대한 신뢰가 그만큼 크다는 증거이기 때문이다. 러블리 수와 함께 살바토르 문디가 있는 거실로 이동했다. 주변을 주의 깊게 살펴보는 러블리 수의 움직임이 세밀하게 포착되었다.

'그녀는 정말 경호원이 맞구나!'

장면 하나하나를 허투루 보지 않고 짧은 순간 동안 위에서부터 아래로 왼쪽에서 오른쪽으로 자세하게 관찰하고 있음이 느껴졌다. 정확한 입구와 출구, 감시카메라 대수까지 머릿속에 담아 놓고 있었다.

'이렇게 나의 오감과 육감이 끊임없이 계발된다면, 언젠가 난 사람의 마음도 읽을 수 있게 되는 걸까? 도대체 살바토르 문디는 왜 이런 능력들이 필요한 것일까?'

거실에 들어서자 검은색 가죽 소파에 앉아 계신 그레이스 왕비님께서 우릴 따뜻하게 바라보고 계셨다. 흡사 그 모습은 유학을 떠난 자녀들이 돌아와서 어머니를 처음 만나는 모습과 같았다.

'와우! 어쩜 저런 근사하고 우아한 분위기를 연출하실 수 있을까?'

거실은 금세 왕비님의 온기로 가득했다.

"러블리 수, 피터 집사, 편하게 이쪽으로 앉아요."

"왕비님, 처음 인사드려요. 공주님의 경호원 러블리 수예요"

"파리에서 경호원으로서 아주 탁월하게 업무를 수행했다는 이야기를 들었어요. 말로만 듣던 러블리 수를 이렇게 만나는군요."

"왕비님, 왕비님을 직접 만나게 되어 무한한 영광이에요."

왕비님께 인사하는 러블리 수 모습에서 그녀의 말이 모두 진심임을 느낄 수 있었다.

"CIA 근무 시절부터 왕비님께서 한국인이시며 종교와 국경을 초월하여 사우디 왕비가 되신 게 동화 같은 이야기라고 생각했어요."

초반 긴장감이 보였던 러블리 수에게 조금은 편안해진 모습을 발견할 수 있었다.

"이렇게 왕비님을 직접 뵙게 되니, 동화가 아니고 실화라는 게 실감이 나네요."

"러블리 수에게 몇 가지 궁금한 점이 있어서 인사도 할 겸, 이렇게 자리를 마련했어요. 피터 집사를 부른 건, 나와 첫 대면을 어색하게 여길 것 같아서 피터 집사는 병풍으로 사용하려고 불렀어요."

"왕비님, 제가 병풍이라고요."

우린 왕비님의 병풍 발언에 한바탕 웃음을 터트렸다. 실로, 왕비님을 몇 개월간 옆에서 모셨지만, 유머를 사용하신 것은 이번이 처음이었다.

러블리 수는 그레이스 왕비님과 날 번갈아 바라보며 어색한 미소를 살짝 머금었다.

"자밀라 공주의 경호원으로 임명된 건 나중에 반살림 왕께 들었어요. 왕께서 직접 러블리 수를 고용하신 건가요?"

"네 맞아요. 절 최종 선택하신 분은 반살림 왕이세요."

"직접, 반살림 왕을 만났나요?"

"아니에요. 화상으로 최종 인터뷰를 진행했어요. 그것도 왕께서는 화면은 보이시지 않으셨고 육성으로만 말씀하셨어요."

"매우 이례적인 채용이에요. 반살림 왕께서 직접 화상 인터뷰를 했다니?"

"저도 그렇게 들었어요. 공주님에 대한 지극한 사랑이 아니실까 생각해요."

"한국에서 미국으로 입양된 게 어린 시절이던데… 친어머니에 대한 기억은 있나요?"

"저에게 친어머니는 얼굴 모르는 그녀예요. 어머니에 대한 기억은 전혀 없어요. 다섯 살 때쯤 미국 부모님께 입양되었고 그 후 미국 육군사관학교에 입학하기 전까지 줄곧 뉴욕에 살았어요."

"미국 육군사관학교를 졸업하고 바로 CIA에서 근무한 건가요?"

"네. 졸업할 때쯤 CIA에서 특별 채용이 있었어요. 단조로운 군인의 삶을 사는 것보다 좀 더 변화무쌍하고 다양한 일을 하고 싶어서 CIA 특채모집에 지원했어요."

"취업하고 싶어도 입사하기 쉽지 않은 CIA에서는 왜 퇴사를 했나요?"

"CIA에서 4년 정도 근무를 했는데, 쿠바 작전 중 예기치 못한 사고로 친한 동료를 잃게 되어 CIA를 퇴사했어요. 그 후, 일 년 정도 산티아고 순례길을 포함해서 유럽 배낭여행을 여기저기 다녔고 CIA 출신 선배 브로커를 통해 VIP 경호업무를 제안받았어요. 제 경호 첫 임무는 트럼프 대통령의 딸 이방카 여사였고 2년 정도 경호했어요."

"그 친한 동료가 남자 친구라는 이야기가 있던데… 사실인가요?"

왕비님의 예상치 못한 질문에 순간 러블리 수도, 나도 놀라지 않을 수 없었다. 러블리 수가 파리에서 내게 말하던 사내 연애의 남친이 바로 그 동료였던 것이다. 러블리 수는 의외로 침착함을 잃지 않았다.

"네 맞아요. CIA에서는 사내 연애를 엄격히 금지하고 있었는데 그 동료와 전 연인이었어요."

"인생을 살다 보면 예상치 못한 슬픔이 찾아오기도 하죠. 러블리 수는 그런 면에서 어려움들을 잘 이겨내며 살아온 것 같군요."

"네. 부모로부터 버려진 어린 시절부터 사랑하던 남자를 작전 중에 잃게 된 기구한 인생이 결코 쉽지 않았지만, 그 순간들이 한 줌 한 줌 모여서 지금, 바로 이 순간 단단한 제가 존재하고 있음을 항상 깨달아요."

실로 아름다운 두 여인의 대화는 그녀들의 우아하고 빛나는 미모만큼이나 내 맘을 환히 비추어 주는 아주 근사한 철학적 사색을 떠오르게 하는 대화였다.

"미국 육군사관학교도 차석으로 졸업했던데… 대단하네요."

"네. 중고등학교 시절부터 공부는 악착같이 했어요. 동양인에 대한 차별이 싫어서 공부를 열심히 했고 그런 공부 습관이 육군사관학교에서도 좋은 결과로 이어졌어요."

왕비님과 러블리 수의 심도 있는 대화에 내가 끼어들 수 있는 공간은 전혀 없었다. 난 정말 말마따나 병풍처럼 대화의 풍경이 되는 것으로 충분했다.

"러블리 수의 정체성과 가치관이 궁금하네요. 러블리 수는 미국인 인가요? 한국인 인가요?"

"전 한국계 미국인이에요. 보시는 것처럼 외모는 한국인으로 보일지라도 전 미국 시민이에요. 육군사관학교를 입학한 순간부터 저에게 최고의 가치는 미국의 번영과 미국 시민들의 안전을 지키는 거였어요. 그 신념은 제 가치관의 기초예요."

"현재의 신념과 가치는 무엇인가요?"

"지금은 경호원으로서 제 고용주의 안전과 이익이 가장 중요해요."

"그렇군요. 난 이중국적을 갖고 있어요. 한국인이며 동시에 사우디인이에요. 나에겐 내가 사우디인인지 한국인인지 이분법적 사고는 필요하지 않아요. 난 한국인이면서 동시에 사우디 왕비이기 때문이에요."

갑자기 거실에는 그 끝을 알 수 없는 긴장감이 팽팽했다.

"러블리 수, 혹시 도덕경이라고 들어봤나요?"

"중국의 춘추전국시대 살았던 노자가 쓴 그 도덕경을 말씀하시는 건가요?"

"맞아요. 도덕경의 주된 사상은 이분법을 버리는 거예요. 항상 단단하고 강함보다는 부드러우며 유연한 삶을 취하고 물처럼 낮은 곳에서 넓은 마음으로 자신을 비우고 겸손하게 살아가는 거예요."

"왕비님, 아직은 자신을 비우기에는 전 너무 젊은 것 같아요. 성취하고 싶은 것도 많고."

"맞아요. 러블리 수도, 피터 집사도 아직은 젊기에 내 이야기가 맘에 깊이 와닿진 않을 거예요."

그녀들의 대화는 얼굴을 기억조차 할 수 없던 부모와의 이별, 남자 친구의 갑작스러운 죽음, 인생의 굴곡을 넘어 어느덧 말로만 듣던 노자의 도덕경에 이르고 있었다. 실로, 생과 사, 그리고 온 우주를 맘에 담는 깊은 철학에 대해 이야기했다.

"여전히, 미국 CIA와 연락을 하고 있나요? 잘 아는 것처럼 미국은 사우디, 한국과 오랜 우방이에요 하지만, 러블리 수가 사우디 왕가에 근무하는 이상, 사우디 왕가에서 일어나는 모든 일은 반드시 비밀을 유지해야 해요"

"이미, 파리에서 고용 계약서를 작성할 때, 공주님을 비롯한 사우디 왕가와 관련된 모든 정보는 대외비로 준수하도록 친필 서명을 했어요."

"내가 궁금한 것은 다 물어봤어요. 혹 러블리 수가 궁금한 게 있다면 질문해 보세요."

"왕비님 두 가지 궁금한 게 있어요."

왕비님은 질문을 하겠다는 러블리 수를 향해 두 눈을 서서히 맞추셨다.

"2017년 살바토르 문디 작품을 반살림 왕께서 5천억 원에 구매한 것으로 들었어요. 지금 그 작품을 이 왕궁 안에 보유하고 계신 건가요? 살바토르 문디 작품을 한 번쯤 꼭 실물로 보고 싶어요."

러블리 수가 살바토르 문디 작품에 대해 알고 있는 줄은 전혀 몰랐다. 한 번도 나에게 그런 질문을 하지 않았는데…. 왕비님과 마지막 대화에서 살바토르 문디 작품을 질문했다.

"총과 칼을 사용하는 러블리 수가 평화로움을 주는 미술 작품에 관심이 있는 줄은 몰랐네요."

왕비님은 러블리 수의 예상치 못한 질문에 나를 한 번 바라보시고 다시 러블리 수를 넌지시 바라보셨다.

"다른 한 가지 질문은 뭔가요?"

"왕비님도 알고 계시는 것처럼, 피터 집사의 아버님은 평범한 건설회사 직원이 아니라 한국 국가정보원이셨어요. 11년 전 피터 집사의 아버님께서 사우디 제다 건설 현장에서 사망한 것으로 사건이 처리되었어요. 사실, 그 사건은 CIA 보고서에는 사망 사건이 아니라 실종 사건으로 기록되었어요. 왕비님도 그 실종 사건을 알고 계시는지요?"

"러블리 수도 피터 집사에 대한 뒷조사를 했군요. 역시, CIA의 정보력은 대단해요. 맞아요. 피터 집사의 아버님은 사우디 한국 대사관에 파견 나오신 국가정보원이셨어요. 난, 피터 집사 아버님을 직접 본 적은 없지만, 그 실종 사건에 대해 간략하게 보고 받은 적은 있어요."

아버지가 건설회사 직원이 아니라 국가정보원이었다는 놀라운 이야기를 듣고 잠시 시간이 멈춰버린 듯했다. 아버지와 함께했던 수많은 과거의 시간을 더듬고 또 더듬어도 아버지가 국가정보원이라는 단서를 조금도 찾을 수 없었다. 물론, 어머니조차 전혀 알지 못하는 사실이었다.

"왕비님, 아버지의 실종 사건을 러블리 수에게 파리에서 들었어요. 아버지께서 국가정보원이셨다는 사실은 오늘 처음 들어요."

"피터 집사, 아버님 이야기는 때가 되면, 피터 집사와 따로 대화를 하려고 했어요. 다만, 그때가 생각보다 훨씬 일찍 찾아왔군요."

"왕비님 예외적이고 매우 파격적인 조건으로 사우디 왕가에서 피터 집사를 채용했는데, 피터 집사의 채용과 국가정보원이셨던 아버님의 실종 사건과 어떤 연관이 있는 건가요?"

"러블리 수 이야기를 들으니, 꼭 연관이 없다고 단정 지을 순 없겠네요. 과거의 모든 사건들은 하나의 작은 점으로 연결되어 미래의 결과를 이끌어 오기 때문이에요."

나 역시, 미국 트럼프 대통령, 한국 현대 그룹을 선택하지 않고 사우디 왕가를 선택한 것은 바로 아버지가 돌아가신 그곳이 사우디였기 때문이었다. 과거의 수많은 점들과 연결 고리들이 현재의 모습 그리고 미래의 모습에 영향을 미칠 수밖에 없는 것이다.

"피터 집사, 아버님 실종 사건은 내가 다시 사건의 경위를 자세히 조사하도록 지시해 볼게요. 분명한 건, 피터 집사가 사우디 왕가와 함께하게 된 건, 내가 피터 집사를 원했지만 결국, 피터 집사도 사우디 왕가를 선택했기 때문이에요. 그럼, 내 답변은 이만하고 러블리 수를 위해 특별히 살바토르 문디를 공개할게요."

그레이스 왕비님은 대리석 테이블에 있는 황금색 버튼을 누르셨고 러블리 수 뒤쪽에 있는 자주색 커튼이 서서히 열리면서 살바토르 문디가 숨겨져 있던 자태를 드러냈다. 살바토르 문디를 바라보는 러블리 수는 한동안 말을 잇지 못했고 그녀의 두 눈은 마치 핀란드의 어두운 밤하늘에 신비하게 펼쳐진 오로라를 마주한 듯 황홀해 했다.

외무장관 면접을 준비하시는 공주님의 하루 일과는 매우 규칙적이다.

AM 06:00　기상

AM 07:00 ~ AM 08:00 요가

AM 08:00 ~ AM 09:00 아침 식사

AM 09:00 ~ AM 12:00 면접 준비

PM 12:00 ~ PM 13:00 점심 식사

PM 13:00 ~ PM 14:00 왕비님과 티타임

PM 14:00 ~ PM 15:00 수영

PM 15:00 ~ PM 17:00 면접 준비

러블리 수와 함께 오전 3시간, 오후 2시간 왕궁 도서관에서 공주님 면접을 준비했다. 통상, 인사위원회 5명의 심사위원은 1인당 2~3개의 질문을 던진다고 한다. 주제는 외교 문제부터 종교, 경제 분야까지 질문의 범위가 너무 광범위했다. 단순히, 일주일 집중적인 면접 준비로 외무장관 면접을 완벽하게 준비할 수 있는 게 아니었다.

공주님께서 살아오신 지난 22년의 삶이 고스란히 면접에 투영되는 것이다. 그럼에도 불구하고, 공주님께서 예상 질문을 뽑아 주시면 나와 러블리 수는 주제를 나누어 A4 한 장 분량의 답변을 요약했다.

하루는 러블리 수가 물끄러미 나를 바라보더니 아이스 카라멜 마끼아또 한잔과 함께 시를 한 편 전달해 줬다. 시인의 이름을 보는 순간 깜짝 놀랐다. 고선애 시인은 예전 여자친구였다.

얼굴 모르는 그녀는

미역국에 얼굴 모르는
그녀가 떠오른다

고모집에 맡겨져
밤마다 눈물로 기다리던 그녀가
다시는 나타나지 않았다

가슴 깊이 묻었으나
시퍼런 미역국을 볼 때마다

그녀가 악착같이 나타난다
시뻘건 생명이 세상에
도착했을 때도
한 대접 가득 든 파란 미역국 위로
얼굴없는 그녀가 어김없이 점착된다

언젠가 미역국 같은 그녀에게
내 볼을 비벼 댈 수 있을까
어디에서부터 날아오는가
얼굴 모르는 그녀는

"집사님, 이 시가 너무 맘에 들어요."

"수 님, 제 예전 여자친구까지도 다 조사를 하신 건가요?"

"집사님이 어떤 취향의 여성을 좋아하시는지 머리도 식힐 겸, 잠시 스터디 한 거예요. 하지만 이 시는 정말 맘에 쏙 들어요. 오랫동안 정리되지 못한 제 감정을 그대로 대변하고 있네요."

러블리 수는 잃어버린 과거에 대한 보상을 받았다는 듯 흡족한 미소를 지으며 도서관을 나섰다.

공주님의 면접을 위해 난 주로 외교 분야 답변을 준비했고 러블리 수는 경제 분야를 맡았다. 오전에는 주로 답변을 찾아 요약하는 업무를, 오후에는 공주님과 답변에 대해 논쟁하거나 공주님이 실전처럼 답변하시는 연습을 했다.

공주님과 논쟁은 뜨거웠고 러블리 수와 난 때론, 공주님 답변에 깜짝 놀라지 않을 수 없었다. 실로, 자밀라 공주님은 사우디 외무장관이 되시기에 부족함이 없었다. 이제 겨우 스물둘 꽃다운 청년임에도 불구하고 어쩜 저렇게 탄탄하게 실력과 내공을 갖추었는지 사우디 왕가의 특별한 교육 때문인지 반살림 왕과 그레이스 왕비님의 뛰어난 DNA의 선물인지 가늠하기 어려웠다.

12장

사우디 국왕의
유일한 딸

사우디 국왕의 유일한 딸

드디어, 면접 날이 되어 우린 아침 일찍 국왕 전용기 나르는 궁전 747을 타고 제다로 이동하여 인사위원회 면접 건물에 도착했다. 면접은 오후 1시부터 4시까지 실시되었다. 한편 다른 두 명의 후보가 누구인지 철저히 베일에 싸여 있었다. 한 명씩 5명의 면접관과 1대 다대 면접을 진행하고 최종 투표를 통해 장관 승인 여부를 결정하는 방식이었다.

나와 러블리 수는 면접 장소 대기실에 앉아 면접이 성공적으로 끝나길 조용히 기다릴 수밖에 없었다. 러블리 수는 가끔 누군가와 통화를 하기도 하고 잠시 자리를 비워 스타벅스에서 커피를 사왔다. 그러나, 만장일치의 협치를 이끌어야 하는 난 한순간도 자리를 비울 수 없었다.

때론, 내가 이곳에 있는 것이 정말 5명 면접관 마음을 공주님께

모을 수 있는 건지 의심이 들기도 했다. 난 한 번도 살바토르 문디의 의견 합치 능력을 실제로 경험한 적이 없었기 때문이다.

오로지, 5명의 면접관이 만장일치로 공주님을 선택하도록 기도할 수밖에 없었다. 내가 기도하는 동안에 내 왼손의 붉은 점이 반짝거리기도 했다. 아마도 나와 살바토르 문디 작품이 서로 연결되어 있음을 시각적으로 일깨워 주는 무선 장치였다.

두 눈을 감고 공주님께서 면접 보시는 모습을 떠올렸다. 놀랍게도 공주님께서 등받이가 녹색인 나무 의자에 앉아 계셨고 5명의 면접관이 공주님 앞으로 반원형으로 앉아 있는 모습이 보였다.

면접관들과 공주님 사이에 두 명의 젊은 남녀 진행요원이 다소곳이 앉아 있었다. 면접관 중 명석하게 보이는 원로 한 분이 공주님께 마지막 질문을 했다. 면접관은 권위 있는 목소리로 차근차근 질문하기 시작했다.

"자밀라 공주님! 공주님께서는 이 어렵고 골치 아픈 외무장관을 하시지 않으셔도 사우디 공주님으로서 평생 즐겁고 행복하게 사실 수 있는데… 왜 군이 외무장관이 되려고 하시는지 지원 동기와 왜 우리가 공주님을 위대한 사우디 왕국의 외무장관으로 반드시 선출해야 하는지 타당한 이유를 설명해 주세요."

순간 나도 모르게 안도의 한숨이 작게 터져 나왔다. 다행히도 저 질문은 우리가 모두 예상했던 면접 질문이었다. 공주님은 자연스럽게 의자에서 일어나시더니 면접관들 앞으로 서서히 발걸음을 옮기시며 5명의 면접관 앞에 당당히 마주 섰다.

갈색 긴 머리, 하얀색 블라우스, 하늘색 레이스 치마를 입은 눈부신 자밀라 공주님은 공주님 그 존재 자체만으로도 충분히 면접관들을 압도하는 매력을 발산하고 있었다.

"사우디는 현재 다양한 변화의 기로에 서 있습니다. 대내적으로 석유, 화학 중심의 경제구조에서 관광, 신재생 에너지로 재편되고 있으며 청년 일자리 창출과 여성의 인권 신장이 가장 큰 화두가 되고 있습니다."

면접관들은 일제히 공주님의 또박또박한 답변에 몸을 기울인 채 경청하기 시작했다.

"대외적으로는 미국, 영국, 러시아, 중국과 같은 강대국과의 관계 변화, 주변국인 이스라엘, 이란, 카타르, 터키와의 복잡하게 얽힌 외교 문제를 한 올 한 올 풀어가야 합니다.

제가 사우디 최초로 청년 여성 외무장관이 된다면 대내적인 화두들의 상징성을 갖게 되며 대외적으로는 열린 생각, 창조적인 접근, 부드러운 외교를 통해 강대국 및 주변국들과 상생하는 미래지향적 외교를 추진하겠습니다."

난 비록 공주님과 같은 공간에 있지 않지만, 옆에서 일어나는 일들이 마치 눈앞에서 펼쳐지는 것처럼 상세히 볼 수 있었고 울리는 음성들을 정확히 들을 수 있었다. 어떻게 이런 능력이 가능한지 실로 놀라운 체험을 하고 있었다.

"잘 아시는 것처럼, 전 사우디 국왕의 유일한 딸입니다. 국왕이신 아버님의 존재 자체가 사우디며 그 딸인 저 역시 사우디를 대

변하고 있습니다. 사우디 왕국과 자밀라 공주는 절대 서로 분리해서 생각할 수 없으며 사우디 외교의 번영과 국제적 위상의 제고는 바로 제가 평생 감당해야 할 운명이자 사명입니다."

자밀라 공주님의 음성 한마디 한마디가 조용한 면접장을 충만하게 가득 채웠고 면접관들의 표정은 일시에 경외감과 감동으로 바뀌었다. 실로, 강력하고 인상 깊은 엄청난 답변임이 분명했다.

설령, 살바토르 문디 작품이 보유한 협치의 능력이 나타나지 않는다 해도 자밀라 공주님이 외무장관이 되시기에는 한치의 부족함이 없는 면접이었다.

외무장관 면접을 무사히 마치고 우리는 제다에서 하룻밤을 보내기로 했다. 나와 러블리 수는 바닷가 근처에 있는 제다 쉐라톤 호텔로 이동했다. 공주님은 반살림 왕이 계신 제다 홍해에 떠 있는 거대한 크루즈선으로 헬기를 타고 이동하셨다. 차 안에서 러블리 수가 내게 질문을 했다.

"집사님, 혹시 반살림 왕을 직접 뵌 적이 있나요?"

"이제까지 한 번도 뵌 적은 없어요."

"어떤 분인지 매우 궁금해요."

"수 님은 직접 육성으로 화상 면접을 하셨다고 했잖아요?"

"네 겨우 몇 마디 목소리만 직접 들었어요. 자밀라 공주님을 보면 반살림 왕도 엄청 좋으신 분일 것 같아요."

"사실, 대내외적으로 반살림 왕의 정책은 모두에게 환영받고 있어요."

"물론 외교정책은 워낙 중동 정세가 복잡해서 쉽지 않겠지만 그 외 정책 대부분에 대한 평가가 매우 좋다는 이야기는 저도 많이 들었어요."

"저도 언젠가 반살림 왕을 직접 뵐 날이 올 거라고 생각해요."

"집사님, 오늘 면접 결과는 언제쯤 알 수 있나요?"

"제가 듣기로는 심사위원들의 결과가 오늘 반살림 왕께 전달되니 내일 공주님을 만나게 되면, 결과를 바로 알 수 있을 거예요."

"경쟁률이 3대 1이니… 결코 쉽지 않겠죠?"

난 순간적으로 왼손의 붉은 점을 살짝 쳐다봤다. 반짝거리는 붉은 점이 마치 협치의 능력이 이미 충분히 발현되었고 자밀라 공주님의 외무장관 임명에 대해선 더 이상 어떤 걱정과 근심도 필요 없음을 내게 알려 주는 신호와 같았다.

"자밀라 공주님이 외무장관으로 임명되시면, 12월 1일부로 장관직을 수행하는 것으로 알고 있어요."

"역시 사우디 왕가의 집사님이라서 고급 정보가 많으세요. 우리 앞으로 더욱 친하게 지내요."

러블리 수는 손으로 내 어깨를 살짝 두드리면서 방긋 웃었다. 우리가 도착한 제다 쉐라톤 호텔은 마치 유럽 중세의 궁전과 같은 모습을 하고 있었다. 난 러블리 수에게 저녁 식사 후, 바닷가 산책을 제안했고 러블리 수 역시 흔쾌히 수락했다.

산책에 편하도록 검은색 정장 옷을 벗고 하얀색 반팔 티셔츠와 살색 면바지를 입고 로비로 나갔다. 러블리 수는 살색 리본비치

밀집 모자를 쓰고 하얀색 원피스에 빨간색 부츠를 신었다. 흡사, 할리우드 여배우라고 해도 전혀 손색이 없는 자태였다.

"수 님, 죄송해요. 수 님 의상을 제가 전혀 받쳐 주질 못하고 있네요."

러블리 수는 기분이 좋은 듯 함박웃음을 지었다.

"제가 성격이 워낙 좋으니 오늘만은 피터 집사님 대학 신입생 같은 캐주얼 복장을 눈감아 줄게요. 하하하."

우린 쉐라톤 호텔을 나와 바닷가를 향해 나란히 걸어갔다.

"와우! 이곳이 성경에서 말로만 듣던 모세의 홍해인가요?"

"맞아요. 이집트 왕자였던 모세가 이스라엘 민족을 이끌고 바다를 가르고 건너갔다는 그 유명한 홍해예요."

"하지만, 바다 색깔이 빨갛게 보이지는 않는데요."

"홍해의 색깔에 관해서 두 가지 유래가 있는 걸로 알고 있어요."

"두 가지 유래라니? 그게 뭔가요?"

"하나는 홍해 해안에는 붉은 산호초들이 많다고 그래요. 그래서 수면 가까이에 자란 붉은 산호초들 때문에 홍해라고 불렸다는 이야기가 있어요."

"다른 유래는 뭔가요?"

"다른 하나는 요르단 아카바만 동쪽 아라비아반도와 페르시아만까지 큰 붉은 산맥들이 바다와 만나는데, 이때 붉은빛이 바다에 비쳐서 붉게 보인다는 이야기도 있어요."

"둘 다 나름 설득력이 있네요. 하지만, 첫 번째 유래가 훨씬 더 끌리네요."

홍해를 바라보며 걷고 있을 때, 저 멀리 반살림 왕과 자밀라 공주님이 계신 거대한 크루즈가 한눈에 들어왔다.

"집사님, 저기 보이는 하얀 크루즈가 반살림 국왕의 초호화 크루즈군요."

"주변에 경비정 2대가 호위 하는 걸 보면 맞는 것 같아요."

"왕이라는 자리는 결코 쉬운 자리가 아닌 것 같아요. 평상시에도 저렇게 크루즈 안에서 생활하시는 걸 보면 아마도 보안과 안전 문제겠지요."

"제가 집사로 근무하고 있는 사우디 왕궁에도 반살림 왕께서 다녀가셨는지 전혀 알 수가 없어요. 그레이스 왕비님께서는 한 달에 최소 2~3주 이상은 제다로 오셔서 크루즈에 머무신다는 이야기를 들었어요."

"집사님, 크루즈에 꼭 한 번 들어가 보고 싶네요."

러블리 수가 호기심 많은 표정으로 날 바라봤다.

"기회가 되면 나중에 공주님께 크루즈에서 생활은 어떠신지 한번 물어보세요."

"보안이 철저하신 공주님께서 그 비밀을 저에게 알려 주실까요?"

"하긴 그래요. 우리 공주님 보안이 아주 철저하시죠. 수 님 지난번 건네주신 얼굴 모르는 그녀! 시에 대해서 궁금한 게 있어요."

"아 그 시요?"

"수 님 실력이시면 한국에 계신 부모님을 이미 찾아봤을 것 같은데… 두 분 다 한국에 살아계시나요?"

"육군사관학교를 졸업하고 한국에 방문했어요. 아빠는 이미 돌아가셨고 엄마가 홀로 살아계신 것을 확인했는데 만날 자신이 없었어요."

"그래서 결국 만나지는 않으셨군요."

"네 제 맘이 먼저 정리가 되면 자연스럽게 만나고 싶어요."

"그렇군요."

러블리 수와 산책은 홍해 바다처럼 잔잔했으며 서로를 어느 정도 신뢰할 수 있는 약간의 연대감이 형성된 것처럼 느껴졌다.

자밀라 공주님은 12월 1일부로 외무장관으로 임명되었다. 예상대로 사우디 최초 여성 장관의 탄생은 해외와 국내 언론 기사 1면을 화려하게 장식했다. 공주님과 러블리 수는 리야드와 제다를 오가며 외무부에서 분주한 시간을 보냈다.

제임스 쿡은 오랜 휴가로부터 돌아왔고 휴가 복귀 다음 날 아침 일찍 내 방을 찾았다. 우린 베란다에 있는 티 테이블로 이동했고 한가로운 오전 다사로운 햇살을 즐기기 위해 나란히 안락한 나무 의자에 앉았다.

"휴가는 어떠셨어요?"

"작은아버지 장례를 마무리하고 참으로 오랜만에 런던에서 긴 휴가를 보냈어요. 자밀라 공주님께서 외무장관이 되시는 데 피터 집사가 매우 중요한 역할을 담당했다고 들었어요."

"공주님 외무장관 임명은 워낙 공주님께서 면접을 잘하셔서 굳이 살바토르 문디 능력이 필요하지도 않았던 것 같아요."

"어제 왕비님께 피터 집사와 살바토르 문디 작품이 서로 연결되었다는 이야기를 들었어요. 어떻게 그런 일이 가능한가요? 왕비님께 이야기를 들었지만, 도저히 믿을 수 없는 일이에요. 피터 집사, 왼손에 생겼다는 붉은 점을 보여 줄 수 있나요?"

왼 손바닥을 펴서 제임스 쿡에게 조심스럽게 내밀었다. 제임스 쿡은 왼손에 있는 붉은 점을 보고 놀라움을 금치 못했다. 오랫동안 살바토르 문디 작품을 관리했던 수호자로서 예기치 못한 또 다른 기적으로 인해 혼란스러워하는 것처럼 보였다.

"사실, 한 가지 더 확인하고 싶은 게 있어요. 11년 전 아버님이 제다에서 실종되셨고 아버님이 한국 국정원 요원이셨다는데… 그 이야기가 사실인가요?"

"아버지가 국정원 요원이셨다는 이야기는 왕비님과 러블리 수에게 처음 들었어요."

"제가 알고 있던 사실은 11년 전 아버지께서 제다 건설 현장에서 돌아가셨다는 거예요."

"피터 집사에게 어떻게 이야기를 시작해야 할지…"

제임스 쿡은 말꼬리를 살짝 흐렸다.

"도대체 무슨 일 때문에 그러시는 건가요?"

2008년 3월

"제임스 쿡 씨, 제다까지 오셔서 큰 도움을 주셔서 다시 한번 감사드려요."

"왕세자비님, 반살림 왕자의 왕세자 책봉을 다시 한번 진심으로 감축드려요. 이로써 살바토르 문디 작품이 특별한 능력을 갖고 있다는 걸 다시 한번 확인하게 되었네요."

"일단, 엘리베이터를 타고 지하 1층 주차장으로 내려가시면 공항까지 리무진으로 모실 거예요. 부디 조심히 런던으로 돌아가시고 살바토르 문디와 관련된 일들은 계속 비밀을 지켜주세요. 향후, 계획에 대해서는 런던에서 다시 논의하도록 해요."

제임스 쿡은 그레이스 왕비님께 공손히 인사를 드리고 서둘러 지하 1층 주차장으로 이동했다. 제임스 쿡은 지하 주차장에서 어깨에 살바토르 문디 작품을 담은 지통을 메고 오른손은 회색 여행 가방을 붙잡고 리무진을 기다리고 있었다. 그런데, 그 순간, 예상치 못한 두 명의 괴한이 제임스 쿡을 뒤에서 덮쳤다.

제임스 쿡은 괴한들과 격렬한 몸싸움을 했고 그는 오로지 살바토르 문디 작품을 지켜야 한다는 생각밖에 할 수 없었다. 그러나, 홀로 두 명의 괴한을 상대하기에는 너무나 버거웠다. 결국, 지통을 빼앗기고 제임스 쿡은 힘없이 주차장 바닥으로 벌렁 나가떨어졌다.

그때 어디에선가 나타난 중년의 한국인 신사가 두 명의 괴한들을 순식간에 제압했다. 그는 날렵한 솜씨로 괴한들을 차례로 가격했고 괴한들은 혼비백산이 되어 그 자리를 떠났다.

뒤늦게 그레이스 왕비님이 준비하신 리무진이 도착했고 한국인 신사는 제임스 쿡을 서둘러 리무진에 태운 후, 떨어뜨린 지통까지도 친절하게 제임스 쿡에게 전달해 주었다.

"선생님, 도움을 주셔서 감사드립니다. 존함이라도 알려 주시면 제가 나중에 별도 인사라도 꼭 드리고 싶습니다."

"아니에요. 위험에 처한 사람을 돕는 일은 누구나 해야 할 일이에요. 부디 안전하게 제다를 떠나시길 바래요."

제임스 쿡은 차 안에서 정중하게 한국인 신사에게 인사를 하고 제다 공항을 향해 떠났다.

2019년 12월

"어제 왕비님을 통해 그분이 바로 피터 집사 아버님임을 알았어요."

"런던에 도착한 후, 왕비님을 통해 아버님께서 한국 대사관에 근무하시는 Mr. Bae 라는 직원임을 알게 되었지만, 아버님의 갑작스러운 실종으로 감사 인사를 전할 방법이 없었어요."

"피터 집사, 너무 늦긴 했지만, 진심으로 아버님을 대신해서 감사의 표시를 하고 싶어요. 만약, 그날, 아버님의 도움이 없었다면 나도, 살바토르 문디도 어떻게 되었을지 생각만 해도 아찔한 순간이에요."

제임스 쿡과 아버지의 만남은 할리우드 액션 영화와 같은 한 장면이었다. 아버지는 제임스 쿡과 살바토르 문디를 구하시고 어디론가 사라지신 것이다.

"그레이스 왕비님께 아버님의 실종 사건을 재수사해 달라고 간곡히 요청했어요. 내게 선한 사마리아인과 같은 아버님의 도움을 평생 기억하며 살아왔어요. 무엇보다도 피터 집사가 그분의 아들이라는 사실이 더욱 놀라운 일이에요."

순간, 살바토르 문디와 내가 하나 된 게, 어쩌면 11년 전, 아버지의 선한 행동으로 인한 레오나르도 다빈치의 선물이 아닌가 생각이 들었다. 제임스 쿡은 예전과 다른 훨씬 더 깊은 눈으로 날 바라봤고 내 손을 꼭 잡으며 고맙다고 연거푸 세 번이나 이야기했다.

다음 날 오전, 왕비님을 뵙기 위해 제임스 쿡과 엘리베이터를 타고 살바토르 문디 작품이 보관되어있는 3층 거실로 이동했다. 왕비님은 발코니를 향해 서 있으셨고 인기척을 느끼신 후, 우릴 바라보셨다.

"모두 반가워요."

"왕비님, 안녕하세요."

인사를 드리자 왕비님은 우리에게 다가오셨다.

"두 사람을 특별히 부른 건 중국 우한에서 발생한 코로나 때문이에요. 중국 정부가 전염병의 실체를 파악하고 초기 대처를 하고 있지만 닥터 리는 심상치 않은 전염병으로 간주하며 일단 사태를 매우 심각하게 지켜보고 있어요."

"왕비님께서는 코로나가 앞으로 전 세계에 어떤 영향을 줄 거라고 생각하시는군요."

제임스 쿡은 왕비님 마음을 참으로 잘 읽는다는 생각이 들었다.

"닥터 리에게 최대한 관련 정보를 모두 수집해 달라고 요청했어요. 상세 자료가 준비되면 별도 회의를 할 수 있을 거예요."

"왕비님, 저도 닥터 리에게 코로나에 대해 지난주에 간략하게 이야기를 들었어요."

"두 분께, 2가지 역할을 부탁해요. 하나는 닥터 리와 함께 우한 코로나에 대한 조사, 다른 하나는 자밀라 공주가 첫 번째 과제로 생각하는 외교 문제! 카타르와 외교 관계 회복이에요. 아마 자세한 내용은 자밀라 공주와 협의하면 될 거예요."

"네, 피터 집사와 함께 철저히 준비하도록 할게요."

"두 분 어깨 위에 사우디와 중동 평화의 운명이 함께 걸려있다는 사실을 항상 잊지 마시고 최선을 다해 임무를 수행해 주길 부탁해요."

왕비님의 비장한 말씀에 어깨가 무거웠다.

"지금까지도 너무도 잘하셨고 앞으로도 두 분에 대한 제 믿음은 언제나 확고해요."

왕비님 말씀대로 일주일 후, 닥터 리가 회의를 소집했고 왕비님, 제임스 쿡과 회의에 참석했다. 닥터 리는 코로나바이러스가 12월부터 중국 후베이성 우한에서 처음 발생한 이후, 중국 전역과 전 세계로 확산 조짐을 보인다고 설명했다.

일단, 코로나에 감염되면, 최소 2~14일 잠복기를 거친 뒤, 발열 및 기침이나 호흡곤란 등 호흡기 증상, 폐렴이 주요 증상으로 나타나지만 무증상 감염 사례도 있다고 했다. 현재로서는 별도 백신이 개발되기 전까지 마스크를 사용하는 게 전염 방지에 도움이 된다고 했다.

"닥터 리, 코로나의 정확한 감염경로는 어떻게 되나요?"

"제임스 쿡 씨, 아주 좋은 질문이에요."

"주된 전파 경로는 감염자 침방울(비말)에 의한 전파예요. 주로 사람과 사람 사이에 전파되며 대부분의 감염은 감염자가 기침, 재채기, 말하기 등을 할 때 발생한 침방울(비말)을 다른 사람이 밀접 접촉할 때 발생하는 것으로 보여요. 물론, 비말 이외 표면 접촉, 공기 등을 통해서도 전파되지만, 공기 전파는 일부 환경에서 제한적으로 전파되는 것으로 추정되고 있어요."

"닥터 리, 코로나와 일반 감기 그리고 독감을 비교한 자료도 있나요?"

"왕비님, 표로 정리한 자료를 보여 드릴게요."

닥터 리는 전문가답게 능숙한 솜씨로 준비한 자료를 화면으로 제시했다.

"현재로서는 코로나가 어떻게 확산이 되는지 주의 깊게 관찰해야 해요. 현재 각 국가는 이미 자국 내 코로나 확진자 수와 치사율을 철저하게 관리하고 있어요. 다행히도 현재까지 사우디 내 확진자는 발견되지 않은 상태예요."

"닥터 리, 설명 감사해요. 자밀라 공주가 외무장관인 이상 코로나가 전 세계 외교에 미칠 영향들을 면밀하게 관찰해 주길 바래요."

제임스 쿡이 그레이스 왕비님께 몸을 살짝 기울이면서 이야기를 했다.

"왕비님, 자밀라 공주님께는 살바토르 문디의 비밀을 언제쯤 이야기하실 생각이신가요?"

"자밀라 공주는 때가 되면 제가 직접 이야기할게요. 자밀라 공주도 살바토르 문디 작품과 관련되어 뭔가 비밀이 있다고 생각하고 있지만 나를 믿고 일단, 외무장관으로서 역할을 잘 수행해 달라고 부탁했어요. 공주는 지혜로우니 때가 될 때까지 기다릴 거예요."

"닥터 리, 고마워요. 이것으로 오늘 회의는 일단 마치도록 해요. 코로나에 대한 추가 업데이트 사항은 닥터 리를 통해 계속 모니터링을 하고 두 분은 자밀라 공주의 가장 큰 숙제인 이스라엘, 카타르, 이란 외교 정책을 집중해서 연구해 주세요."

시간이 흐름에 따라 미국과 유럽에서도 코로나 확진자 수가 서서히 증가했다. 결국, 세계보건기구는 코로나를 팬데믹으로 선포했고 코로나 확진자 수는 순식간에 전 세계적으로 급격히 늘어났다. 반면, 다행히도 리야드는 사우디 내 타 도시 제다와 알코바, 담맘에 비해 현저하게 확진자 수가 증가하지 않았다.

제임스 쿡과 난 오전에는 왕궁 도서관에서 카타르, 이스라엘,

이란과 관련된 외교정책들을 연구했으며 오후에는 때때로 리야드 근교에 있는 닥터 리의 전염병 연구소를 방문하여 코로나의 진행 과정에 대해 논의했다.

그러던 어느 날, 러블리 수에게 전화 한 통이 왔다.

"집사님, 잘 지내세요?"

"와우! 수 님, 정말 오랜만이네요."

"우리 같은 왕궁에 사는 거 맞나요? 이렇게 연락하기도 쉽지 않고… 하하하! 집사님 내일 토요일인데 모처럼 행사가 없어요. 혹시, 리야드 근교에 있는 Edge of World에 방문하신 적이 있나요?"

"사우디의 그랜드 캐니언이란 이야기는 들었는데 아직 방문한 적은 없어요."

"그럼. 내일 아침 7시에 시민공원 입구에서 함께 출발하시면 어때요? 간식은 제가 준비할 테니… 집사님은 몸만 오시면 돼요."

"좋아요. 그럼 내일 봐요."

러블리 수의 갑작스러운 호출이 반가웠고 한편으로는 공주님도 같이 가시면 어떨까 생각해봤다. 하지만 외무장관이신 공주님께서 움직이시는 건, 간단한 문제가 아니다. 적어도 우락부락한 여러 명의 경호원이 달라붙을 게 뻔하기 때문이다.

다음 날 오전 7시에 시민공원 입구에서 러블리 수를 기다렸다. 러블리 수는 진한 빨간색 원피스를 입고 파란색 팰리세이드를 몰며 거칠게 등장했다.

"수 님이 팰리세이드를 타고 오실 줄은 생각지도 못했어요."

"현대에서 출시한 새 차라고 해서 한 번 시승해 보려고요."

"Edge of World까지 2시간은 이동해야 하는데 후반부 1시간은 자갈길 광야를 달려야 한다고 이야기 들었어요. 운이 없는 경우, 타이어가 펑크 날 수도 있다고 하네요. 그래서 팰리세이드를 한번 테스트하고 싶었어요. 차를 바꾸고 싶거든요."

"의외네요. 수 님이 한국산 차를 선택하다니, 보통 경호원들은 BMW나 벤츠, 포르쉐를 몰지 않나요?"

"작전에 따라 매번 다르지요. 때론, 트럭이나 버스도 몰아요. 하하하!"

러블리 수는 능숙하게 차를 몰기 시작했다. Edge of World로 가는 길은 듣던 대로 결코 쉬운 길은 아니었다. 거친 광야 속에 메마른 덤불들, 선인장 그리고 성난듯 사납게 여기저기 갈라진 바닥이 우릴 기다리고 있었다.

"집사님, 요즘은 왕궁에서 시간을 어떻게 보내세요? 집사 업무는 거의 안 하신다고 압둘 집사님께 들었어요. 집사가 집사 업무를 안 하시면 도대체 무슨 일을 하시는 건가요?"

"자밀라 공주님께서 외무장관이 되신 후, 제 역할이 변경되었어요."

"그러시군요. 아무래도 왕비님께서 하나뿐인 공주님에 대해 신경을 많이 쓰시니 그런 변화가 있으셨군요."

"그럼. 어떤 일을 하시는 거예요?"

"주로 이스라엘, 카타르, 이란 외교 문제에 대해 연구하고 있어요. 어떻게 하면 실타래가 날줄과 씨줄처럼 복잡하게 엉킨 외교 관계를 풀 수 있을까?"

"아니. 사우디 외무부에서 수많은 전문가들이 연구하고 있는 일을 왜 비전문가인 집사님이? 의외인데요?"

"글쎄요. 열심히 연구하면, 왕비님께서 절 사우디 외무부로 발령을 내실지…하하하!"

러블리 수는 알 수 없다는 표정으로 날 바라보다니 다시 거칠게 운전을 시작했다. 드디어, Edge of World에 도착했다. 차에서 내려 언덕 정상에 오르니 눈앞에 광활한 사막이 펼쳐졌다. 러블리 수는 마음껏 깊은 호흡을 한 후, 날 사랑스럽게 바라봤다.

"집사님, 정말 그랜드 캐니언과 매우 비슷하게 생겼어요. 이 아름다운 경관을 왜 비포장도로 상태로 남겨 두고 있는지 안타깝네요. 도로라도 아스팔트로 잘 정비하면 많은 관광객이 찾아올 경관이에요. 하지만, 지금처럼 1시간 이상 비포장도로를 달려야 한다면 다시 오기 쉽지 않을 것 같아요. 생각보다 길이 너무 위험해요. 내비게이션도 중간 중간에는 전혀 잡히지 않고."

"맞아요. 제가 리야드 시장이라면, 이렇게 아름다운 곳에 멋진 호텔을 지을 것 같아요.

리야드 근교에서 이런 멋진 곳은 여태껏 본 적이 없어요. 여기에 최고급 호텔을 짓고 수영장, 골프장, 사막 투어, 패러글라이딩 등 사막 레저 스포츠를 함께 할 수 있다면 정말 근사하지 않을까요?"

"집사님, 우리 자밀라 공주님께 건의 드릴까요? 어때요? 사우디의 무궁한 발전을 위하여!"

"자밀라 공주님이라면 능히 하실 수 있을 거라는 생각이 드네요."

우린 서로 마주 보며 흡족한 미소를 지었다. 쌀쌀한 12월의 날씨 탓인지 방문객들은 좀처럼 보이지 않았다. 잠시 휴식을 위해 매트를 깔고 무릎 위에 담요를 덮으며 러블리 수가 준비해 온 따뜻한 커피를 나누어 마셨다.

그때 저 멀리에서 다가오는 하얀색 헬기가 보였다. 분명 헬기는 우릴 향해 빠르게 접근하고 있었다. 순간적으로 우린 헬기가 착륙하려는 지점을 향해 이동했고 하얀색 헬기는 '타타타타~' 굉음 소리를 내며 우리 근처에 착륙했다.

헬기의 파란색 프로펠러가 마침내 회전을 멈추자 검은색 슈트를 입은 경호원이 내렸고 헬기 뒷문을 여니 하얀색 원피스를 입은 자밀라 공주님이 보였다.

"공주님, 오늘 제다에 계시는 날 아니신가요?"

"일정이 바뀌어 리야드로 왔어요. 러블리 수 님 위치가 Edge of World에서 포착되어 곧장 여기로 왔어요."

"와우! 우리 공주님 정보력이 거의 CIA급이세요."

"어때요? 두 분 다 갑자기 절 보니 반갑죠? 피터 집사님은 보너스인가요?"

"공주님, 오랜만이에요. 너무 반가워요."

우린 매트가 놓여 있는 언덕 정상으로 함께 이동했다. 지난 5월 센 강변에서 송별식을 했던 것처럼 오손도손 사이좋게 자리에 앉았다.

"Edge of World는 사우디에서 제가 가장 사랑하는 장소 중 하나예요. 여기에 오면 이 지역을 자연 있는 그대로 보존하는 게 좋을지 개발하여 사우디의 대표 관광지로 개발하는 게 좋을지 항상 고민하곤 했어요."

"공주님, 왕궁에서 여기까지 오는 데 2시간이나 걸렸어요. 이렇게 아름다운 경치를 많은 사람들이 함께 누리고 해외 관광객들을 더욱 유치하기 위해 개발하는 게 좋을 것 같아요."

"집사님도 그런 생각을 하시는군요. 좋아요. 외무장관인 제힘으로는 쉽지 않지만, 언젠가 제가 사우디 여왕이 된다면, Edge of World 개발을 공약으로 추진해 볼게요."

러블리 수와 난 순간적으로 사우디 여왕이 되겠다는 공주님의 말씀에 깜짝 놀랐다. 사실, 나보다도 러블리 수가 더 당황한 표정이었다.

"공주님! 정말 사우디 여왕에 대한 꿈이 있으신 건가요?"

러블리 수가 잘못 들었다고 생각했는지. 공주님께 다시 진지하게 질문을 했다.

"어머니께서 제가 태어나기 전에 태몽을 꾸셨다고 해요. 그 태몽은 어머니를 통해 우선순위를 명확히 아는 왕이 태어난다는 거예요. 아시다시피, 사우디 국왕의 유일한 자녀는 저밖에 없어요. 그렇다면, 그 태몽은 제가 장차 여왕이 된다는 꿈이 아닐까요?"

"공주님, 저도 왕비님께 그 꿈 이야기를 들은 적이 있어요. 검은 선지자가 세 번 이야기 했다는…"

"어려서부터 어머니께 그 태몽을 듣고 항상 사우디 여왕이 될 거라는 소망을 갖고 살아왔어요. 아마 그 누구도 제가 사우디 최초 여성 외무장관이 될 거라고 예상하지 못했을 거예요. 물론 전 현재 왕세자 서열에 포함되어 있지 않아요. 하지만 원대한 꿈을 포기하지 않고 한 걸음씩 그 찬란한 꿈을 향해 걸어간다면, 세상은 변하고 언젠가 그런 날이 올 수 있다고 믿어요."

러블리 수와 날 바라보시는 공주님의 강렬한 눈빛은 자신과 함께 그 길을 걸어가자는 거룩한 초청으로 느껴졌다. 모처럼 만난 공주님의 모습에서 한 단계 더 성장한 또 다른 공주님의 모습을 발견할 수 있었다.

우린 러블리 수가 준비한 김밥, 식혜, 떡, 과일들을 나누어 먹으며 오후까지 방문객이 없는 Edge of World에서 모처럼 세 사람이 함께하는 즐거운 시간을 보냈다.

1년의 시간이 빛과 같이 빠르게 흐르며 전 세계는 코로나로 인해 이제까지 경험하지 못한 극심한 어려움을 겪었고 사우디 역시 코로나 확진자 수의 증가로 힘겨운 나날들이 계속되고 있었다.

13장

카타르와
외교 복원

13장

카타르와 외교 복원

외무장관으로서 공주님의 첫 번째 시험 무대는 카타르와 외교 복원이었다. 사우디는 지난 3년 6개월간 GCC[*](걸프지역의 6개 회원국) 국가의 형제와도 같은 카타르와 외교 단절을 했다. 사우디와 카타르의 오랜 불편한 관계는 GCC 국가 내 끊임없는 갈등을 불러왔고 급기야 사우디 내에서는 카타르와 연결된 육로를 파서 카타르를 섬으로 영원히 고립시키자는 의견까지도 대두되었다.

그러나, 사우디도 더 이상 이란과 더욱 친밀해지는 형제국가 카타르를 방치할 수 없는 상황에 이르렀다. 어느 날, 자밀라 공주님께서 제임스 쿡과 날 왕궁에 있는 회의실로 부르셨다.

---

*GCC 국가(사우디, 바레인, UAE, 카타르, 오만, 쿠웨이트)

212 사우디 집사

"어머니께서 살바토르 문디 작품이 가지고 있는 능력들을 모두 설명해 주셨어요."

"믿을 수 없는 이야기지만 어머니를 온전히 신뢰하기 때문에 믿지 않을 수 없는 상황이에요."

제임스 쿡이 말을 꺼냈다.

"공주님께서 말씀을 듣고 큰 충격을 받았다는 이야기를 들었어요. 명백한 사실은 공주님이 하시는 일에 살바토르 문디와 피터 집사가 매우 중요한 역할을 감당할 수 있다는 거예요."

"맞아요. 제가 경험하지 못한 살바토르 문디의 능력은 앞으로 충분히 체험할 기회는 많아요. 지금은 오랜 시간 동안 얽혀왔던 중동에서 비극들을 하나씩 말끔하게 종결하는 외교정책이 반드시 필요해요. 중동지역 평화를 위해 살바토르 문디와 피터 집사님이 도움이 된다면, 언제나 대환영이에요."

"공주님께서 생각하시는 특별한 계획이 있다면 말씀해 주세요. 공주님의 계획을 듣고 제임스 쿡 씨와 방법을 찾아볼게요."

"지난 몇 달 동안 카타르 외무장관과 많은 이야기를 나누었어요. 카타르 역시 사우디와 관계 회복을 간절히 원하고 있어요. 또한, 오랜 우방인 미국이 경계하는 이란과 친밀한 관계를 계속 유지하는 것도 카타르 왕가에 부담으로 작용하고 있다는 정보를 입수했어요."

제임스 쿡이 공주님을 바라보며 이야기했다.

"역시, 공주님께서는 첫 번째 외교정책 타깃으로 카타르를 생각하고 계셨군요."

"잘 아시는 것처럼, 이스라엘과 UAE는 평화협정을 체결했고 저 역시 아버님을 설득해서 UAE와 이스라엘 직항편 비행기 노선이 사우디 영공을 통과하는 것을 허락했어요. 이런 다양한 중동 내 외교적 변화들이 카타르 왕가의 마음을 움직이고 있는 것 같아요."

"공주님, 카타르와 외교 협약을 체결하시려면 제다에 계신 원로들과 아버님을 먼저 설득 하셔야 해요."

"제임스 쿡 씨 말씀대로 반드시 아버님과 원로들을 설득해야만 해요. 다음 주 목요일은 한 달에 한 번 개최되는 원로회의가 있어요. 그때 카타르와 외교 복원의 중요성을 설명하고 만장일치 동의를 얻어야 해요. 우리에겐 피터 집사님이 계시니 살바토르 문디의 만장일치 능력이 가능하겠죠?"

자밀라 공주님은 자신감이 가득한 얼굴로 살포시 미소를 지으며 날 쳐다보셨다. 일주일 후, 공주님과 왕궁 전용기 747을 타고 제다로 날아갔다. 공주님의 수행 비서로 러블리 수와 함께 원로원 회의장 안으로 들어갈 수 있었다. 회의장은 마치 고대 이슬람 시대의 사원처럼 엄숙했으며 회의장 한가운데 권위적으로 보이는 거대한 원탁 모양의 테이블이 놓여 있었다.

나와 러블리 수는 방청석처럼 보이는 곳에 다른 관계자들과 함께 앉았다. 공주님은 6명의 원로들과 원탁 테이블 주위에 자리를 잡으셨다. 사우디 전통의상인 하얀 토브(Thobe)를 입은 남성 사회자의 진행에 따라 회의는 이슬람식 기도를 한 후, 한 주제씩 간략하게 논의되었다.

외교 복원 의제는 가장 중요한 안건으로 맨 마지막에 다루어졌다. 사회자가 외무장관인 자밀라 공주님께서 카타르와 외교 복원 협정을 채택하자는 의견을 제안했다고 설명하자 방청석과 원로들 사이에서 불만의 목소리들이 일제히 터져 나왔다. 순식간에 회의장 분위기는 싸늘하게 식어갔다.

6명의 원로들은 순차적으로 카타르와 외교 복원은 사우디에게 전혀 필요 없다는 날카로운 공격을 공주님께 쏟아부었다. 마치 공주님은 전장의 한 가운데 날아오는 수많은 화살을 온몸으로 받아내는 여전사처럼 보였다. 나는 순간적으로 이 전투는 공주님의 일방적인 패배로 끝나지 않을까 두려웠다.

난 살바토르 문디의 도움을 간절히 구하면서 이 전투에서 공주님이 무사히 살아오시길 간절히 기도했다. 공주님은 시퍼렇게 날선 원로들의 반격에 대해 일일이 논리정연하게 대응하셨다. 드디어, 가장 연장자로 보이는 종교계 지도자가 공주님께 마지막 질문을 던졌다.

"공주님, 카타르는 지난 3년 6개월간 GCC 형제 국가들을 모두 배신하고 이란과 외교 동맹을 맺었습니다. 그런데, 어떻게 카타르와 다시 수교를 맺자고 제안하실 수가 있는 겁니까?"

"카타르의 입으로 불리는 국영 알자지라 방송은 끊임없이 우리 사우디 왕실을 비난했습니다. 오죽하면, 카타르와 외교를 단교한 이집트조차도 카타르와 외교 복원 조건 중 하나가 국영 알자지라 방송국의 폐쇄입니까? 공주님께서 직접 알자지라 방송국을 폐쇄시킨다면, 우리 원로들도 카타르와 외교 복원을 긍정적으로 생각해 보겠습니다."

자밀라 공주님은 조용히 자리에서 일어나신 후, 좌우로 조금씩 움직이며 원로들과 청중들에게 다시 설명하기 시작하셨다.

"잘 아시는 것처럼 우리와 오랜 형제 국가인 UAE가 올해 이스라엘과 평화협정을 맺고 이스라엘 비행기가 우리 사우디 영공을 관통해서 운항하는 기적적인 사건이 발생했습니다."

"UAE는 왜 전례가 없는 그런 엄청난 결정을 했을까요? 그건 매우 간단합니다. 과거보다는 미래에 더 많은 삶의 가치를 두고 있기 때문입니다. 분명, 카타르와 사우디는 지난 3년 6개월간 결코 좋은 관계는 아니었습니다. 카타르 뒤에는 우리를 지속적으로 위협하는 이란 그리고 예멘의 후티 반군이 도사리고 있습니다."

자밀라 공주님은 원로들을 한 분씩 차례대로 부드러운 눈빛으로 눈을 직접 맞추며 바라보셨다.

"우리 사우디 왕실의 가장 중요한 임무 중 하나는 이란과 후티 반군, 시아파의 끊임없는 위협으로부터 사랑하는 사우디 국민의 안전을 지키는 일입니다. 후티 반군은 드론 공격, 때론, 미사일 공격으로 끊임없이 우리에게 무차별 공격을 가하고 있습니다."

"우리가 이런 위기 속에서 카타르와 외교 복원을 이룰 수만 있다면 사우디의 안전뿐만 아니라 카타르와 평화적인 협력을 통해

동반성장 할 수 있는 소중한 기회를 얻을 수 있습니다."

원로들과 방청석 청중들은 묵직한 침묵에 사로잡혔다.

"원로님 말씀처럼, 우리가 진정 카타르 알자지라 방송국을 폐쇄하는 게 중요할까요? 아니면 소중한 사우디 국민 한 사람 한 사람의 목숨을 안전하게 지키는 게 중요할까요? 사우디 국민 한 사람의 목숨을 지킬 수만 있다면, 알자지라 방송국이 어떤 비난을 해도 참아 낼 수 있습니다."

"왜냐하면, 사람의 생명보다 더 귀한 건 이 세상 어느 곳에도 존재하지 않기 때문입니다. 뿐만 아니라 우리가 카타르와 외교를 재개하면 원로님을 그토록 힘드시게 했던 알자지라 방송은 더 이상 원로님을 괴롭히지 않고 우리의 좋은 친구가 될 수 있을 겁니다."

원로 중에 한 분이 자리를 박차고 일어나서 공주님께 반론을 제기했다.

"공주님, 외교정책이라는 건 공주님께서 생각하시는 것만큼 그렇게 단순하지 않습니다. 만약, 우리가 카타르에게 손을 내밀어 외교를 복원한다면, 그간 우리와 함께 카타르에 맞서 외교를 단절한 다른 GCC 회원국들이 어떻게 생각할까요?"

"아마도 우릴 이익밖에 모르는 배신자라고 생각할 겁니다. 공주님께서는 이슬람의 성지인 우리 사우디 왕국이 배신자라는 소리를 들어도 된다고 생각하십니까? 인구가 불과 사우디 10분의 1도 안 되는 소국! 카타르 때문에!"

원로들과 방청석의 청중들은 다시 술렁대면서 동요하기 시작했다. 자밀라 공주님은 위기의 순간을 포기하지 않고 다시 반격을 가하셨다.

"맞습니다. 카타르는 인구가 사우디 10분의 1, 면적은 사우디 200분의 1에 지나지 않습니다. 분명, 인구와 면적으로만 본다면 카타르는 사우디에 비해 소국이 분명합니다. 하지만, 카타르는 천연가스 매장량이 세계 3위, 수출은 1, 2위를 다투는 자원 부국이며 지리적으로는 페르시아만을 사이에 두고 이란과 가장 가까운 지리적 위치에 있습니다."

"만약, 우리가 카타르와 외교를 복원할 수 있다면, 천연가스를 기반으로 한 막강한 자본들은 우리가 추구하고 있는 미래성장 프로젝트에 지대한 도움을 줄 수 있을 겁니다."

"물론, 원로님이 걱정하시는 다른 GCC 국가들의 반응이 심히 우려될 수도 있습니다. 그러나, 이미 UAE가 현실의 모든 장벽을 뛰어넘고 카타르보다 훨씬 이해관계가 복잡한 이스라엘과 평화협정을 맺었습니다."

"우리가 이스라엘도 아닌 GCC 오랜 회원국이었던 카타르와 외교를 재개한다고 해서 GCC 국가가 반대할 가능성이 많지 않습니다. 결론적으로 지금 이 순간이 카타르와 외교를 복원할 수 있는 신이 주신 최고의 기회며 우리의 미래를 위해 우리는 반드시 그 기회를 잡아야 합니다."

공주님의 마지막 발언은 너무 비장해서 회의실의 분위기가 순식간에 바닥까지 쿵! 하고 가라앉았다.

그 비장함의 무게를 감당할 수 있는 사람은 그 자리에 아무도 없어 보였다. 난 살바토르 문디의 능력이 날 통해 발현되길 바라며 기도하는 마음으로 최종 투표를 지켜봤다.

두 눈을 감자 왕궁 3층에 걸려있는 살바토르 문디 작품이 내 눈앞에 나타났고 동시에 내 몸을 통과하면서 살바토르 문디는 내가 되고 나는 살바토르 문디가 되었다. 이 짧은 순간에 이루어진 교감은 만장일치의 결정이 내려질 거라는 징조와 같았다.

다음 날 아침 새벽에 자밀라 공주님, 러블리 수와 함께 제다에서 나르는 궁전 747을 타고 카타르 도하로 이동했다. 공항에 내리자마자 검은색 리무진이 우릴 카타르 왕궁으로 인도했고 예외적으로 자밀라 공주님은 카타르 국왕과 조찬을 함께 하셨다.

이 모든 일정이 한 치의 오차도 없이 신속하게 진행되는 것 자체가 너무나 놀라웠다. 카타르 국왕과 조찬이 끝나자 자밀라 공주님은 카타르 외무장관을 만나셨고 외교 복원 협정에 친필 서명을 하셨다. 자밀라 공주님은 러블리 수와 날 부르셨다.

"집사님, 수 님, 오늘은 역사적인 날이자 너무 행복한 날이에요."

"공주님 이렇게 치밀하게 외교 복원 준비를 하고 계신 줄은 전혀 몰랐어요. 놀라워요."

"제 마음 같아선 두 분과 함께 카타르 도하에서 아름다운 축배의 밤을 보내고 싶지만 전 기쁜 소식을 아버님께 보고하러 바로 제대로 돌아가야 해요. 하지만 두 분에게는 카타르에서 하루 쉴 수 있는 자그마한 선물을 드리고 싶어요. 오늘 리츠칼튼 호텔에 머무시고 오후 6시 CNN 방송을 보시면 될 것 같아요."

"공주님, 아니에요. 피터 집사님은 하루 남아 있더라도 전 공주님과 함께 제다로 돌아갈게요."

공주님은 미소를 지으시며 러블리 수에게 말씀하셨다.

"아니에요. 이것은 외무장관으로서 명령이에요. 카타르 도하에 다시 올 기회가 많지 않을 거예요. 앞으로 엄청 바쁘실 테니… 걱정 말고 편히 쉬고 오세요. 조만간 이보다 더 근사한 깜짝 선물을 준비할게요. 기대하세요."

공주님은 이미 준비하신 검은색 리무진으로 나와 러블리 수를 해변에 있는 리츠칼튼 호텔로 보냈다. 러블리 수는 알 수 없는 표정으로 도하 바닷가 전경을 한없이 바라보고 있었다.

리츠칼튼 호텔에 도착하자. 매니저가 우릴 입구에서 반갑게 맞이했고 VIP 룸 키를 나와 러블리 수에게 건네주었다. 각자 휴식을 취한 후, 오후 6시에 맞춰 러블리 수와 함께 호텔 바에 마주 앉았다.

"어제와 오늘 하루하루가 꿈만 같아요. 공주님과 함께 있으니 어제는 제다, 오늘은 도하, 오히려 수 님은 이런 삶이 익숙하실 수도 있겠네요."

"맞아요. CIA 요원일 때도, 공주님 경호원인 지금도 의뢰인의 일정에 따라 하루에도 장소가 여러 번 달라져요. 하지만, 자밀라 공주님의 행보는 앞으로 전 세계를 대상으로 펼쳐질 예정이라 그 크기를 가늠하기 쉽지 않네요."

우린 호텔 매니저에게 잠시 CNN 방송을 시청하게 해 달라고 요청했다. CNN 방송이 나오자마자 사우디와 카타르의 외교 복원 소식으로 CNN 앵커는 흥분의 도가니에 빠져 있었다. 사우디와 카타르의 외교 복원으로 중동에 새로운 평화가 찾아왔으며 핵과 탄도 미사일로 인해 국제사회에서 고립되고 있는 이란의 입지가 더욱 좁아질 거라는 보도였다.

"자밀라 공주님이 정말 사우디 여왕이 되실 수 있을까요?"

"공주님 소망이 전혀 불가능하다고 생각하지는 않아요."

"외무장관은 사우디 국왕의 유일한 딸이라서 가능하다고 해도 사우디 왕가에서 한 번도 여성이 왕이 된 적은 없어요."

"이제까지 사우디 역사는 그렇게 흘러왔지만, 그레이스 왕비님, 자밀라 공주님이 계신 사우디는 이제껏 사우디가 걸어가지 못한 새로운 길을 열어갈 수 있을 것 같아요."

"사실 전, 어제와 오늘 일련의 사건들을 지켜보면서 두려운 맘이 들기도 해요."

"수 님도 오늘 도하로 출발하는 일정을 모르셨나요?"

"네. 저는 일개 경호원이에요. 외무부에서 사전에 동선과 일정을 알려 주지 않으면 어떤 일이 벌어지는지 전혀 알 수가 없어요."

"그렇군요. 저만큼 놀라셨겠네요."

"지금 공주님의 기세라면, 이스라엘, 후티반군, 이란과도 평화협정을 성공적으로 이끄실 수 있을 것 같아요."

"그런 변화들이 두려우신 건가요?"

"솔직히 잘 모르겠어요. 전 아직은 미국인인가 봐요. 그래서 이모든 갑작스러운 변화가 미국에 어떤 영향을 주게 될지 걱정이 되네요."

"전 한국 국민이지만, 이 변화는 조국의 이익을 떠나 매우 바람직한 현상이라고 생각해요. 중동지역은 그동안 종교적, 인종적, 정치적 이유로 인해 진정 누릴 수 있는 평화와 안식을 마음껏 누리지 못했어요. 자밀라 공주님께서 이 모든 오랜 문제들을 해결하실 수만 있다면 적극적으로 공주님을 지원해 드리고 싶어요."

우리의 다소 심각한 대화는 어딘가에서 날아온 한 통의 전화로 잠시 중단되었다.

"함께 저녁 식사라도 할까요?"

"집사님, 죄송해요. 방금 도하에 계신 선배로부터 연락을 받았어요. 잠시 외출해야 할 것 같아요. 대신, 다음에 제가 리야드에서 맛있는 저녁 식사를 대접할게요."

"혹시, 조직 B라는 곳에서 일하시는 선배님인가요? 지난번 생 위베르 성당에서도 통화를 하시던데…"

러블리 수는 대답은 하지 않은 채, 자리에서 손 인사를 하며 급하게 일어섰다. 다음 날 새벽 우렁찬 기도 소리가 들려왔다.

"알라후 아크바르!"

동일한 기도 소리를 들으니 카타르와 사우디는 분명 형제 국가임이 틀림없다. 우애 좋은 형제간에 그동안 오랜 다툼으로 인해 단교가 되었으니 이젠 기쁨으로 화해할 때가 된 것이다. 도하의 아름다운 해변을 보려고 오전 7시쯤 바닷가 산책을 했다. 바닷물이 깨끗하고 경치가 아름다웠다. 아담한 크기가 마치 한국의 강릉 경포대를 보는 듯한 느낌이었다.

아무리 생각해도 자밀라 공주님의 횡보가 범상치가 않다. 그레이스 왕비님께서 태몽 이야기를 했을 때 만해도 나 역시, 반살림 왕과 그레이스 왕비님의 단순한 아름다운 사랑 이야기로 생각했는데 살바토르 문디의 능력을 알고 나신 후, 자밀라 공주님은 더 과감하게 변하신 것 같다.

해변을 한 바퀴 산책한 후, 리츠칼튼 호텔로 돌아왔다. 호텔 테라스 의자에 앉아 바다를 바라보며 생각에 잠겨있는 한 명의 아름다운 여인을 볼 수 있었다. 러블리 수는 마치 고민이 있는 사람처럼 한없이 바다를 바라보고 있었다. 순간, 러블리 수에게 인사를 할까 망설였지만, 때론, 그녀에게도 혼자만의 시간이 필요할 것이다.

리야드로 복귀하자 그레이스 왕비님께서 호출하셨다. 제임스 쿡과 함께 왕비님을 만나기 위해 3층 거실로 이동했다. 거실에서 제임스 쿡과 날 바라보시는 왕비님의 얼굴에는 환한 미소가 가득했다.

"피터 집사, 이번 카타르와 외교 복원에 큰 역할을 해줘서 고마워요."

"카타르와 외교 복원은 자밀라 공주님께서 너무 완벽하게 사전 준비를 잘하셨어요. 저도 제다에서 원로들과의 토론, 도하에서 카타르 국왕과 조찬, 그리고 카타르 외무장관과 외교 협정을 맺자마자 바로, 반살림 왕을 뵙기 위해 제다로 귀국하시는 공주님을 보고 많은 걸 느꼈어요. 공주님은 날마다 더 크신 분으로 성장하시는 것 같아요."

"왕비님, 저도 자밀라 공주님께서 외무장관이 되신 후, 더 성장하셨다는 피터 집사 의견에 전적으로 동의해요. 정말, 자밀라 공주님께서 왕비님이 꾸셨던 태몽대로 사우디 여왕이 되시기에 조금도 부족함이 없으신 것 같아요."

"피터 집사에게는 이야기한 적이 없지만, 사실, 난 오랜 세월 자밀라 공주를 한 명의 공주가 아니라 사우디 여왕으로 생각하며 모든 정성을 기울여 양육했어요."

"왕비님의 그런 생각을 반살림 왕께서도 알고 계신 건가요?"

"반살림 왕은 100% 사우디 왕가의 국왕이세요. 사우디 왕가는 이제껏 형제 상속으로 왕위가 계승되다가 처음으로 반살림 왕께서 부자 계승으로 왕위에 올랐어요. 국왕께서 자밀라 공주를 세상에 가장 사랑하시지만, 자밀라 공주가 사우디 여왕이 되는 건 완전히 다른 이야기예요."

제임스 쿡이 조심스럽게 말을 꺼내었다.

"왕비님, 피터 집사가 합류하기까지 과거를 돌아보면, 이 모든 퍼즐이 완성되기까지 오랜 시간이 걸렸어요."

"제임스 쿡 씨의 말씀이 맞아요. 난 반살림 왕을 만나기 전까지 단지, 중동지역 선교를 꿈꾸던 기도하는 평범한 여인에 불과했어요. 그런데 왜 신께서 이 시대에 날 사우디 왕비로 선택하셨는지 매일매일 질문하며 살아왔어요. 자밀라 공주가 사우디 여왕이 된다면, 중동과 세계의 평화를 위해 놀라운 일들을 감당할 수 있을 거예요."

왕비님께서 내게 다가오셔서 두 손을 꼭 잡아 주셨다. 내가 앞으로 걸어가야 할 길이 무엇인지 그 서막이 조금씩 열리기 시작한 것이다. 그것은 바로 사우디 최초 여왕의 탄생을 위한 그 위대한 여정에 내가 동참하는 것이다.

14장

여행을 떠나다

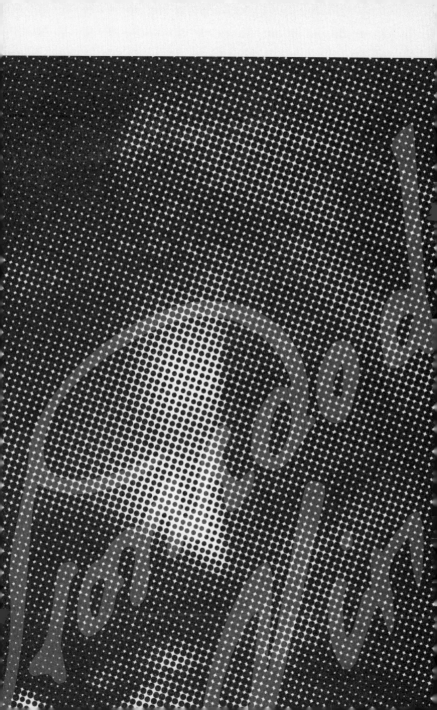

14장

여행을 떠나다

2021년 2월

오늘은 별다른 일정이 없는 온전한 하루 휴가가 주어졌다. 오전에 아이스 카라멜 마키아또 한 잔을 들고 독서를 하러 왕궁 도서관을 찾았다. 모처럼 편안한 마음으로 어떤 책을 읽을까 책장을 살펴봤다. 한 권의 책이 내 눈을 사로잡았다. 그 책은 바로 파울로 코엘료의 연금술사 영어원서였다.

10년 전쯤 한글판으로 연금술사를 읽은 적이 있었는데 다시 한 번 영어로 읽어 보고 싶었다. 아마도 연금술사 책 속 주인공 산티아고의 삶과 사우디 왕가에서 지난 2년간 근무한 내 삶이 매우 흡사하다고 느껴졌다.

연금술사 내용은 이 마을 저 마을을 떠돌아다니며 양을 치던 소년 산티아고가 피라미드에 숨겨진 보물을 찾기 위해 긴 여정을 떠나고 다양한 경험을 통해 조금씩 성장하며 결국, 연금술사를 만나 세상 만물의 언어를 이해하는 또 다른 연금술사로 성장하는 이야기였다. 물론, 산티아고는 보물과 아름다운 여인 파티마까지도 아내로 얻는다는 전형적인 해피엔딩 소설이다.

"피터 집사님"

흥분된 러블리 수의 목소리가 도서관 입구에서 들려왔다.

"수 님, 이 시간에 무슨 일인가요? 휴가?"

"지난번 카타르에서 자밀라 공주님께서 말씀하신 깜짝 선물 기억나시나요?"

"네. 공주님이 그런 말씀을 하신 적이 있지요."

"공주님과 함께 뉴질랜드 휴가가 확정되었어요."

"뉴질랜드라니? 누가 가시나요?"

"공주님, 저, 그레이스 왕비님, 압둘 집사님 그리고 피터 집사님이에요."

"네? 우리가 여행을 떠나다니…"

뜻밖의 휴가 소식에 가슴이 설레기 시작했다.

"그런데, 휴가는 언제인가요?"

"바로 내일이에요. 내일 오전 8시에 전용기로 뉴질랜드로 떠나요. 휴가는 10일간이에요."

"와우! 놀라운 소식이네요."

우리는 도서관을 나와 각자 숙소로 이동했고 10일간의 여행을 위해 짐을 꾸리기 시작했다. 다음 날 아침 3대의 리무진을 끌고 리야드 공항으로 입성했다. 왕궁 전용기로 이동하는 여행이기에 별도 공항 검색대를 거치지 않고 바로 공항 활주로로 들어갔다. 그레이스 왕비님, 자밀라 공주님, 러블리 수, 압둘 그리고 두 명의 경호원들이 함께 전용기에 올랐다.

우리는 뉴질랜드를 향해 출발했고 15시간 기나긴 비행을 한 후, 베이어브 아일랜드 공항에 다음 날 오전 8시에 도착했다. 공항에 도착하자마자 검은색 고급 벤츠 버스 2대가 대기했고 우릴 파이히아 항구로 안내했다. 이번 여행은 압둘 집사가 준비했고 뉴질랜드에서 모든 일정을 일사불란하게 진두지휘했다.

"압둘 집사님, 전에도 이 코스로 여행을 오신 적이 있나요? 모든 이동 과정들이 착착 진행되는 걸 보니, 처음 오신 코스가 아니신 것 같아요."

"피터 집사는 역시 눈치가 빨라요. 이곳 뉴질랜드 러셀 휴양지는 그레이스 왕비님이 좋아하시는 휴양지예요. 그레이스 왕비님과 자밀라 공주님을 모시고 벌써 3번째 방문이에요."

"그레이스 왕비님이 특별히 뉴질랜드 러셀을 좋아하시는 이유가 있나요?"

"왕비님께서 내게 특별히 말씀하신 이유는 없어요. 이곳 러셀의 자연환경이 너무 아름답고 관광객들이 붐비지 않아서 좋아하신다는 생각이 들어요. 자밀라 공주님은 아무래도 왕비님이 좋아하시니 따라오셨고, 반살림 왕께서도 한 번 같이 오신 적이 있어요. 물론, 그때는 오클랜드에서 뉴질랜드 총리와 면담이 있으셨고 회담이 끝난 후 3일 정도 이곳에 머무르신 적이 있으세요. 러셀은 뉴질랜드 최초의 수도였어요. 1841년에 수도가 러셀에서 오클랜드로 변경되었어요."

파이히아 항구에 도착한 후, 우리는 커다란 카페리에 몸을 싣고 러셀 안에 있는 이글즈 네스트 빌라에 안착했다. 이글즈 네스트는 총 5개 객실, 전용 해변과 4개 실외 수영장을 보유하고 있다. 우리가 머무는 동안에는 외부 손님은 전혀 없이 오직 우리 일행을 위한 전용 빌라로 운영되었다.

리야드에서 출발하여 베이 어브 아일랜드 공항 그리고 파이히아 항구에서 페리를 타고 이곳 러셀까지 장장 17시간이 걸린 기나긴 여정이었다. 하지만, 내게 배정된 객실에서 바다를 바라보니 긴 여행의 고단함은 한순간에 사라졌다.

'와우! 이래서 그레이스 왕비님은 그 먼 거리를 마다하지 않으시고 러셀에 오셨구나!'

무엇보다도 사람이 없는 이곳은 항상 움직일 때마다 여론의 관심을 받으셨을 왕비님께 최적의 휴식처가 되리라는 생각이 들었다.

"피터 집사, 오늘부터 남은 여정 동안 개인적으로 자유 시간을 보내면 돼요. 러셀과 베이 어브 아일랜드 지역에는 관광지가 많으니 좋은 시간이 될 거예요. 필요한 게 있으면 내게 또는 프런트에 있는 직원들에게 요청하세요."

"압둘 집사님은 휴가가 아니라 근무이신 거죠?"

"맞아요. 피터 집사와 러블리 수는 분명 휴가예요. 난 근무 중이고… 하하하! 그레이스 왕비님도 휴가 중에 피터 집사를 찾지 않으실 거예요. 그러니 이제부터 편히 휴가를 즐기세요."

사실, 휴가라고 했지만, 왕비님까지 함께 러셀로 이동했기 때문에 휴가라는 기분이 전혀 들지 않았다. 압둘의 이야기를 듣고 비로소 진정한 휴가임을 실감할 수 있었다. 내일은 러셀 시내부터 탐색해야겠다고 생각했다. 일단, 첫날은 외출 없이 빌라 안에 바다가 보이는 야외 인피니티 풀장에 들어가 휴식을 취하기로 했다.

늦은 오후 날씨는 약간 서늘했지만, 풀장은 따뜻한 물로 가득 채워져 있어 긴 여행에 대한 피로를 풀기에 부족함이 없었다. 따뜻한 물속에 머리까지 온몸을 완전히 담갔다. 이런 럭셔리한 빌라에서 취업 후, 2년 만에 첫 휴가를 보내다니… 생각만 해도 영화에서나 볼 수 있는 화려한 휴가였다. 한편으로는 자밀라 공주님은 무얼 하고 계실까? 러블리 수는 잠을 자고 있을까? 궁금하기도 했다.

다음 날 아침 해가 뜨기 전, 빌라에서 도보로 5분 거리에 있는 타페카 포인트 비치를 향해 걸어갔다. 새벽 공기가 약간 차가웠지만, 조금씩 걷기 시작하니 따뜻한 기운이 서서히 올라왔다. 저 멀리 해변에 이미 산책하고 있는 두 명의 아름다운 여인이 보였다. 한 분은 자밀라 공주님, 다른 한 분은 러블리 수였다.

"반가워요~ 어제의 용사들이 다시 이곳에 모였네요. 어쩜 두 분 다 이렇게 일찍 일어나셨어요?"

"집사님이 제일 늦으셨네요. 어제 잘 주무셨나요?"

러블리 수가 반갑게 인사를 건넸다.

"어제저녁은 너무 피곤해서 식사도 하지 않고 바로 곯아떨어졌어요."

"공주님 저는 어제 오후부터 내내 자다가 새벽에 일찍 잠이 깼어요. 사우디와 뉴질랜드 시차가 무려 9시간이에요."

"두 분 다 시차 적응과 긴 여정에 엄청 힘드실 거예요. 저도 뉴질랜드 방문은 이번이 세 번째인데 올 때마다 첫날은 시차 적응하느라 너무 힘들어요. 참고로 이번 휴가는 업무 출장이 아니라 분명 휴가니 편히들 쉬세요."

"공주님, 그래도 오후에는 우리 셋이서 라셀의 유명한 관광지라도 함께 가면 어때요?"

"수 님은 특별히 가보고 싶은 곳이 있나요?"

"제가 인터넷으로 검색하니 뉴질랜드에서 가장 오래된 크라이스트 교회가 이곳에 있어요. 그리고 러셀에서 반드시 방문해야 한다는 최고의 경치! 360도 파노라마가 펼쳐지는 곳! 플래그스태프 힐을 방문하고 싶어요."

"크라이스트 교회는 저도 어머니와 전에 방문한 적이 있어요. 다시 가보고 싶은 생각이 드네요. 반면, 플래그스태프 힐은 못 가봤네요. 그럼 우리 각자 점심 식사를 드시고 오후 1시에 빌라 입구에서 함께 출발하시죠."

"좋아요. 차는 제가 빨간색 포르쉐로 준비할게요. 하하하."

러블리 수는 함박 미소를 지으며 공주님과 날 바라봤다. 오늘 오후 일정이 세상에서 가장 사랑스러운 두 여인에 의해 순식간에 결정이 났다. 두 사람의 대화 속 공간을 파고들어 파이히어 항구 근처 근사한 이태리 맛집 방문, 유명한 고래쇼를 보러 가기, 또는 바다낚시를 하자고 의견을 제시할 빈틈이 전혀 없었다. 아무튼, 오늘 오후 시간을 혼자서 보내지 않고 매력적인 두 분의 여성과 함께 할 수 있으니 결코 손해 보는 장사는 아니었다.

오후 1시가 되어 빌라 입구에 도착하니 이미 러블리 수와 자밀라 공주님은 빨간색 포르쉐 안에서 날 기다리고 있었다. 신기하게도 약속이라도 한 듯 3명 모두 상의는 가벼운 재킷을 입었고 하의는 파리 센 강변에서 입었던 청바지와 운동화를 신었다.

첫 번째 장소는 크라이스트 교회였다. 러블리 수는 날렵한 운전 솜씨로 러셀 시내에서 요크 스트리트를 지나 로버트손 스트리트에 있는 크라이스트 교회로 우리를 안내했다. 러블리 수가 운전하는 모습을 보면, CIA 요원 출신이 분명하다. 이제껏 러블리 수만큼 운전 잘하는 사람을 본 적이 없다.

"공주님, 수 님의 운전 솜씨를 어떻게 생각하세요?"

"와우! 긴장되면서도 왠지 편안한 느낌. 나중에 수 님은 경호원 은퇴하시면, 리야드의 택시 기사 또는 파리의 택시 기사 강추해요. 진심이에요."

공주님 이야기에 러블리 수의 입꼬리가 살짝 올라갔다. 애써 미소를 참고 있었다.

"크라이스트 교회는 1836년에 기부를 받아서 설립된 뉴질랜드 최초의 교회라고 하네요."

어젯밤 인터넷으로 검색했던 내용을 간략하게 설명했다.

"이 교회를 3년 전에 어머니와 함께 온 적이 있어요. 3년 전이나 지금이나 교회 모습이 변한 게 없이 그대로네요."

"집사님, 교회 앞에 무덤은 누구의 무덤인가요? 혹시 그것도 공부하셨나요?"

"수 님, 저 무덤에는 마오리족과 유럽 이주민 간 전쟁으로 목숨을 잃으신 분들과 러셀 지역의 역사적인 인물들이 묻혀 있다고 해요."

"이 평화롭게만 보이는 뉴질랜드도 과거에 토착민과 이주민들 간 아픈 전쟁의 역사가 존재하는군요."

러블리 수가 날 보며 다시 묵직한 질문을 던졌다.

"집사님은 죽음에 대해 어떻게 생각하세요? 이미 아버님의 죽음을 경험하셨잖아요."

"아버지의 죽음은 너무 갑작스럽게 일어난 일이라서 고등학교 1학년이었던 제게는 크게 와 닿지 않았어요. 오히려 시간이 지나면서 아버지의 빈자리가 크게 느껴졌어요. 전 죽음에 대한 수 님 생각이 궁금하네요. CIA 요원으로 근무하시면서 여러 번 죽음의 문턱을 직접 경험하셨을 것 같아요."

"전 종교는 없어요. 그래서 죽음 이후의 세계라든지, 천국에 대한 소망! 이런 건 없어요. 단지, 죽음 그 자체에 대한 두려움을 갖고 있어요. 현실 세계와 단절! 죽음 자체의 고통보다는 나라는 존재가 누군가의 기억으로부터 영원히 잊혀지는 현실이 슬프게 느껴져요. 자밀라 공주님은 죽음에 대해 어떻게 생각하세요?"

"와우! 이런 근사한 휴가지에서 죽음을 논하다니… 그것도 죽음을 이야기하기엔 우리 모두 너무 꽃다운 나이들 아닌가요? 사실, 죽음에 대해 진지하게 생각해 본 적은 없어요. 다만, 아버님과 어머님이 이 세상에 안 계신다면, 그런 현실을 제가 받아들이기 너무 어려울 것 같아요. 아무래도 안 되겠어요. 무덤이 가득한 교회에서 대화가 꽃을 피우니… 분위기가 너무 가라앉는 것 같아요. 이제 러셀이 자랑하는 최고의 명소 플래그스태프 힐로 갈 때가 된 것 같아요."

러블리 수는 웰링턴 스트리트에서 공주님과 나를 내려 준 후, 언덕 정상에서 커피를 마시자며 곧장 커피를 사러 차를 돌렸다. 공주님과 난 걸어서 플래그스태프 힐 방향으로 천천히 오르기 시작했다.

"공주님, 카타르 외교 복원에 이어 그다음 외교 정책 타깃 국가는 어디인가요?"

"집사님, 생각보다 워커홀릭 스타일인가요? 이렇게 아름다운 자연 속에서 감사하게도 일 이야기를 살포시 꺼내시다니… 하하하!"

공주님의 귀여운 웃음소리가 플래그스태프 힐을 수놓았다.

"집사님, 농담이에요. 아시죠? 제 맘! 사실, 휴가지에서도 다음에는 어떤 정책을 펼쳐야 할까 생각하고 있어요. 이스라엘과 먼저 더 돈독한 외교 관계를 구축할까 아니면 이란과 바로 정면 승부를 할까 요즘 중동 정치에 대한 공부를 아주 열심히 하신다고 제임스 쿡 씨에게 들었어요. 집사님은 어떻게 생각하세요?"

"이스라엘이냐? 이란이냐? 둘 다 쉽지 않은 외교 관계인 것 같아요. 사우디 내 예멘 후티반군 문제와 이란의 핵 문제를 생각해보면, 굳이 이스라엘과의 외교 관계를 먼저 고민하기보다는 이란과 바로 외교협상을 해도 좋을 것 같아요. 만약, 사우디와 이란이 평화적인 외교 관계를 구축한다면 그 파급 효과가 매우 강력해서 더 이상 예멘 내전으로 인한 군사적인 소모전을 줄일 수 있을 것 같아요."

"좋은 의견이네요. 이스라엘이냐? 이란이냐? 아니면 후티 반군이냐? 우리 휴가가 끝나면, 얼굴을 맞대고 더 진지하게 다시 한번 논의하도록 해요."

어느덧 플래그스태프 힐의 정상에 다다랐고 우린 힘들게 언덕 정상에 오른 손님들을 두 팔 벌려 친절하게 맞아주는 기다란 녹색 나무의자에 앉았다.

"수 님께서 커피를 혼자 들고 오시려면 힘드시겠어요."

"생각보다 언덕이 가파르네요. 이럴 줄 알았으면, 집사님과 제가 잠시 기다렸다가 함께 커피를 들고 올 걸 그랬어요."

"차에서 내리자마자, 갑자기, 커피를 사러 떠나서 미처 말을 꺼내지 못했어요. 어쩌면 그렇게 매사에 빠른지…"

"맞아요. 수 님 동작이 정말 민첩하세요."

눈앞에 확 뜨인 태평양은 이제껏 본 적이 없는 말로 다 형용할 수 없는 실로 아름다운 경관이었다. 말로만 듣던 숨이 막히는 360도 파노라마 전경이 우리 앞에 펼쳐졌다.

그 순간, 어디선가, '탕!'

단 한 발의 총성이 들리자마자 반사적으로 자밀라 공주님을 온몸으로 덮었다. 날아오는 총알은 정확하게 내 심장에 박혔고 총알에 함께 실려온 미세한 향기를 맡을 수 있었다. 그것은 바로 샤넬 넘버5 재스민 향수였다.

"피터 집사님!"

"피터 집사님! 정신을 차리세요."

"이대로 눈을 감으시면 안 돼요. 집사님!"

공주님의 울부짖는 소리가 멀리서 들려오더니 이내 곧, 메아리가 되었고 더 이상 귓가에는 아무 소리도 들리지 않았다. 내 의식 세계는 삶과 죽음의 경계, 그 사이 어디론가로 서서히 흘러가고 있었다. 가늠할 수 없는 시간이 한참 지난 후, 그 끝을 알 수 없는 깊은 바닥으로 내 몸은 힘없이 떨어지고 있었다.

두 눈을 뜨자 내 앞에 두 명의 여인이 아른거렸다. 자밀라 공주님은 날 안고 계셨고 러블리 수는 얼어버린 사람처럼 서서 떨면서 날 바라보고 있었다. 가슴부터 밀려오던 극심한 통증은 어느새 사라졌고 하늘색 셔츠와 베이지색 재킷은 총알만한 크기의 구멍을 남긴 채 피로 홍건히 물들어 있었다.

러블리 수는 은색 총탄을 바닥에서 주운 뒤 내 눈앞에 조심스럽게 내밀며 떨리는 목소리로 말을 건넸다

"집사님 심장에 총알이 박혔는데 그 총알이 이렇게 몸 밖으로 튕겨 나왔어요."

"수 님, 너무 순식간에 벌어진 일이라 도대체 뭐가 뭔지 알 수 없네요. 집사님께서 이렇게 살아계신 것만으로도 너무 놀랍고 감사해요."

공주님은 애써 흐르는 눈물을 참으셨다. 난 몸을 일으켜 나무 벤치에 앉은 후, 러블리 수에게 질문을 던졌다. 분명 총탄에서 날아온 냄새는 샤넬 넘버5 향수 러블리 수의 향기와 같았다.

"수 님, 자밀라 공주님과 저에게 총을 쏜 사람이 누군지 알고 계시죠?"

러블리 수는 일순간 동공이 흔들리며 내 질문에 당황한 모습이 역력했다.

"수 님, 이번 사건은 단순한 문제가 아니에요. 누군가 제가 아니면 공주님 생명을 노린 게 분명해요. 저격수는 우리가 이 시간에 플래그스태프 힐을 방문할 것을 사전에 알고 있었고 정확하게 우릴 저격 지점에서 기다리고 있었어요."

공주님은 러블리 수의 손을 잡으면서 말씀하셨다.

"수 님, 우리 목숨을 노린 그들은 도대체 누구인가요? 알고 계신 게 있다면 이야기해 주세요."

러블리 수가 힘겹게 말문을 열었다.

"우리 동선을 알고 있는 것은 조직 B예요. 아마도 조직 B에서 피터 집사님의 목숨을 노린 것 같아요."

"왜 조직 B에서 제 목숨을 노리나요?"

"그건 저도 알 수 없어요. 조직 B는 국제적인 정보조직 요원 출신들로 구성되어 있어 내부 이해관계가 복잡하고 국제정치와 관련된 다양한 일들에 개입하고 있어요. 일단 왕비님께 상황을 보고하고 사우디로 속히 돌아가야 할 것 같아요. 또한, 집사님이 온전히 치유된 걸 알면 집사님의 신비한 능력들이 조직 B에 노출될 수 있을 것 같아요."

러블리 수는 주변을 살피면서 날 부축했고 서둘러 차량에 탑승한 후, 곧장 숙소로 이동했다. 우린 오늘 총격 사건을 그레이스 왕비님께만 보고하고 다른 사람들에게는 일체 비밀을 유지하기로 했다. 샤워를 한 후, 침대에 누워 베란다 가까이에 보이는 푸른 바다를 바라봤다.

조직 B는 사우디 왕가의 집사인 내 목숨을 왜 노렸을까 살바토르 문디 능력의 한계는 무엇일까 비밀 일기장의 첫 번째 능력이 바로 스테반 교수님의 말씀처럼 예수님의 부활 즉, 살바토르 문디의 부활이었던 것이다. 내가 살바토르 문디와 하나가 되었기 때문에 그 부활의 능력이 내게 발현된 것이다. 동시에 여러 생각이 뒤엉키고 또 섞이며 정신이 서서히 혼미해졌고 난 깊은 잠에 빠졌다.

다음 날 아침 일찍 러블리 수는 조용히 방문을 두드렸다. 러블리 수에게 궁금한 것들이 많았는데 러블리 수 역시 나에게 뭔가 알고 싶은 질문들이 있었다.

"집사님 몸은 어때요?"

"아침에 일어나니 한결 몸이 가벼워진 듯해요."

러블리 수는 내게 아이스 카라멜 마끼아또 한 잔을 건넸다.

"아침부터 시원하고 달콤한 커피를 마시고 싶었는데 수 님이 제 마음을 훤히 꿰뚫어 보셨군요."

"집사님 궁금한 게 있으시면 뭐든 물어보세요. 제가 알고 있는 것은 전부 사실대로 말씀드릴게요."

러블리 수는 내가 불필요한 오해를 하는 게 두려운지 모든 진실을 다 털어놓겠다는 표정으로 날 바라봤다.

"수 님은 왜 조직 B에서 제 목숨을 노린 것으로 단정 지으셨나요?"

"어제 플래그스태프 힐에서 커피숍에 도착했는데 우연히 예전에 알고 지내던 선배 요원을 만났어요. 반가운 마음에 대화를 더 나누려고 했는데 급한 약속이 있으시다며 가벼운 악수만 하고 급하게 자리를 뜨셨어요."

아마도 악수한 순간 러블리 수의 재스민 향기가 그의 손에 체취를 남겼고 그는 총탄에 그 향기를 실은 것으로 추정할 수 있었다.

"타깃은 저와 공주님 둘 중 한 명이 될 수 있어요. 어떻게 저라고 확신을 하는 건가요?"

"만약 공주님이 타깃이었다면 결코 공주님은 이 세상에 존재하지 않으셨을 거예요. 그 선배는 CIA 최고의 저격수였어요. 총알 한 방에 집사님 심장을 명중한 걸 보면 그 실력을 짐작하실 수 있을 거예요."

"그자는 왜 한낱 사우디 집사에 불과한 저를 제거하려 한 건가요?"

"저도 어젯밤 왜 조직 B에서 집사님의 생명을 노리고 있는지 생각해 봤지만, 그 답을 찾을 수가 없었어요. 조직 B는 일반적으로 세계평화에 위협적인 인물들을 때때로 암살하는 임무를 수행한다는 이야기를 들은 적이 있어요."

"그렇다면 제가 세계평화에 위협이 되는 인물이라는 결론이 도출되는군요."

"집사님 이제 제가 궁금한 걸 물어봐도 될까요?"

러블리 수는 커다란 눈망울로 은은하게 날 바라봤다. 드디어 러블리 수에게 비밀을 털어놓을 순간이 찾아온 것인가.

"심장에 총알이 명중했는데 상처가 다 회복되고 이렇게 건강하실 수 있나요?"

"사실 저 역시 어떻게 이런 일이 가능한지 놀라울 뿐이에요."

난 러블리 수에게 살바토르 문디와 관련된 비밀을 털어놓을 순 없었다.

"제게는 수 님이 이해하실 수 없는 놀라운 신체적 능력들이 있어요. 물론 제가 총알을 맞고도 멀쩡할 수 있다는 사실을 알게 된 건 어제 처음이에요."

"예전에 리츠파리 호텔에서 집사님이 수영하시는 모습을 보고 뭔가 보통 분이 아니라고 생각은 했어요. 하지만 죽음을 뛰어넘는 능력을 소유했다는 건 완전히 차원이 다른 능력이에요. 어떻게 그럴 수가 있나요?"

"일단, 수 님 조직 B에서 왜 제 목숨을 노렸는지 확인 부탁드려요. 그 이유를 알아야 앞으로 공주님과 우리가 수행해야 할 일들이 차질 없을 것 같아요. 제 신체의 비밀은 비록 이번에는 총알에서 무사했지만 앞으로 또 그런 기적이 다시 일어날 수 있을지 장담할 수 없고 결코 똑같은 경험을 반복하고 싶지는 않아요."

공주님께서 왕비님께 조직 B의 총격 사건을 말씀드렸고 다음 날 우리 일행은 나르는 궁전 747을 타고 서둘러 리야드로 복귀했다.

리야드에 도착하자마자 왕비님께서는 닥터 리를 부르셨고 특별한 설명 없이 먼저 내 몸을 정밀 검사하도록 지시하셨다. 닥터 리는 시종일관 도대체 무슨 일이 있었는지 호기심이 가득한 표정이었으나 왕비님께서 먼저 설명하시기 전까지 특유의 묵직함을 보이며 어떤 질문도 하지 않았다.

"왕비님, 피터 집사 몸을 정밀 검사했지만 특이한 사항은 전혀 없어요. 외상과 내상의 흔적도 없고 신체 모든 기능이 지극히 정상적이에요."

"닥터 리, 피터 집사가 뉴질랜드에서 괴한으로부터 총탄을 맞았어요. 심장에 총탄을 맞은 후 상처가 순식간에 회복되었고 지금 이 자리에 서 있는 거예요."

"왕비님 괴한이라니… 피터 집사에게 총을 쏜 자들은 누구인가요?"

"그들은 조직 B라는 국제 민간 정보조직으로 추정되고 있어요. 조직 B는 우리 동선을 정확히 알고 있었어요. 여행 내내 우리를 감시했고 피터 집사를 저격할 수 있는 순간을 노리고 있었던 게 분명해요. 아무래도 우리 내부에 첩자가 있는 것 같아요. 닥터 리도 보안과 안전에 주의하세요. 우리도 조직 B가 누구인지 왜 피터 집사를 저격했는지 러블리 수를 통해 자세히 확인하는 중이에요."

"놀라운 일이네요. 피터 집사의 신체 능력이 일반인과 다르다는 것은 우리 모두 알고 있는 사실이지만 죽음을 뛰어넘고 상처를 스스로 치유하는 신비로운 능력까지 소유했다는 거군요."

"분명 플래그스태프 힐에서 총알을 맞았을 때, 죽을 것 같은 고통을 느꼈어요. 그런데 잠시 시간이 지난 후, 총알이 몸에서 튕겨 나왔고 몸이 회복되면서 고통이 사라졌어요."

"왕비님 이런 사례는 의학적으로 들어 본 적이 없어요. 피터 집사의 신체 조직을 자세히 검사해도 지극히 정상적이고 일반적인 결과 외에는 다른 특이한 사항은 전혀 없어요."

"닥터 리, 결국 이 일은 신비한 초자연 현상이라고 이야기할 수밖에 없군요. 피터 집사, 더 이야기해 줄 수 있는 어떤 다른 단서는 없나요?"

"총알에 맞고 회복되는 그 순간에 살바토르 문디와 마주했어요. 저는 그 끝을 알 수 없는 심연의 깊은 곳으로 추락했고 바닥에 누워 있었어요. 그때 살바토르 문디가 제게 나타나서 심장에 박힌 총알을 꺼냈어요. 그 후 눈을 뜨니 자밀라 공주님과 러블 수가 함께 있었어요."

"닥터 리, 이 모든 사건은 비밀로 해요. 조직 B의 실체가 밝혀지면 그에 맞는 대응을 시작해야 해요."

정밀 검사를 마치고 방으로 돌아왔다. 우리 안에 첩자가 있다니… 우리 여행을 알고 있는 사람은 왕비님, 공주님, 압둘 집사, 러블리 수, 닥터 리, 2명의 수행원 그리고 제임스 쿡이다. 가족인 왕비님, 공주님, 닥터 리를 제외하면 러블리 수, 압둘 집사, 2명의 수행원 그리고 제임스 쿡이 남는다.

2명의 수행원은 맨 마지막에 합류했으니 제외. 그렇다면 다시 러블리 수, 압둘 집사 그리고 제임스 쿡, 압둘 집사와 러블리 수는 살바토르 문디에 대해 전혀 아는 게 없다. 그렇다면 제임스 쿡이란 말인가?

공교롭게도 제임스 쿡은 우리가 뉴질랜드로 떠난 기간에 맞추어 프랑스로 한 달간 휴가를 떠났다. 제임스 쿡의 휴가는 철저하게 계획된 도피였을까 아니면 시기의 우연한 일치였을까 잠이 오지 않는 밤이다. 조직 B는 나에 대해 어디까지 알고 있기에 날 암살하기로 결론을 내린 것일까 도대체 왜 날 죽일 수밖에 없다는 결론을 내린 것일까 잠을 자려고 애썼지만 잠은 쉽게 오지 않았다.

아침 일찍 산책하러 공원으로 나갔다. 3월 초 사우디는 한국의 봄 날씨보다 훨씬 따뜻하다. 어쩌면 초여름 날씨라고 하는 게 맞지 않을까. 문득, 한국에 계신 어머니가 보고 싶은 생각이 들었다. 죽음의 문턱에서 기적적으로 살아왔기 때문에 출생의 근원이신 어머니가 보고 싶은 것일까?

"피터 집사님!"

공주님의 목소리가 들려왔다.

"공주님 굿모닝!"

"집사님, 제임스 쿡 씨로부터 연락이 왔는데 더 이상 사우디로 복귀하지 않으시고 은퇴하시겠다는 연락이 왔어요."

"정말 이번 총격 사건과 제임스 쿡 씨가 연관이 있는 걸까요?"

"갑자기 이렇게 그만두실 줄 그 누구도 예상하지 못했어요. 25년 동안 가깝게 지내셨던 어머니조차 충격을 받으신 것 같아요. 아무래도 집사님께서 프랑스로 가보셔야 할 것 같아요. 제임스 쿡 씨를 만나서 은퇴하시는 이유를 자세히 물어보시는 게 좋을 것 같아요."

그다음 날 난 파리행 비행기에 몸을 실었다. 제임스 쿡은 왜 고향인 영국에서 휴가를 보내지 않고 파리에 머무르는 걸까 아직도 살바토르 문디와 관련된 어떤 비밀들이 남아 있는 것일까 파리 공항에 도착하자 검은색 리무진이 대기하고 있었다. 리무진은 날 리츠파리 호텔로 안내했다. 제임스 쿡의 소재지를 아시는 분은 딱 한 사람이다. 바로 파리 집사학교 스테반 교수님이다.

15장

살바토르 문디의
수호자

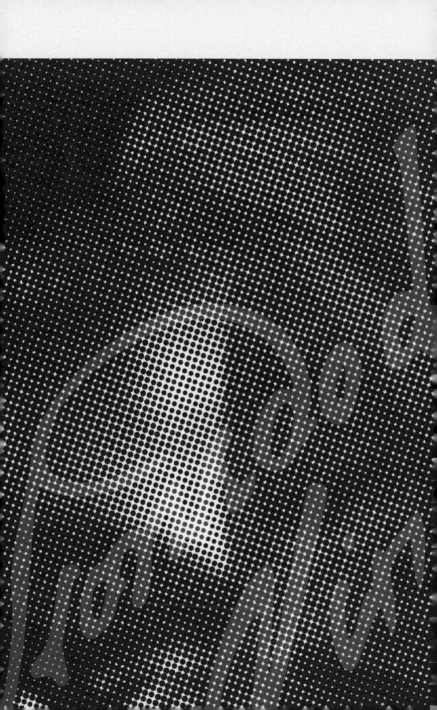

살바토르 문디의 수호자

저녁 시간 리츠파리 호텔 수영장으로 향했다. 순식간에 러블리수와 함께 수영했던 기억들이 떠올랐다. 다행히도 수영장은 그날처럼 사람들이 없었다. 수영장 안으로 몸을 힘껏 던졌다. 자유형을 하며 마음의 모든 근심을 떨치고 싶었다.

하지만 제임스 쿡에 대해 끊임없는 생각의 소용돌이가 계속 내게 물밀듯 찾아왔다. 도대체 제임스 쿡은 어떻게 된 것일까? 공주님께서 사우디 최초의 여왕이 되실 때까지 함께 하기로 다짐했던 약속들은 이제 희미해져 보인다.

어쩌면 이제 70이 넘은 제임스 쿡은 진심으로 은퇴하고 싶을수도 있다. 드디어 파리 어딘가에서 그가 사랑하는 여인을 우연히만나 극적인 사랑에 빠졌고 남은 삶을 조용히 편안하게 살고 싶어할지도 모른다. 제임스 쿡이 설마 날 암살하려는 무리와 적어도 어떤 연결고리가 있을 거라는 생각은 추호도 하고 싶지 않다.

파리에 도착한 다음 날 아침 호텔 뷔페식당에서 가볍게 아침 식사를 한 후, 이메일을 확인했다. 자밀라 공주님께서 파리에 잘 도착했는지 안부를 물으셨고 특별히 안전에 주의하도록 당부하시는 이메일을 보내셨다.

공주님께 답장을 드린 후, 오전 9시쯤 스테반 교수님께 전화로 뉴질랜드 총격 사건과 제임스 쿡의 갑작스러운 은퇴에 대해 간략하게 설명드렸다. 교수님은 제임스 쿡과 함께 오후에 집사학교에서 만나자고 말씀하셨다.

오후에 검은색 리무진을 타고 생드니에 있는 집사학교로 이동했다. 3월의 캠퍼스는 추웠던 겨울의 티를 서서히 벗고 다사로운 봄을 맞이 하고 있었다. 이미 마음부터 벌써 어색해진 제임스 쿡에게 어떤 말부터 건네야 할지 머릿속이 복잡했다.

1층 다빈치 전시실을 지나 스테반 교수님의 연구실로 들어갔다. 연구실 안에는 이미 제임스 쿡 씨와 스테반 교수님이 커피를 마시면서 날 기다리고 있었다.

"안녕하세요. 스테반 교수님, 제임스 쿡 씨"

"어서 오게. 피터 집사"

스테반 교수님 입가에는 반가운 미소가 보였지만 제임스 쿡 씨 표정에는 왠지 모를 비장함이 감돌고 있었다. 도대체 제임스 쿡에게 무슨 일이 있었던 것일까 그토록 다정했던 제임스 쿡에게 처음 보는 사람처럼 낯선 기운이 감돌았다.

"교수님 잘 지내셨나요? 제가 갑자기 찾아와서 많이 놀라셨죠."

"제임스 쿡 씨가 얼마 전에 사우디 왕가의 일을 그만두신다고 말씀하셨을 때 자네가 곧 찾아오리라 생각했었네."

"피터 집사, 이쪽으로 앉아요."

제임스 쿡 씨가 날 비스듬히 바라보며 말을 건넸다.

"제임스 쿡 씨, 갑자기 일을 그만두시며 은퇴하신다고 하셔서 너무 놀랐어요."

"난 70이 다된 노인이에요. 은퇴에 대해 오래전부터 생각해 왔고 언제든 은퇴한다고 해도 전혀 이상하지 않은 나이에요."

"정말 은퇴할 나이가 되셨기 때문에 사우디 왕궁에서 은퇴하신다는 말씀이 제게 해 주실 수 있는 전부인가요?"

"난 40년 넘게 살바토르 문디의 수호자로 살았어요. 피터 집사가 살바토르 문디의 새로운 수호자가 되었으니 더 이상 내가 사우디 왕가에 남아서 할 일은 없어요."

잠시 동안 연구실은 한밤중에 난데없이 정전이 된 것처럼 캄캄한 적막이 지배했다. 어색한 분위기의 균형을 깬 건 스테반 교수님이었다.

"피터 군, 난 지난 30년 동안 제임스 쿡 씨를 알고 지내왔네. 제임스 쿡 씨도 이제 은퇴 후 평안한 삶을 사는 게 맞네."

"스테반 교수님, 아침에 잠깐 말씀드린 것처럼 지난주 뉴질랜드에서 휴가를 보내는 중 괴한이 제게 총을 겨누었어요. 다행히 이렇게 살아있지만 어쩌면 스테반 교수님도, 제임스 쿡 씨도 다시 보지 못할 아찔한 사건이었어요."

난 총격 사건을 언급하면서 제임스 쿡 씨의 표정 변화를 유심히 관찰했다. 미간과 눈동자의 변화가 감지되었다. 무언가 그 소식이 전혀 새로운 충격적 소식이 아님을 느낄 수 있었다.

"교수님, 드디어 살바토르 문디의 3가지 비밀들을 모두 찾았어요."

"피터 군, 결국 마지막 퍼즐은 내가 예상한 대로 살바토르 문디의 부활이군."

"피터 집사, 뉴질랜드에서 총알이 심장에 박히고도 이렇게 멀쩡하게 살아있는 걸 보니 부활의 능력이 존재하는 게 사실이군요."

제임스 쿡은 특유의 호기심으로 내 가슴에 손을 대고 싶어 하는 듯 보였으나 평소와 달리 상처 부위를 보여 달라고 요구하진 않았다.

"피터 군, 뉴질랜드 총격 사건의 배후가 누구라고 생각하나?"

"러블리 수는 조직 B라는 비밀정보조직이라고 추정해요."

"조직 B라?"

"스테반 교수님은 조직 B에 대해 들어보셨나요?"

"조직 B는 제임스 쿡 씨가 잘 알고 계시지."

"피터 집사, 조직 B는 국제적 비밀조직이에요. 무고한 사람들을 해치는 난제가 아니라 세계 평화를 유지하기 위한 비밀조직으로 알고 있어요. 조직 B에서 피터 집사에게 총을 겨누었다는 건 이해하기 어려운 상황이에요."

"현재 확증된 건 어떤 것도 없어요. 러블리 수와 그레이스 왕비님께서 조직 B에 대해 자세히 확인하고 있어요. 제임스 쿡 씨는 어떻게 조직 B를 아시는 건가요?"

"젊은 시절 영국 정보기관에 몸을 담은 적이 있어요. 조직 B는 결코 피터 집사에게 해를 가할 조직이 아니에요."

"제임스 쿡 씨, 조직 B도 아니라면 과연 누가 피터 군의 목숨을 노린 것일까요?"

스테반 교수님은 도무지 알 수 없다는 듯 고개를 좌우로 흔드셨다.

"스테반 교수, 나른한 오후에 커피 한잔할 여유로운 시간을 초대해줘서 고마워요. 피터 집사, 난 더 이상 사우디 왕가의 일들은 개입하고 싶지 않아요."

"제임스 쿡 씨, 진정 이렇게 그만두시는 건가요?"

"하지만 다른 일들로 이야기하고 싶으면 언제든지 연락해요. 그럼 기회가 되면 또 봐요."

제임스 쿡은 붙잡을 틈도 주지 않고 내게 연락처가 적힌 메모를 건네며 연구실 밖으로 나갔다.

"스테반 교수님, 도대체 제임스 쿡 씨 신변에 어떤 변화가 있는 건가요?"

스테반 교수님은 난처한 표정으로 날 바라볼 뿐 아무 말도 하지 않았다.

"갑자기 은퇴라니요? 교수님도 제게 해 주실 수 있는 말씀이 없으신 건가요?"

스테반 교수님은 깊게 호흡을 한 번 가다듬으신 후 말씀하셨다.

"피터 군, 나 역시 별다른 이야기를 들은 게 없네. 다만 제임스 쿡 씨가 은퇴를 선택했다면 그 결정을 존중하는 게 중요하네. 자네는 자네의 길을 지금처럼 오롯이 걸어가면 되는 거야. 자네에겐 왕비님도 계시고 자밀리 공주님도 계시지 않은가 왜 군이 제임스 쿡 씨까지 필요한 건가 무엇보다도 자네는 살바토르 문디의 신비한 능력을 소유하지 않았는가"

스테반 교수님도 제임스 쿡 씨에게 일어난 일들을 전혀 알지 못하고 있다는 생각이 들었다. 교수님께 정중히 인사를 드리고 호텔로 돌아왔다. 저녁 7시쯤 휴대폰 벨이 울리기 시작했다.

"피터 집사님"

휴대폰 너머에서 자밀라 공주님의 다급한 목소리가 들려왔다.

"공주님"

"제임스 쿡 씨는 만나 보셨어요?"

"오늘 스테반 교수님과 함께 제임스 쿡 씨를 만났는데 왜 갑자기 은퇴하시는지 특별한 설명은 하지 않았어요."

"그렇군요. 일단 가장 빠른 비행기로 복귀하시는 게 좋을 것 같아요."

"공주님, 무슨 일이 있으신 건가요."

"아버지 건강이 좋지 않으세요. 그동안 오랜 지병으로 고생하셨는데… 생각보다 상태가 좋지 않으세요."

"가장 빠른 비행기로 알아볼게요."

공주님과 통화를 마치고 제임스 쿡 씨에게 전화를 드렸다. 휴대폰 벨소리가 여러 번 울렸지만, 전화를 받지 않았다. 결국, 할 수 없이 문자를 남겼다.

'제임스 쿡 씨, 내일 저녁 사우디로 돌아가요. 내일 오전에 시간이 되시면 잠시 만났으면 해요.'

문자를 발송하고 1시간 지난 후, 제임스 쿡으로부터 문자가 도착했다. 내일 오전 10시 생드니 대성당에서 만나자는 답변이었다.

오전 10시 생드니 대성당에 도착했다. 쿡 신부님과 함께 했던 추억들이 주마등처럼 흘러갔다. 성당 안으로 들어가니 의자 맨 앞줄에 제임스 쿡이 앉아 있었다. 자연스럽게 제임스 쿡 옆에 앉았다.

"어서 와요. 피터 집사"

"어제는 스테반 교수가 있어서 자세한 이야기를 할 수가 없었어요."

"도대체 왜 갑자기 은퇴하시는 건가요?"

"피터 집사, 지금부터 내 이야기를 잘 들어요."

제임스 쿡은 예전같이 다정한 얼굴로 날 바라봤다. 어제 그 이상했던 낯선 표정과 어색한 분위기는 어디에도 보이지 않았다. 마치 쿡 신부님이 제임스 쿡과 겹쳐 보여 쿡 신부님이 다시 살아서 돌아오신 게 아닌가 묘한 느낌이 들었다.

"왕비님과 피터 집사가 뉴질랜드로 떠난 후 반살림 왕께서 제다에서 리야드 왕궁으로 오셨어요. 그리고 내게 살바토르 문디의 비밀에 대해 직접 물어보셨어요. 이미 왕께서는 왕비님께 어느 정도 이야기를 들으신 게 분명했어요."

"반살림 왕께서 직접 리야드 왕궁에 오셨다는 건가요?"

"대부분 왕비님께서 제다로 가서 반살림 왕을 만나지만 가끔 직접 오실 때도 있어요. 난 반살림 왕 앞에서 살바토르 문디의 비밀을 숨길 수가 없었어요. 이미 왕께서 모든 것을 알고 계심을 직관적으로 느낄 수가 있었어요."

"대화가 끝난 후, 왕께서는 내게 사우디를 당장 떠나도록 명하셨어요. 물론, 왕과 만난 사실을 아무에게도 이야기하지 말라고 하셨어요. 그래서 왕비님께도, 공주님께도 어떤 말씀을 드리지 못하고 이렇게 파리에 머무는 거예요."

"왜 왕께서 발설하지 않도록 당부하신 그 이야기를 저에게 들려주시는 건가요?"

"피터 집사가 뉴질랜드에서 겪었던 총격 사건이 아무래도 반살림 왕과 관련이 있어 보이기 때문이에요. 사우디로 돌아가면 그레이스 왕비님께 반살림 왕과 어떤 대화가 오가셨는지 물어봐요. 분명 어떤 실마리를 찾을 수 있을 거예요."

"사실, 이제 지밀라 공주님과 통화를 했는데 반살림 왕께서 위중하시다고 해요."

"아마도 그럴 거예요. 내가 왕을 뵈었을 때도 안색이 좋아 보이지 않으셨어요. 반살림 왕께서 오랜 지병을 앓고 있다고 들었어요."

"제가 앞으로 어떻게 해야 할까요?"

"걱정하지 말아요. 내가 아는 반살림 왕은 매우 지혜로우신 왕이에요. 적어도 그레이스 왕비님과 자밀라 공주님이 아끼는 피터 집사에게 어떤 해를 끼칠 분은 절대 아니에요."

"이미 전 저격수에 의해 죽었던 목숨이에요. 그런데 어떻게 왕께서 제게 해를 끼치지 않을 거라 확신하시나요?"

"중요한 건 이렇게 살아 있다는 거예요. 피터 집사에겐 살바토르 문디의 놀라운 능력들이 몸 안에 흐르고 있어요. 그 능력이 피터 집사 안에 계속 살아 있는 한 그 누구도 피터 집사를 막을 수 없을 거예요. 한때는 살바토르 문디의 오랜 수호자며 쿡 집안 후손인 내가 아니라 피터 집사가 그런 능력을 갖게 된 게 몹시도 마음이 힘들었어요. 하지만 감사하게도 나이가 들면 마음을 다스릴 수 있는 지혜가 생겨요."

"그 지혜라는 게 어떤 건가요?"

"바꿀 수 없는 것들은 인정하고 내가 바꿀 수 있는 것에 온전히 집중하는 거예요. 살바토르 문디의 능력이 흘러간 건 신이 정하신 운명이에요. 그런 거대한 운명은 사람이 바꿀 수 없어요. 오롯이 있는 그대로 그 운명을 인정해야 해요. 어쩌면 반살림 왕께서도 그걸 알고 계실 수도 있어요. 사우디로 돌아가서 이루고 싶은 일들을 마음껏 펼쳐 봐요."

"파리에 계속 머무르실 생각이신가요?"

"피터 집사도 알다시피 난 가족도 없어요. 그나마 스테반 교수가 나의 오랜 벗이에요. 남은 생애는 파리에서 보내고 싶어요. 비록 내가 지금은 사우디로 돌아갈 수 없지만, 언젠가 다시 왕비님과 공주님을 볼 수 있는 날이 올 거라 생각해요."

제임스 쿡은 날 꼭 안아주셨다. 쿡 신부님께서 날 안아주시듯, 아니, 마치 실종된 아버지께서 날 안아주시는 듯 깊은 감동이 밀려왔다. 제임스 쿡과 작별을 하고 호텔로 돌아왔다. 호텔 문 앞에 메모 한 장이 눈에 띄었다.

memo

오후 3시 생위베르 성당 다빈치 무덤에서 봐요
From 조직 B
p.s : 누구에게도 알리지 말 것

순간 온몸에서 전율이 흐르는 것 같았다. 말로만 듣던 조직 B에서 내게 직접 메모를 남긴 것이다. 서둘러 호텔 체크아웃을 한후, 리무진에 몸을 싣고 생위베르 성당으로 향했다. 저녁 8시 리야드행 비행기를 타려면 분주하게 움직여야 한다.

생위베르 성당 다빈치 무덤이라… 조직 B는 살바토르 문디의 비밀에 대해 과연 어디까지 알고 있는 것일까? 이미 총알이 심장을 관통해도 죽지 않은 몸을 갖고 있으니 조직 B를 만나는 게 전혀 두렵지 않았다.

어느덧 앙브아즈성 주차장에 도착했다. 운전 기사에게 잠시 기다리도록 요청한 후, 생위베르 성당 다빈치 무덤을 향해 천천히 걸어 올라갔다. 평일 오후 3시 생위베르 성당은 아무도 없었다. 잠시 의자에 앉아 호흡을 가다듬었다. 그때 누군가 성당 안으로 들어왔다.

"안녕하세요. 피터 집사님. 조직 B의 마틴이라고 해요."

"반가워요. 마틴 씨"

"제가 러블리 수를 사우디 왕가에 경호원으로 추천한 CIA 출신 선배예요."

"조직 B에 대해서는 러블 수에게 몇 번 들었는데 실제로 이렇게 만나게 될 줄 상상도 하지 못했어요."

"피터 집사님, 갑자기 만나자고 해서 많이 놀랐을 거예요."

"네, 사실 놀랍기도 하고 호기심에 만나보고도 싶었어요."

"무엇보다도 조직 B는 피터 집사님의 뉴질랜드 총격 사건과는 전혀 무관해요. 물론 그 총격의 현장에 제가 있었어요. 놀랍게도 피터 집사님이 총상을 당한 후에 순식간에 회복되는 것을 직접 목격했어요."

"마틴 씨, 저를 보자고 한 이유는 뭔가요?"

"오늘 피터 집사님과 제가 만난 건 그레이스 왕비님, 자밀라 공주님 그리고 러블리 수 그 누구에게도 이야기하면 안 돼요. 그게 앞으로 조직 B와 피터 집사님이 세계평화를 위해 공조할 수 있는 최고의 시나리오예요."

"제가 왜 조직 B와 협력해야 한다고 생각하시나요?"

"우린 피터 집사님의 능력을 목도했고 그런 능력을 오직 사우디 왕가를 위해서 사용하시는 것이 아니라 전 세계를 위해서 사용해야 한다고 생각해요."

"제가 총알을 맞은 현장에 계셨으니 그럼 누가 절 저격했는지 알겠네요?"

"저도 갑자기 총성을 듣고 집사님을 바라봤고 누가 쐈는지 어디에서 총탄이 날아왔는지 정확하게 보지 못했어요. 그래서 조직 B에서도 피터 집사님과 계속 연락하면서 피터 집사님께 도움을 드리고 싶어요. 물론 어쩜 피터 집사님은 조직 B의 도움이 필요하신 게 아니라 조직 B가 피터 집사님의 도움이 필요할지도 모르겠어요. 앞으로 옷에 이 배지를 꼭 착용하세요."

마틴은 내 셔츠 왼쪽에 구슬 모양의 푸른색 배지를 달아줬다. 신기하게도 살바토르 문디가 들고 있는 구슬과 모양이 비슷했다.

"이젠 피터 집사님의 위치를 조직 B에서 항상 추적할 수 있어요. 이건 제 연락처예요. 도움이 필요하시면 언제든 연락을 주세요."

"마틴 씨, 파리에도 절 만날 수 있는 장소가 많은데, 왜 하필 생

위베르 성당 다빈치 무덤에서 보자고 하셨나요?"

"재작년 피터 집사님께서 파리에 계실 때 러블리 수와 생위베르 성당 다빈치 무덤을 방문하신 적이 있지요?"

"마틴 씨가 어떻게 그 일을 알고 계시죠?"

"그날 러블리 수와 전화 통화를 하고 있었어요. 그런데 갑자기 러블리 수가 놀란 후 전화를 끊고 집사님께 달려갔어요. 그 후 러블리 수에게 무슨 일이 생겼는지 물어보니 피터 집사님께서 식은 땀을 흘리시면서 바닥에 쓰러져 있다고 했어요. 그래서 직감적으로 피터 집사님의 놀라운 능력과 생위베르 성당 다빈치 무덤이 어떤 연관이 있을 거라 생각해요."

"추리력이 대단하시네요."

"피터 집사님, 어떻게 죽음을 초월하는 능력을 소유하게 되신 건가요? 비밀을 설명해 주실 수 있나요?"

"마틴 씨, 제가 가진 능력에 대해 저도 다 알지 못해요. 뉴질랜드 총격 사건으로 제가 그런 능력이 있는지 처음 알았어요. 지금은 모든 걸 말씀 드릴 수 없지만, 조직 B와 제가 한배를 타고 있다는 확신이 들 때 궁금하신 것들을 하나씩 풀어드릴게요."

"좋아요. 피터 집사님과 조직 B 사이에 신뢰가 생긴다면 언제든 한 팀이 될 수 있을 거라 확신해요."

"이해해 주셔서 감사드려요."

"그럼 전 이만 물러갈게요. 우리 둘의 만남은 러블리 수에게도 꼭 비밀 보안을 다시 한번 부탁드릴게요."

마틴은 정중히 목례를 한 후, 바람과 같이 사라졌다. 생위베르 성당 다빈치 무덤! 이곳에서 다빈치와 조우한 그곳, 그날의 사건이 지금도 눈앞에 생생하다. 난 왼 손바닥에 박힌 붉은 점을 바라봤다. 그 붉은 점은 나와 살바토르 문디가 연결된 표식이다. 그리고 내 셔츠에 꽂힌 푸른색 배지, 이제 피터와 조직 B가 새롭게 연결된 것이다.

16장

반살림 왕

16장

반살림 왕

"똑똑똑"

누군가 방문을 두드리는 소리가 났다. 시계를 보니 오전 10시였다. 문밖 손님은 압둘 집사였다.

"피터 집사, 왕비님께서 호출하셨어요."

"압둘 집사님, 30분 후에 제가 왕비님 거실로 가겠다고 말씀해 주세요."

압둘 집사는 고개를 끄덕이며 문을 닫았다. 새벽 2시 리야드에 도착한 후, 8시간 내리 잠을 잔 것이다. 모처럼 꿀잠을 잤다. 샤워를 마치고 3층 거실로 이동했다. 왕비님께서는 살바토르 문디 작품이 있는 거실에서 조용히 날 기다리고 계셨다.

"왕비님, 파리는 잘 다녀왔어요."

"제임스 쿡 씨는 건강하게 잘 계시나요?"

"네, 걱정하지 않으셔도 될 만큼 잘 지내세요."

"다행이군요. 왜 은퇴를 결심했는지 이야기하던가요?"

"네, 남은 생애를 이제 평안하게 보내고 싶다고 하셨어요."

그레이스 왕비님은 내 답변이 맘에 들지 않으신 눈치였다.

"왕비님, 제임스 쿡 씨는 뉴질랜드 총격 사건이 반살림 왕과 연관이 있을 거라 추측했어요. 혹시, 조직 B에 대해선 확인하신 게 있나요?"

"조직 B에 대해서 알아봤지만, 이번 총격 사건하고는 관련이 없는듯해요."

"그렇다면 반살림 왕이 개입되신 건가요?"

왕비님은 이야기하시길 잠시 주저하셨다. 테이블 위에 있는 찻잔을 들어 올려 차를 한 모금 마시셨다.

"한국에서 가져온 인삼차가 참 맛이 있어요. 고소하고 약간 달달하면서 살짝 끝은 쓴맛"

"왕께서 오랜 지병을 앓고 계세요. 지금은 현대 의학의 힘을 빌려 생명을 조금씩 연장하고 있지만 언제 돌아가실지 알 수 없는 상황이에요."

"결국, 왕비님은 사우디 왕가의 후계자에 대해 말씀을 드리신 거군요."

"난 왕께 여러 차례 자밀라 공주를 후계자로 지정해 달라고 간청 드렸어요. 하지만 왕께서는 공주가 사우디 왕이 될 수 없다고 단호하게 매번 거절하셨어요."

왕비님은 인삼차를 깊게 음미하시면서 다시 한 모금 마시셨다. 나도 모르게 긴장이 되었는지 내 앞에 놓인 아이스 카라멜 마키아또에 자연스럽게 손이 갔다.

"설득을 위해 왕께 살바토르 문디의 비밀에 대해 말씀드렸어요."

"어떤 능력을 말씀드렸나요?"

"살바토르 문디는 의견이 나뉘는 곳에 합치를, 갈등이 있는 곳에 화합을 준다고 말씀드렸어요. 내가 결혼했던 사건들, 반살림 왕께서 왕세자가 되신 게 모두 살바토르 문디의 능력으로 일어난 기적이라고 설명했어요."

"그 사실을 왕께서 믿으셨나요?"

"불행하게도 아니에요. 단호하게 그것은 운명이자 알라신의 뜻이라고 이야기하셨어요."

"그래서 어떻게 하셨나요?"

"자밀라 공주의 외무장관이 된 사실을 설명했고 피터 집사와 살바토르 문디가 연결되었다고 설명해 드렸어요."

"왕께서 믿으셨나요?"

"아니에요. 반살림 왕은 자밀라 공주가 외무장관이 된 것도, 카타르와 외교 복원을 이룬 것도, 모두 알라신의 뜻이라고 이야기하셨어요."

"왕께서는 살바토르 문디의 능력을 아무것도 믿지 않으셨군요."

"그래서 비밀 일기장을 보여드렸어요. 뿐만 아니라, 닥터 리가 보관해 왔던 피터 집사의 오감 데이터를 모두 보여드렸어요. 일반인과 비교할 수 없는 능력을 갖고 있다는 수치들을."

"변화가 있으셨나요?"

"비밀 일기장과 피터 집사 신체 변화 데이터를 보시더니 시간을 달라고 하셨어요. 그리고나서 우린 뉴질랜드로 여행을 떠난 거예요."

"그렇다면 조만간 반살림 왕께서 절 소환하시겠네요."

"피터 집사, 자밀라 공주는 사우디의 여왕이 되어야 해요. 반살림 왕께서 얼마나 더 버티실 수 있을지 모르겠어요."

"왕비님, 저도 공주님께서 사우디 여왕이 되길 진심으로 바라고 있어요. 제가 할 수 있는 한 최선을 다해 공주님을 모실게요."

왕비님과 대화를 마치고 난 방으로 돌아왔다. 결국, 반살림 왕께서 날 부르실 날이 다가오고 있음을 직감할 수 있었다. 사우디 왕가에 취직한 지 2년 만에 드디어 사우디 국왕을 만나게 될 것이다.

책상 위에 조그만 메모와 책이 한 권 놓여 있었다.

피터 집사님
Welcome to Riyadh
이 책 읽고 필사를 해 보세요
도움이 많이 될 거예요
From 자밀라

자밀라 공주님께서 노자의 도덕경을 선물하신 것이다. 요즘처럼 혼란스러운 마음에 도덕경이 위로가 될 수 있을까 성경이든 도덕경이든 나에게 분명 내 맘을 부드럽게 다스려줄 무언가가 필요했다. 아마도 공주님은 그걸 알고 계신 것이다. 이른 새벽에 무슬림의 기도 소리와 함께 눈을 떴다. 내 책상 위에 올려진 도덕경을 펼쳤다. 도덕경은 총 81장으로 구성되어 있어 오늘부터 한 장씩 읽고 필사를 시작했다.

오강남 풀이 도덕경 1장 "도라고 할 수 있는 도는 영원한 도가 아니다."

도라고 할 수 있는 도는 영원한 도가 아닙니다.

이름 지을 수 있는 이름은 영원한 이름이 아닙니다.

이름 붙일 수 없는 그 무엇이 하늘과 땅의 시원.

이름 붙일 수 있는 것은 온갖 것의 어머니.

그러므로 언제나 욕심이 없으면 그 신비함을 볼 수 있고 언제나 욕심이 있으면 그 나타남을 볼 수 있습니다.

둘 다 근원은 같은 것.

이름이 다를 뿐 둘 다 신비스러운 것입니다.

신비 중의 신비요, 모든 신비의 문입니다.

와우! 한 번 읽어서는 도대체 어떤 말인지 감도 오지 않았다. 이게 말로만 듣던 노자의 도덕경이구나 언제나 욕심이 없으면 그 신비함을 볼 수 있다니… 살바토르 문디의 신비함은 어떻게 내게 온 것일까? 분명 날 선택해 달라고 하나님께 기도한 적은 없었다. 아버지의 선행과 살바토르 문디의 운명이 연결되어 난 사우디 왕궁에서 살바토르 문디와 만나게 되었고 모든 신비의 문이라… 살바토르 문디! 구세주가 내 맘을 두드렸고 살바토르 문디 그 신비의 문이 활짝 열린 것이다. 도덕경 필사를 마친 후, 운동복으로 갈아입고 산책을 나섰다. 새벽 신선한 공기가 공원을 가득 채웠고 산책과 관련된 시상이 떠올랐다.

내 몸을 매만져주는 그 시간

그 이름은 산책

고개도 한 바퀴 돌려보고

호흡도 깊이 내쉬어요

눈앞에 펼쳐지는

아름다운 풍경들

서서히 서서히 흐린 눈을
깨끗이 정화해요
지친 몸 상한 몸도
산책길에 새롭게 회복해요
내 몸을 지키는 그 시간
그이름은 산책

내 영혼을 살찌우는 그시간
그이름은 산책
성경도 살포시 생각해보고
도덕경도 잠시 되새겨요
맘에 비추는 주옥같은 글귀들
조금씩 조금씩 깨진 맘을
홀연히 싸매요
지친 맘 상한 맘도
산책길에 새롭게 회복해요
내 영혼을 소생시키는 그시간
그이름은 산책

산책이 주는 유익은 이루 말할 수 없다. 내 영혼과 내 맘을 소중히 지켜주는 산책, 나에게 이런 좋은 습관을 물려주신 아버지가 몹시 그리워진다.

"집사님"

자밀라 공주님의 목소리가 들려왔다.

"어제 얼굴을 못 봐서 오늘 새벽에 꼭 보고 싶었어요. 하하하."

"공주님 선물해 주신 도덕경은 잘 읽고 있어요. 오늘 제1장 필사도 했어요."

"어머니의 권유로 도덕경을 2번 필사했는데 너무 좋았어요."

"도덕경을 필사하는 사우디 공주님이라니 너무 근사하네요."

"이제 도덕경은 떼고 논어 필사를 시작했어요."

"와우! 도덕경에 이어 논어 필사까지."

"집사님, 제임스 쿡 씨 이야기가 너무 궁금해요. 은퇴하신 이유가 뭐라고 하시던가요?"

공주님께 차마 있는 사실을 그대로 말씀드릴 순 없었다. 공주님이 가장 존경하고 사랑하시는 아버지께서 제임스 쿡의 은퇴를 지시하셨다는 사실을 어떻게 이야기한단 말인가.

"제임스 쿡 씨는 이제 쉬고 싶다고 말씀하세요."

"정말 그게 이유예요? 아마 우리에게 말하지 못한 어떤 속사정이 있을 거예요."

역시 자밀리 공주님은 상대방의 마음을 헤아릴 줄 아는 지혜로운 분이다.

"공주님, 왕께서 위독하시다고 하셨는데 어떠세요?"

"아버지께서 과연 올해를 넘기실 수 있을지 자신이 없어요."

"거동은 하시나요?"

"집사님께서 파리에 계시는 동안 병세가 더 심각해져 전혀 움직이지 못하셨어요."

"그래서 제게 빨리 오라고 하셨군요."

"다행히도 어제부터 거동하시는 것은 문제가 없는데 갑자기 건강이 급격히 저하되는 현상이 더 자주 반복되고 있으세요."

"공주님 제가 왕을 위해 해 드릴 수 있는 건 기도밖에 없어요. 건강이 회복될 수 있도록 간절히 기도드릴게요."

공주님은 고개를 살짝 끄덕거리셨으나 얼굴에는 좀처럼 볼 수 없는 근심이 가득 드리워져 있었다. 공주님과 가벼운 산책을 마친 후, 아침 식사를 하러 식당으로 갔다. 한국인 쉐프가 보이질 않아 롤케이크, 아이스 커피와 과일로 식사를 시작했다.

잠시 후, 압둘이 식당으로 찾아왔다.

"압둘 집사님, 쉐프 김이 보이질 않아요?"

"한국으로 한 달 정기 휴가를 떠났어요."

"아 그렇군요. 좋겠네요. 한국에 못 간지 2년이나 되었네요."

"피터 집사, 제다에서 연락이 왔어요."

드디어 반살림 왕께서 날 부르셨다는 생각이 들었다.

"왕께서 리야드에서 제다까지 차로 혼자 오라고 지시하셨어요."

"차로 가면 몇 시간 걸리죠?"

"리야드에서 제다까지 1,000km 거리니 11시간 정도 걸릴 거예요."

"30분 후에 출발할 테니 차량을 준비 부탁드려요."

"이미 차는 현관 앞에 대기하고 있어요."

"알겠어요."

여행 가방에 필요한 물품들을 담고 현관으로 이동했다. 현관 앞에는 파란색 현대 팰리세이드 한 대가 주차되어 있었다. 차에 몸을 싣고 내비게이션 목적지를 제다로 설정한 후 출발했다.

사우디에서 직접 차량을 운전하다니 정말 오랜만이다. 혼자서 11시간이나 되는 거리를 운전하도록 지시한 것을 보면 이번 여정은 결코 평범한 일정이 아닐 것이다. 하지만 내 안에 뛰어난 오감과 죽음을 초월하는 살바토르 문디의 능력이 있기에 반살림 왕이 부르신 그 길은 어떤 두려움도 없었다.

리야드에서 제다까지 고속도로는 제한 속도가 140km다. 속도를 130km에 맞추고 3시간 동안 BTS의 노래를 들으며 쉬지 않고 달렸다. 사우디 고속도로는 주도로가 있고 서비스 도로가 주도로의 가장자리에 있다. 이 구간의 서비스 도로는 주도로와 철조망으로 경계를 구분했다.

점심을 먹기 위해 맥도날드 안내판이 보이는 곳을 향해 차량을 돌렸다. 맥도날드 안에 손님은 없었다. 햄버거와 콜라를 받아서 자리에 앉아 점심을 먹고 졸음운전을 방지하기 위해 가벼운 스트레칭을 했다.

왜 반살림 왕께서는 사막과 광야로 가득 찬 리야드와 제다를 차량을 통해 이동하도록 지시했을까 마치 사우디의 민낯을 보는 듯한 느낌이 들었다. 외부에서는 석유가 넘치는 부자나라로 인식되어 있지만, 대부분 땅은 불모의 사막으로 이루어져 있다.

만약 사우디에 석유가 없었다면 생각만 해도 아찔하다. 그리고 보면 신은 참으로 공평하시다. 사우디에는 풍부한 천연자원인 석유를, 한국에는 석유 대신 우수한 인적자원을 주셨으니…

아이스 바닐라 라떼를 한잔 들고 다시 제다를 향해 출발했다. 길은 일직선으로 길게 뻗어 있어 운전이 힘들지는 않았다. 그냥 내비게이션이 지시하는 방향을 향해 쭉 달리는 게 운전의 전부였다.

끊임없이 펼쳐진 광활한 사막과 외로운 싸움의 시간이었다. 물론 이 순간 옆자리에 자밀라 공주님, 아니 러블리 수, 아니 시인이 된 옛 여친 선애가 있었다면… 이 지루한 사막의 여정이 훨씬 달콤할 수 있을 거라 생각했다.

11시간의 긴 운전을 마치고 제다로 들어가는 톨게이트에 도달했다. 톨게이트 앞에 검은색 양복을 입은 경호원들이 서 있었다. 한눈에 봐도 반살림 왕께서 보내신 경호원들이 분명했다.

"피터 집사님, 반갑습니다."

"안녕하세요."

"왕께서 크루즈선에서 기다리십니다. 헬기로 이동하겠습니다."

경호원은 헬기가 대기하고 있는 왼쪽으로 방향을 가리켰다. 하얀색 헬기가 눈앞에 보였다. 드디어 크루즈선으로 가는구나. 러블리 수와 크루즈선에 대해 이야기했던 장면들이 선명하게 떠올랐다. 헬기는 날 태우고 어둠이 깔린 홍해를 향해 출발했고 하늘로 오르자마자 15분 만에 크루즈선 위에 요란한 소리를 내며 착륙했다.

크루즈선의 한가운데는 영화에서나 봤던 근사한 실외 수영장이었다. 헬기에서 내린 후, 경호원의 안내에 따라 갑판 야외 레스토랑으로 이동했다. 어둠이 짙게 내린 홍해는 눈부시게 아름다웠고 크루즈선의 규모는 가늠하기가 어려웠다.

홍해를 배경으로 하얀색으로 모던하게 꾸민 레스토랑은 매우 근사했다. 직원의 안내에 따라 자리에 앉았고 한국 음식들이 하나씩 눈앞에 펼쳐지기 시작했다. 놀랍게도 하얀 레스토랑 안에 하늘색 드레스를 입은 러블리 수가 등장했다.

"수 님, 어떻게 여기에?"

"많이 놀라셨죠? 집사님."

"언제 오신 거예요?"

"저도 여기에 온 지 얼마 되지 않아요."

"공주님도 여기에 계시나요?"

"아니에요. 공주님은 리야드에 계세요."

"크루즈선에는 전에도 오신 적이 있나요?"

"이번이 두 번째예요. 일단 저녁 식사부터 먼저 하시죠."

진수성찬의 한국 음식들이 다양하게 준비되었고 러블리 수와 함께 석양을 풍경 삼아 저녁식사를 시작했다.

"집사님, 식사가 끝나면 반살림 왕께서 오실 거예요."

"수 님은 벌써 반살림 왕을 만나셨군요."

"네, 전 집사님보다 1시간 먼저 도착해서 반살림 왕을 잠깐 뵈었어요."

"건강은 어떠신가요?"

"여전히 건강은 좋지 않으세요. 아마도 건강이 더 악화되기 전에 집사님을 보고 싶으셨던 것 같아요."

"왕께서 저에게 어떤 질문을 하실지 알 것 같아요."

"집사님, 너무 걱정하지 마시고 질문하고 싶은 것들, 알고 계신 것들을 왕께 사실대로 이야기하시는 게 매우 중요해요."

"저도 그렇게 생각해요. 반살림 왕께 어떤 것도 숨기고 싶은 것은 아무것도 없어요."

드디어 경호원 한 명이 우리에게 다가왔다.

"이제 왕께서 계신 라운지로 이동하겠습니다."

러블리 수와 난 경호원을 따라 최고층 갑판에서 한 층 아래로 이동하여 실내로 들어갔다.

한눈에 봐도 초호화 라운지가 분명했다. 주변에는 경호원 외에 외부 손님은 아무도 보이지 않았다.

메인 라운지 가운데 반살림 왕께서 앉아 계셨다. TV에서 봤던 그 풍채와 그 모습 그대로였다. 러블리 수는 가볍게 인사를 했고 경호원과 함께 자리를 떠났다.

"피터 집사, 앉게나."

"안녕하십니까? 사우디 왕가의 집사 피터입니다."

"자네 이야기는 너무 많이 들어서 어떤 설명도 필요 없으니 자리에 편하게 앉게."

반살림 왕께 정중하게 인사를 드린 후, 반살림 왕과 중간에 놓인 황금색 테이블을 지나 맞은편에 앉았다. 왕은 내가 앉은 자리보다 높은 위치에 앉아계셨다. 예상대로 안색은 밝아 보이지 않았다.

"피터 집사, 11시간 동안 리야드와 제다 사이 사막을 횡단하면서 어떤 생각이 들었나?"

"신께서 사우디에 석유를 주시지 않았다면 정말 힘들었겠다는 생각이 들었습니다."

"듣던 대로 매우 솔직한 젊은이군. 느끼는 대로 그대로 이야기하니 맘에 드는군."

반살림 왕의 얼굴에서 미소를 발견하고 나도 모르게 안도감이 들었다. 반살림 왕을 대면하는 게 두렵지 않다고 생각했지만 이미 내 안에 긴장감이 가득했다.

"피터 집사, 뉴질랜드 총격 사건에 대해 누가 자네를 저격했다고 생각하나?"

왕께서 뉴질랜드 사건에 대해 질문할 거라 미처 예상하지 못했다. 오히려 그 질문은 내가 왕께 드리고 싶은 질문이었다.

"왕께서 그레이스 왕비님과 살바토르 문디와 저에 대해서 이야기를 나누신 것으로 들었습니다. 결국, 여러 상황을 종합해 볼 때, 총격 사건을 직접 저에게 질문하시는 왕께서 그 대답을 알고 계실 거라 생각합니다."

답을 하면서 왕의 얼굴을 자세히 살펴봤다. 놀랍게도 또다시 왕의 얼굴에는 잔잔한 미소가 드리우기 시작했다.

"피터 집사, 대학 시절에도 공부를 잘했고 파리 집사학교도 수석으로 졸업했던데 그 실력이 역시 사실이군. 아주 현명한 답변이네."

이제까지 수많은 사람을 만나봤지만 반살림 왕과 만남은 난생처음 경험하는 신비로운 느낌이 들었다. 왕의 위엄과 품격, 자비, 은혜, 이런 모든 고귀한 단어들이 종합적으로 혼합되어 알 수 없는 권위와 신뢰가 느껴졌다.

"자네를 저격한 사람은 바로 러블리 수네."

총탄에서 날아온 샤넬 넘버5 재스민 향수는 역시 그녀였던 것이다. 그런데 왜 러블리 수가 나를 저격한 것인가.

"그렇다면 왕께서 러블리 수에게 저를 암살하라고 명령하신 겁니까?"

"무엇보다도 러블리 수는 아무 잘못이 없네."

잠시 정적이 흘렀다.

"나 역시 왕비가 자네에 대해 들려준 살바토르 문디의 비밀을 이해했고 여러 능력 중에서 예수의 부활에 대해 주목할 수밖에 없었네. 결국 자네와 살바토르 문디가 하나라면 총탄에 심장이 박혀도 자네가 다시 살 수 있을 거라는 추론에 이르게 되었네."

"왕께서는 러블리 수를 통해 부활의 능력을 시험하신 거군요."

"그러니, 러블리 수에 대한 어떤 오해도, 원망도 하지 말게나."

러블리 수가 조직 B를 저격수로 지목한 순간들이 필름처럼 지나갔다.

"러블리 수는 자네를 저격하기를 거부했지만, 자네와 연결된 살바토르 문디의 능력을 내가 설명했고 이렇게 직접 자네를 만날 때까지는 진실을 함구하도록 특별히 지시했네."

"왕께서는 제가 앞으로 어떤 일을 하길 원하시는 겁니까?"

"피터 집사, 자네도 알다시피 난 시한부 인생이네. 자네처럼 알라신의 선택을 받아 부활의 능력을 소유한 특별한 사람이 아니지. 그런 능력은 역사적으로 증명된 것처럼 아무리 중국의 진시황제라도 소유할 수 없었네."

난 반살림 왕의 얼굴에서 더 살기 위해 애써 생명을 연장하는 일은 이미 포기했음을 느낄 수 있었다.

"자네가 해야 할 일은 앞으로 차차 알게 될걸세."

"왕께서 오늘 저를 부르신 이유가 무엇인지 궁금합니다."

"두 가지 이유가 있네. 하나는 내가 궁금한 것을 확인하고 싶었고 다른 하나는 자네에게 선물을 주고 싶었네."

"궁금한 것은 어떤 것입니까?"

"살바토르 문디가 선택한 자네가 어떤 사람인지 보고 싶었네."

"그렇다면 제게 주실 선물은 어떤 것입니까?"

반 살림왕은 자리에서 일어나신 후, 서서히 내게 다가왔다.

"피터 집사, 내가 지금부터 하는 이야기를 듣고 너무 놀라지 말게."

왕께서 이띤 말씀을 하실지 감을 잡을 수가 없었다. 분명 선물이라고 하셨는데 한편으로는 놀라지 말라고 말씀하시는 것이다.

"13년 전 제다에서 실종된 자네 아버님의 행방을 찾았네."

지금 내가 듣고 있는 이야기가 꿈인지 현실인지 순간적으로 혼란스러웠다. 오랫동안 가슴속에 깊이 묻어 놓았던 아버지에 대한 그리움이 한없이 솟구쳐 올라오고 있었다.

"아버지의 행방을 아신다니… 그렇다면, 아버지께서 살아계신다는 말씀이십니까?"

"왕비로부터 자네 아버지의 실종 사건을 다시 확인해 달라는 부탁을 받았었네. 그 후 계속해서 우리 정보기관에서 자네 아버님을 추적했고 자네 아버지를 인계받는 조건에 대한 협상안을 비공개적으로 입수했네."

"아버지께서 어디에 계신 겁니까?"

"예멘 후티 반군의 지하 감옥에 계시네."

예멘 후티 반군의 지하 감옥이라는 이야기에 살아 있다는 안도감과 지하 감옥이라는 말씀에 아버지가 얼마나 그동안 고생하셨을까 하는 걱정이 밀려왔다.

"우린 오랫동안 후티반군과 내전을 하고 있네. 후티 반군이 자네 아버지를 인계하는 조건으로 우리가 수용할 수 없는 협상안을 제시했네."

"그 협상 조건이 무엇입니까?"

"예멘 내전에 우리 정부가 개입하지 않는 조건일세. 안타깝게도 그런 조건은 전혀 수용할 수 없는 제안이네."

"제가 아버지를 구하러 가겠습니다."

반살림 왕은 기다렸다는 답변을 들었다는 듯 내 손을 굳게 잡으셨다.

"피터 집사, 살바토르 문디의 신비한 능력을 소유한 자네라면 충분히 아버지를 후티 반군의 지하 감옥에서 구출할 수 있을 거라는 확신이 드네."

난 갑자기 눈물이 터져 나올 것 같았으나 애써 눈물을 참았다. 처음 만난 왕 앞에서 눈물을 보이고 싶진 않았다.

"예멘으로 들어가는 길과 감옥의 위치는 모두 확보해 놓았네. 러블리 수가 자네를 도울 테니, 오늘은 호텔에서 하룻밤 보내고 내일 아버지를 구출하는 작전을 착수하게."

"감사드립니다. 반드시 아버지를 모시고 돌아오겠습니다."

대화가 끝나자 러블리 수가 들어왔다. 반 살림왕은 내 어깨에 손을 올리신 후, 이렇게 말씀하셨다.

"피터 집사, 알라신의 가호가 있기를."

반살림 왕과 면담이 끝난 후, 러블리 수와 난 헬기를 타고 사우디 남쪽 예멘과 가까운 곳에 위치한 관광도시 아부하의 한 호텔에 도착했다. 오늘 하루 기나긴 여정으로 인해 끝을 알 수 없는 깊은 잠에 빠졌다. 날 깨운 건 방문을 두드리며 내 이름을 속삭이듯 부르는 러블리 수였다.

17장

국경을 넘어
예멘으로

17장

국경을 넘어
예멘으로

"피터 집사님"

벽걸이 모니터에 붙어있는 전자시계를 보니 오전 10시였다.

"피터 집사님, 괜찮으신가요?"

"네, 괜찮아요."

"그럼 30분 후에 1층 식당에서 식사하시죠?"

"알겠어요."

난 서둘러 샤워를 한 후, 옷을 갈아입고 호텔 식당으로 향했다. 호텔 식당에는 러블리 수가 미리 자리를 잡고 있었다.

"어제 너무 놀라운 이야기를 많이 들어서 당황하셨죠."

"특히, 수 님이 제게 총을 쏘셨다는 이야기가 가장 충격이었죠. 그 이야기를 듣는 순간 쓰러질 뻔했어요."

러블리 수의 얼굴은 순식간에 미안하다는 표정으로 바뀌었다.

"사실대로 미리 이야기하지 못해 정말 죄송해요."

"결코 평생 잊을 수 없는 너무 충격적인 이야기였지만 앞뒤 정황이 이해되니 그 사과를 받을게요."

"왕께서 집사님을 저격하라고 지시했을 때 도저히 받아들일 수 없었지만, 집사님이 결코 죽지 않을 거라는 말씀에 용기를 낸 거예요. 저 또한 리츠파리 호텔에서 집사님의 수영 모습을 본 후, 집사님이 일반 사람들과는 다르다는 것을 알고 있었어요. 아마도 집사님이 제 총탄에 죽음을 맞이했다면 전 평생 그 짐을 감당하지 못했을 거예요."

"좋아요. CIA 요원들이 흔히 수행하는 특수 임무라고 생각하고 그 일은 이제 덮어요."

눈물이 금세라도 터져 나올듯한 러블리 수의 손을 가볍게 두드리며 그녀를 위로했다.

"무엇보다도 이제 아버지를 구하는 일이 가장 중요해요."

"정보에 의하면 집사님 아버지께서는 오랫동안 예멘에 계셨던 것 같아요. 아마도 제다에서 납치되어 예멘으로 끌려가신 것 같아요."

"혹시 아버님의 건강 상태에 대해 들으신 건 있나요?"

"후티 반군의 지하 감옥에 있다는 정보 외에는 어떤 것도 입수된 게 없어요."

"수 님이 생각하시는 구출 작전 계획은 어떤 건가요?"

"오늘 오후 3시에 아부하 시내에 위치한 카페에서 후티 반군의 지하 감옥을 잘 알고 있는 예멘의 연락책과 접속할 예정이에요. 그 연락책을 통해 후티 반군의 지하 감옥으로 침투한 후, 아버님을 꺼내오는 방법을 찾아야 할 것 같아요."

오후 2시 30분이 되자 러블리 수와 난 지프 차량으로 아부하 시내로 이동했다. 아부하는 리야드나 제다와 달리 울창한 나무와 예쁜 꽃들이 가득했다. 흡사 유럽에 온 듯한 느낌을 받았다. 사우디에도 이렇게 아름다운 도시가 있다니

"집사님, 아부하 정말 예쁘죠?"

운전석 앞쪽에 앉은 러블리 수가 먼저 말을 걸었다.

"네 아부하가 이렇게 아름다운 줄 알았으면 진작 와 볼 것 그랬어요."

"아부하는 비도 자주 온다고 해요. 특히 원숭이들이 많다고 하네요."

"사우디에 사시는 분들은 은퇴하면 아부하에서 지내는 게 좋겠네요."

"그쵸? 그래서 아부하가 휴양지로 유명해요."

우리는 하늘 위로 파란색 트램이 지나가는 광경을 바라보며 동시에 소리를 질렀다.

"와우!"

"브라보!"

"사우디에서 공중을 가르는 트램이라니… 집사님 정말 근사하네요."

차량은 어느덧 비탈길을 돌고 돌아 아부하 시내에 우뚝 솟은 언덕 위로 우릴 안내했다. 러블리 수는 차량에서 내린 후 트렁크에서 회색 배낭을 꺼내며 카페 한 곳을 가리켰다.

"집사님, 저기에서 3시에 만나기로 했어요. 5분 일찍 왔네요."

우린 야외 카페로 이동했고 카페는 동서남북이 모두 확 트여 아부하 시내를 한눈에 내다볼 수 있었다.

"와우! 전망도 너무 아름답네요. 집사님 여긴 야경도 근사할 것 같아요."

"기회가 되면 저녁에도 한번 와 보고 싶네요."

사우디에서 사방이 모두 내려다보이는 이렇게 아기자기한 유럽풍 도시를 볼 수 있다는 것 자체가 너무 신기했다. 우리는 잠시 경치를 구경하다 연락책처럼 보이는 인물이 있는지 카페를 둘러보았다.

오후 3시가 되자 하얀 토브에 검은색 선글라스를 쓴 건장한 사내가 나타났다. 그는 우리를 향해 가볍게 손을 흔든 후, 카페 귀퉁이에 있는 테이블에 앉았다. 러블리 수와 난 자연스럽게 그 사내가 있는 자리로 다가갔다.

"반갑습니다. 알리입니다."

"안녕하세요. 러블리 수예요."

"안녕하세요. 피터예요."

"시간이 없으니 바로 본론으로 들어가겠습니다. 예멘 사다 지하 감옥에 있는 한국인을 찾는다고 들었습니다."

"그 한국인을 보신 적이 있나요?"

급한 마음에 알리를 간절히 바라보며 질문을 했다.

"본적은 없어요."

"혹시 이름이라도 아시나요?"

"제가 들은 건 그 한국인이 예멘 반군에게 납치되어 10년 이상 지하 감옥에 갇혀 있다는 겁니다. 미안하지만 그 죄수의 이름은 모릅니다."

"괜찮아요. 우린 그 한국인을 꺼내고 싶어요. 방법이 있을까요?"

"지하 감옥은 경비가 철저한 입구부터 미로처럼 연결된 죄수들의 지하 감옥까지 도달하는데 거쳐 가야 할 주요 경비병들이 10명 정도 있어요. 그 직원들을 하나씩 매수하려면 1인당 최소 미화 만 불은 줘야 합니다. 그것도 무사히 빼내는 조건이 아니라 우리가 들어가서 탈주하는데 눈을 감아주는 조건이에요."

"알리 씨, 당신 수수료는 얼마인가요?"

"여기에서 예멘 국경을 지나 사다 감옥까지 안내하는데 5만 불, 감옥 안으로 들어가는데 5만 불, 무사히 탈출에 성공하면 성공보수 추가 10만 불 입니다."

러블리 수는 등에 메고 있던 회색 가방을 알리에게 건넸다.

"가방 안에 10만 불이 있어요. 추가 10만 불은 내일 드리고 작전이 성공하면 마지막 10만 불을 드릴게요. 언제 사다로 갈 수 있나요?"

"내일 새벽에 출발합시다."

"차량은 어떻게 할까요?"

"국경을 통과해야 해서 제 차량으로 이동해야 합니다. 내일 오전 6시에 묵고 계신 호텔 입구에 대기하고 있겠습니다."

"어떤 방식으로 지하 감옥으로 들어갈지? 계획은 언제 알려 주실 건가요?"

"수 님, 우리가 들어가는 날 감옥의 상황을 봐야 합니다. 어떤 직원들이 근무인지에 따라 작전이 달라져야 합니다. 일단 내일 사다까지 이동하고 사다에서 하루 숙박을 한 후, 그다음 날 지하 감옥으로 갈 수 있습니다."

"알겠어요. 그럼 내일 호텔에서 기다릴게요."

"알리 씨, 감사해요. 내일 봐요."

난 알리와 힘껏 악수했다. 지금 아버지에게 날 인도할 수 있는 사람은 내 눈앞에 마주한 예멘인 알리밖에 없는 상황이다. 알리가 사라지자 러블리 수가 말을 건넸다.

"집사님, 너무 걱정하지 마세요. 알리는 CIA와도 오랫동안 일을 해왔어요. 우리를 감옥 안으로 들여보내 주는 일은 어렵지 않을 거예요."

"그 많은 돈은 어디서 난 건가요?"

"자금 출처는 비밀이에요. 이 작전은 사우디 정부하고는 상관없이 비공식적으로 수행해야 해요."

"수 님, 고마워요. 이렇게 함께 해 주셔서…"

"아버님을 꼭 만날 수 있을 거예요."

러블리 수는 깊은 눈으로 날 찬찬히 바라봤다. 다음 날 아침 알리는 약속대로 호텔 입구에 검은색 지프 차량을 준비했다. 알리와 처음 보는 다른 예멘 친구 유니스가 앞자리에 배석했고 러블리 수와 난 뒷좌석에 앉았다.

"사다는 아부하에서 300km 정도 거리입니다. 지금부터 5시간 정도 차량으로 이동하여 국경을 넘어 사다주 호텔로 이동합니다. 중간에 화장실이 가고 싶으시면 언제든지 이야기 하십시오."

알리는 약간 비장한 목소리로 여정을 우리에게 안내했다. 아부하에서 국경을 넘어가는 길은 생각보다 험난하진 않았다. 도로가 생각보다 잘 정비되어 순조로운 이동이었다. 사우디 남쪽은 산도 많고 푸르른 나무들도 간간이 눈에 띄었다.

분명, 리야드의 사막과는 다른 아름다운 풍경이었다. 3시간쯤 지나 우리는 조그마한 휴게소에 도착했다. 유니스는 차량의 기름을 보충했고 알리, 러블리 수, 난 편의점에 들렀다.

편의점을 찬찬히 둘러봤지만 딱히 먹고 싶은 것은 없었다. 러블리 수와 난 커피 캔을 하나씩 집어 들었고 알리는 콜라 2캔과 생수 4개를 샀다.

"집사님, 화장실 다녀올게요."

알리는 작은 모스크로 보이는 뒤쪽에 여성 화장실이 있다고 설명했다.

"수 님, 저도 화장실 다녀올게요."

알리는 남자 화장실은 모스크 앞쪽이라고 방향을 가리켰다. 러블리 수가 돌아온 후, 우린 다시 예멘을 향해 출발했다. 예멘은 사우디에 비해 지대가 높아서 평지에서 위로 조금씩 올라가고 있다는 느낌이 들었다.

국경이 다가오자 사우디 군인들이 보였다. 예멘과 사우디 경계는 사우디군이 봉쇄하고 있어 일반인은 통과할 수가 없었다. 하지만 우리는 이미 국경을 통과하도록 조치를 취해 바리케이드를 열고 어려움 없이 예멘 국경 안으로 들어갔다.

국경을 통과하자 우릴 기다리는 트럭이 있었다. 그것은 국경없는 의사회 마크를 달고 있는 구호 물품 차량이었다.

"여기부터는 후티 반군이 점령하고 있는 지역입니다. 사다주 역시 후티 반군이 점령하고 있어 언제든 검문을 받게 됩니다. 후티 반군 검문에 무사히 통과할 수 있는 차량은 오직 국경없는 의사회 차량입니다."

러블리 수와 난 고개를 끄덕이며 왜 국경없는 의사회 구호 차량이 우릴 대기하고 있었는지 이해했다는 제스처를 보냈다. 우린 지프 차량을 산기슭 안쪽에 세운 후, 위장 천막으로 차량을 덮었다.

알리는 나와 러블리 수에게 국경없는 의사회 마크가 새겨진 녹색 재킷을 건넸다.

"옷을 걸치시고 트럭의 뒷자리에 앉아 가셔야 합니다. 불편하시더라도 후티 반군의 검문을 통과하기 위해 어쩔 수가 없습니다."

러블리 수는 10만 불이 담긴 또 다른 회색 가방을 알리에게 전달했다. 러블리 수와 난 재킷을 위에 걸치고 개인 가방을 들고 트럭에 탑승했다. 트럭 안에는 다양한 구호 물품들이 가득했다.

차량을 몰고 온 운전사가 실제 국경없는 이사회와 함께 일하는 직원일거라 생각이 들었다. 차량이 출발하자 휴대폰 전화벨 소리가 울렸다. 알 수 없는 전화번호가 액정화면에 반짝거렸다.

"여보세요."

"피터 집사님, 안녕하세요."

휴대폰에서 들려오는 목소리는 조직 B 마틴이었다.

"마틴 씨, 안녕하세요."

"피터 집사님 위치가 사우디 국경을 넘어 예멘 근처에서 잡히고 있어 걱정되어 전화했어요. 무슨 일이 있으신 건가요?

아버지를 구하러 간다는 이야기를 마틴에게 할 수는 없었다.

"예멘 사다주에 개인 용무가 있어서 이동하는 중이에요."

"집사님, 그 지역은 후티 반군이 점령하고 있어 안전이 매우 위험한 지역이에요."

"네, 잘 알고 있어요. 오래 머물지는 않을 거예요."

"사다주에도 우리 조직 B 요원들이 활동하고 있으니 도움이 필요하시면 언제든지 저에게 연락을 주세요. 조직 B는 집사님과 항상 함께해요."

조직 B와 내가 함께 한다니 마틴의 이야기가 약간은 위로가 되면서 많은 생각을 하게 했다. 조직 B와 내가 함께 하기로 약속한 적도 없는데 어느새 조직 B는 나와 함께 하기 시작했다.

'내가 조직 B와 연결되어 있다는 걸 러블리 수가 알게 된다면 러블리 수는 과연 어떤 반응을 보일까?'

트럭 밖으로 나무들이 듬성듬성 보이는 산기슭을 바라보며 생각에 잠겨있는 러블리 수를 물끄러미 바라봤다. 나와 눈이 마주친 러블리 수는 활짝 미소를 보였다. 13년 만에 아버지를 만날 생각을 하니 다시 가슴이 먹먹해지기 시작했다.

차량은 후티 반군의 검문소에 도착했지만, 총기를 둘러맨 우락부락한 후티 반군들은 어떠한 제재도 없이 우릴 사다주로 통과시켰다. 국경없는 의사회가 얼마나 그들에게 깊은 믿음을 주고 있는지 알 수 있었다.

우리 차량은 사다주 안에 있는 샴스 호텔에 도착했다. 내전이 오랫동안 지속되고 있었지만 샴스 호텔은 나름 아랍어와 영어 간판을 깨끗하게 달고 호텔의 외형을 갖추고 있었다.

"샴스 호텔에 오신 것을 환영합니다."

호텔 데스크를 지키고 있던 60대 후반으로 보이는 예멘 남자가 우리에게 예의를 갖춰 인사했다.

"일단 호텔 방으로 가서 짐을 풀고 30분 후에 호텔 뒤쪽에 있는 정원에서 점심을 하겠습니다. 점심은 양고기 바비큐를 준비했습니다."

알리는 나와 러블리 수를 2층으로 안내했다. 러블리 수의 방은 201호, 내방은 202호, 알리는 203호로 들어갔다. 호텔은 총 3

층으로 구성되어 있고 현관은 작은 로비와 식당 겸 카페, 1, 2, 3
층은 객실로 이루어졌다. 하지만 호텔에는 오랜 내전으로 우리 외
다른 손님은 없어 보였다.

내 방은 4인 가족이 사용할 수 있는 크기의 공간으로 방 2개와
거실 1개, 욕실이 생각보다 넓었고 말끔하게 정리되어 있었다. 창
문 유리가 대각선으로 살짝 금이 갔지만 시내 거리를 훤히 볼 수
있었다.

30분 후에 호텔 로비를 지나 정원으로 이동했다. 정원 한편에
20대로 보이는 예멘 청년이 양고기를 굽고 있었다. 러블리 수와
알리는 이미 그 옆 테이블에 자리 잡고 하이네켄 맥주를 한 캔씩
마시고 있었다.

"집사님, 이쪽으로 오세요."

러블리 수가 날 보며 반갑게 불렀다.

"내전 중에도 하이네켄 맥주를 준비하셨네요."

"사람이 사는 곳이라면 어디든 맥주가 빠질 수 없습니다."

알리는 맥주를 한 모금 시원하게 들이키면서 환하게 미소를 지
었다. 청년이 맛깔스럽게 갓 구워낸 양고기가 오이, 고추, 상추와
함께 테이블 위에 풍성하게 자리 잡았다. 코끝에서 감지되는 양고
기 냄새가 식욕을 한껏 끌어 올렸다.

"피터 집사님, 양고기 드셔 보세요. 리야드에서 양고기 좀 드셨
나요?"

"왕궁에는 한식이 가능해서 주로 한식을 먹었어요. 지난 2년간

리야드에 살면서 양고기를 먹은 적이 없네요."

"아니 2년 동안 사우디에 사시면서 양고기를 한 번도 안 드셨다니 실화인가요?"

러블리 수는 알리를 바라보며 믿을 수 없다는 표정을 지었다. 옆에 있던 알리도 놀랍다는 표정으로 맞장구를 쳤다.

"제 입맛이 워낙 한국 음식 스타일이다 보니 양고기를 굳이 찾지 않았어요. 하하하!"

난 양고기를 한 점 집어 들었고 자세히 위아래로 한번 살펴본 후 조심스럽게 먹기 시작했다. 숯불에 적절하게 구워진 양고기는 입 안에 찰싹 달라붙었으며 담백하고 고소한 맛이 입안을 가득 채웠다.

"피터 집사님, 양고기 맛이 어때요?"

"와우! 수 님 너무 맛있어요. 이렇게 맛있는 양고기를 왜 이제 먹게 되었을까요?"

러블리 수와 알리는 서로 마주 보며 깔깔깔 웃기 시작했다. 난 어느덧 두 번째 양고기를 향해 손을 뻗었고 파릇파릇한 야채와 함께 양고기를 마음껏 먹었다. 식사가 마무리되자 양고기를 구웠던 청년은 따뜻한 아메리카노 커피 2잔과 얼음이 둥둥 떠 있는 아이스 카라멜 마키아또 한 잔을 테이블 위에 올려놓았다.

"밤 8시에 제 방에서 작전 회의를 진행하겠습니다."

"알리 씨, 지하 감옥으로 언제 갈 수 있나요?"

러블리 수가 기다렸다는 듯이 먼저 말을 꺼냈다.

"수 님, 8시 회의 때, 지하 감옥에서 근무하는 예멘 친구가 올 겁니다. 그 친구가 어떻게 감옥으로 침투할 건지 자세한 설명을 할 겁니다."

"알리 씨, 아버지를 어떻게 탈출시킬지에 대한 계획도 준비된 건가요?"

"현재로서는 그 친구가 어떤 전략을 설명해 줄지 모르겠습니다. 일단, 감옥의 상황과 상세 도면을 보면서 탈출 방법을 함께 찾아야 합니다."

드디어, 밤 8시가 되자 우리는 알리의 방으로 모였다. 가운데 사각 나무 테이블이 놓여 있고 감옥 도면이 벽면에 부착되어 있었다. 알리 옆에는 30대로 보이는 탄탄한 근육질의 예멘 군인이 있었다.

"이 분은 후삼 씨 입니다. 지하 감옥의 경비병 중 한 명입니다."

"안녕하세요. 후삼 씨, 피터예요."

"안녕하세요. 러블리 수예요."

후삼은 러블리 수와 나를 보며 살짝 미소를 지으며 가볍게 손인사를 했다.

"반가워요. 피터 씨, 아버님하고 얼굴이 많이 닮았네요."

"아버지를 아시는군요?"

"아버님은 지하 감옥에 계신 지 10년은 더 되셨을 거예요. 제가 근무한 지 벌써 10년 차인데 전부터 감옥에 계셨어요."

"아버지는 건강하신가요?

"매우 건강하세요. 아버님은 어느 순간부터 감옥에서 석방되는 것은 포기하셨어요. 물론, 예멘 지하 감옥 특성상 아버님이 계시는 걸 한국 정부에서 전혀 알 수 없었을 거예요."

"후삼 씨, 아버지 구출 작전에 대한 계획을 설명해 주세요."

"지하 감옥은 사실상 탈출하거나 석방되는 경우는 거의 없어요."

"어떤 분들이 지하 감옥에 갇히게 되나요?"

"수 님, 좋은 질문이에요."

"지하 감옥은 후티 반군의 군복과 작업복을 만드는 일을 하는 공장과 같아요. 감옥에 수감된 분들은 모두 후티 반군에서 잡아 온 남성들이에요. 감옥에 오는 이유는 저마다 다양해요. 예멘 정규군을 포로로 생포하는 경우도 있고 예멘이나 사우디에서 납치된 외국인들도 있어요. 중요한 건 죄를 지었느냐가 중요한 게 아니라 일단 무작정 잡혀 오는 거예요. 한번 잡혀 오면 죽을 때까지 옷을 만드는 일을 해요."

"감옥 수감 인원은 몇 명이나 되나요?"

"피터 씨, 수용인원은 100명이에요. 다행히도 옷을 만드는 일을 하고 나름 수입이 있어 식사라든지 의료 지원은 어느 정도 이루어지고 있어요."

"그래서 국경없는 의사회와 좋은 관계를 유지하고 있군요."

러블리 수는 고개를 끄덕이며 말했다.

"혹시, 감옥에서 탈출을 시도한 사람은 없었나요?"

"피터 씨, 지하 감옥에서 탈출은 곧 사형이에요. 그 누구도 목숨을 담보로 그런 위험한 일을 감행하기 쉽지 않아요. 적어도 제가 근무한 지난 10년간 탈출을 시도한 사례는 한 번도 없었어요."

"우리 같은 외부인이 감옥을 방문하는 방법이 있으면 설명 부탁드립니다."

"외부인이 지하 감옥에 들어갈 수 있는 경우는 2가지예요."

"그게 뭔가요?"

들어가는 방법이 있다는 이야기를 듣고 귀가 쫑긋해졌다.

"한 가지는 국경없는 의사회의 무료 진료 봉사, 다른 하나는 옷을 구매하기 위해 신규 거래선이 공장을 방문하는 거예요."

"후삼 씨, 두 가지 방법의 장단점은 뭔가요?"

"피터 씨, 무료 진료 봉사는 지하 감옥 안에서 이루어지지 않고 야외 운동장에서 천막을 치고 진료하기 때문에 두 번의 검문만 통과하면 탈출할 수 있어요. 반면, 공장 방문은 거대한 철문을 지나 지하로 들어가고 총 네 번의 관문을 통과해야 아버님이 계신 감옥에 도달할 수 있어 탈출하는 데 어려움이 있어요."

"알리 씨, 제가 CIA에 있을 때 치과 진료를 배운 적이 있어요. 치과 진료는 당장 이를 빼거나 치료를 할 필요는 없어요. 칫솔, 치실, 치약만 있으면 간단한 상담이 가능해요."

러블리 수는 눈을 반짝이며 모두를 보며 미소를 지었다.

"후삼 씨, 제 생각에도 수 님이 치과 진료를 볼 수 있다면 치과 진료가 훨씬 나을 수 있겠어요. 또한, 치과 진료는 개인적으로 실시하기 때문에 아버지와 이야기도 가능할 수 있을 것 같아요."

"좋습니다. 그렇다면 치과 진료로 방향을 정합시다. 후삼 씨, 아버님께 내일 아침에 피터 씨가 국경없는 의사회 치과 진료 일행으로 감옥에 들어가니 치과 진료를 보러 운동장으로 나오시라고 이야기해 주십시오."

"후삼 씨, 치과 진료 후, 아버지를 어떻게 탈출시킬 수 있나요?"

"일단, 치과 진료는 인원을 제한해서 1시간만 진료를 하는 거예요. 맨 마지막 환자는 피터 씨 아버님으로 배정을 하고 트럭에 몰래 태워 나가는 방법이 있어요."

"아버지가 사라지면 간수들이 아버지를 찾지 않을까요?"

"아버님을 전담으로 담당하는 간수는 한두 명이에요. 그 간수들에게 미리 만 불을 주면 1시간 정도는 눈 감아 줄 수 있을 거예요."

"후삼 씨, 감옥 정문의 검색은 어떻게 통과할 건가요?"

"수 님, 진료 시간을 오전 10시 30분에서 11시 30분으로 한다면 무슬림 기도 시간 주흐르(Zuhr)와 겹치게 되어 그 시간에 검문소와 정문을 통과하면 경비가 훨씬 허술해져요. 일단 운동장 안으로 들어가는 검문소에서 경비병 2명이 차량을 검색할 텐데 제가 미리 그 친구들에게 각각 만불씩 주면 넘어갈 수 있을 거예요. 그 후, 감옥 정문 검문소를 통과해야 하는데 동일하게 3명 정도가 검색할 거예요. 그 친구들에게도 만 불씩 주면 아버님을 보고도 넘어가 줄 거예요. 정문을 통과하자마자 사우디 국경으로 1시간만 달리시면 예멘을 벗어나실 수 있어요"

"와우! 지금 계획대로만 되면 아버지를 구하는 일이 너무 완벽해 보여요."

난 당장이라도 아버지를 만날 수 있을 것 같아 가슴이 벅차오르기 시작했다. 러블리 수의 표정에도 안도의 모습이 보였다.

"후삼 씨, 그럼 내일 오전 10시까지 감옥 정문으로 갈 테니 사전 작업을 부탁드립니다."

알리는 러블리 수가 주었던 10만 불이 담긴 회색 가방을 고스란히 후삼에게 전달했다.

지하 감옥

지하 감옥

지하 감옥은 사우디 국경과 샴스 호텔의 중간 지점이며 산 중턱에 위치해 있다. 오전 9시 우리는 국경없는 의사회 트럭을 타고 지하 감옥을 향해 출발했다. 트럭에는 치약, 칫솔, 치실로 가득 채워 있었다. 러블리 수는 의사 가운을 입었고 나와 알리는 국경없는 의사회 마크가 달린 녹색 재킷을 입었다.

예멘은 확실히 사막이 가득한 사우디와는 확연히 다른 아름다운 자연환경을 갖고 있었다. 아스팔트 도로를 30분 달린 후, 비포장도로로 진입하기 시작했다. 산 중턱에 이르자 허름한 거대한 장벽이 보였다. 장벽 위에는 군인들이 총을 들고 우리 차량을 주목하고 있었다.

트럭이 감옥 입구에 도달하자 정문에 서 있는 3명의 경비병이 수신호를 보내면서 서서히 다가왔다. 경비병들은 운전사와 반가운 인사를 나누고 트럭 뒤쪽에 탑승한 우리를 바라보며 말을 건넸다.

"이곳까지 오시느라 수고하셨습니다."

알리가 자연스럽게 응대했다.

"안녕하십니까? 치과 진료를 위해 잠시 들렀습니다."

"아침에 진료하러 오신다는 기별을 받았습니다. 잠시 트럭을 검사한 후에 통과시켜 드리겠습니다."

2명의 경비병은 트럭에 탑승하여 안쪽에 있는 물건들을 하나둘씩 살펴봤다. 별다른 특이한 물건들이 없다는 게 확인되자 트럭에 내려 장벽 위에 서 있는 군인들에게 이상 없다는 수신호를 보냈다. 드디어, 지하 감옥의 첫 번째 관문이 열리기 시작했다.

심장이 쫄깃쫄깃해지고 입 안이 바짝바짝 말라옴을 느낄 수 있었다. 반면, 알리와 러블리 수는 너무나 침착해 보여서 역시 전직 요원들은 정말 다르다는 것을 느낄 수 있었다. 정문을 통과한 후, 좁은 비포장도로가 보였고 바위 절벽 사이로 경비병들의 숙소가 곳곳에 배치되었다.

3분 정도 차량을 몰고 아래로 내려가니 허름한 검문소가 보였다. 검문소에는 5명 정도 경비원들이 경계를 서고 있었고 트럭 안을 살펴보더니 바리케이드를 열어 주었다. 2번째 검문소를 통과하니 조그만 운동장이 보였다. 나름 축구 골대도 양쪽에 세워져 있고 튼튼하게 보이는 녹색 골망도 눈에 띄었다.

한눈에 봐도 죄수들이 햇빛을 보며 잠시 운동하는 곳임을 알 수 있었다. 아버지께서 이렇게 열악한 공간에서 13년을 계셨다는 게 마음이 아파왔다. 차량을 멈추자 후삼과 3명의 간수가 우릴 맞이했다.

"안녕하세요. 치과 진료를 와 주셔서 너무 감사드립니다."

후삼이 우리를 보며 반갑게 먼저 인사를 했다.

"안녕하세요. 총무과장 마지드입니다. 국경없는 의사회에서 항상 이렇게 정기적으로 우리 교도소를 후원해주셔서 너무 감사드립니다."

알리가 자연스럽게 응대하기 시작했다.

"안녕하십니까? 알리입니다. 오늘은 닥터 수 님과 함께 치과 진료를 1시간만 하도록 하겠습니다. 우리가 가져온 물품들은 모두 드리고 가겠습니다."

"진료하시면서 필요한 게 있으시면 무엇이든 말씀하세요."

러블리 수는 마지드를 향해 가벼운 목례를 하며 말을 건넸다.

"안녕하세요. 닥터 수예요. 치과 진료를 위해 운동장 가운데 천막을 쳐주셨으면 해요."

러블리 수의 말이 끝나자마자 마지드는 손짓으로 천막을 치도록 지시했다. 2명의 간수가 능숙하게 운동장 한가운데 녹색 천막을 치고 진료소 앞 흰색 가림막, 나무 테이블과 의자 3개를 준비했다. 어느덧 시간은 10시 30분이 되었다.

운동장 반대편에 거대한 철문이 보였고 그 철문 안으로 지하 감옥과 옷을 만드는 공장이 위치해 있다. 견고하게 보이는 철문은 안에서 문을 잠그면 밖에서 뚫을 수 없는 난공불락의 요새처럼 보였다.

진료소 천막 설치가 마무리된 후, 간수들은 차량의 물품들을 옮겨 진료소 옆에 차곡차곡 쌓아 놓았다. 우리는 이제 환자들을 맞이할 준비를 했고 거대한 철문이 열리자 죄수들이 한 명씩 철문을 통해 등장했다.

아버지와 만날 순간이 드디어 다가왔다. 심장이 콩닥콩닥 뛰기 시작했다. 후삼은 오늘 환자는 총 10명이며 맨 마지막 환자로 아버지를 배정했다고 했다. 하늘색 죄수복을 입고 찾아오는 환자 한 명, 한 명이 남처럼 느껴지지 않았다. 그들은 아버지와 오랜 시간을 함께 보낸 동료들이자 아버지의 친구들이다.

다행히도 환자들은 건강 상태가 나빠 보이진 않았다. 러블리 수는 진짜 치과의사처럼 능숙하게 환자들을 살폈고 알리는 영어와 아랍어로 통역을 하면서 진료를 도왔다. 난 아버지를 만날 생각에 치과 진료에 집중할 수가 없었다.

9명의 진료가 끝나자 검은색 견고한 철문에서 아버지가 뚜벅뚜벅 걸어오셨다. 아버지 모습은 13년 전 출장에서 돌아오셔서 날 안아주시던 건장한 아버지의 모습이 아니었다. 아버지는 부쩍 야위셨고 마치 세상을 초월한 선지자 모습과 같았다.

러블리 수도, 알리도, 아버지를 보는 순간 잠시 시간이 멈춘 듯 놀라는 표정을 지었다. 난 눈물을 참을 수 없어서 흰색 가림막 뒤로 잠시 몸을 숨겼다.

"피터야, 아들아! 너무도 멋지게 자랐구나"

"아버지"

난 애써 목소리를 낮추고 아버지를 조심스럽게 끌어안았다.

"어떻게 날 여기까지 찾아왔니? 국정원에서 하지 못한 일을 네가 했구나. 놀랍구나. 엄마는 잘 지내니?"

"네. 아버지, 어머니는 잘 지내세요. 아버지, 지금 시간이 없어요. 일단 여기서 나가셔야 해요."

"나 혼자서는 여길 떠날 수가 없단다. 이 감옥에는 100명의 죄 없는 사람들이 갇혀 있단다. 이들을 두고 나만 혼자 탈출할 수는 없단다."

러블리 수가 다급했는지 대화에 끼어들었다.

"아버님, 안녕하세요. 저는 러블리 수예요. 전직 CIA 요원이며 현재 사우디 왕가의 경호원이에요. 일단, 아버님을 구출해 드리고 나머지 죄수들도 모두 구하는 방법을 찾아볼게요."

"지난 13년간 이곳에 있는 죄인들에게 예수님의 복음을 전했어요. 그들은 나의 친구이자 형제들이에요. 내가 만약 저들을 놔두고 혼자 살기 위해서 감옥을 탈출한다면 남은 99명은 엄청난 상처를 받게 될 거예요."

"아버지, 그들을 구할 방법을 꼭 찾을게요. 절 믿으시고 일단 어머니께 돌아가셔야 해요. 아버지가 죽은 줄 알고 지난 13년간 외롭게 살아오신 어머니를 생각하셔야 해요."

"아들아 네 엄마에게는 네가 있지만, 저들에게는 삶에 대한 어따한 소망도 아무것도 남은 게 없단다."

후삼이 천막 안으로 들어왔다.

"시간이 없어요. 10분 내로 여기에서 철수하지 않으면 아버님을 모시고 정문을 통과하는 것은 불가능해요."

러블리 수는 누군가에게 긴급하게 전화했고 난 아버지의 손을 부여잡았다.

"아버지, 아버지를 이곳에 두고 갈 수 없어요. 아버지가 안 가시면 저도 가지 않겠어요."

"아들아, 우리 각자에게는 하나님께서 주신 사명이 있단다. 너는 너에게 주어진 길을 걸어가고 아빠는 아빠에게 주어진 사명을 좇아가는 게 운명이란다. 지난 13년간 이 감옥에 있으면서 수없이 탈옥하려고 했지만, 주님께서 그 소원을 이루어 주시지 않았단다. 오히려 내게 네 양을 먹이라고 말씀하셨단다. 지금 내 사명은 저 안에 있는 99명 친구들을 돌보는 거란다."

아버지는 날 힘껏 안아 주신 후, 애써 뒤돌아 철장 문을 향해 다시 걸어가기 시작했다. 아버지가 철장 문으로 들어가자 거대한 문이 커다란 굉음 소리와 함께 닫혔다. 난 솟구치는 슬픔을 가눌 수가 없었다. 러블리 수는 날 살며시 안아 주면서 귓속말을 하기 시작했다.

"집사님, 잘 들으세요. 잠시 후에 사우디 공군이 이곳을 폭격할 거예요. 그리고 수송 헬기 5대가 이곳으로 올 거예요."

러블리 수는 알리와 후삼을 불러 모았다.

"알리 씨, 후삼 씨, 아버님과 죄수들을 모두 구해서 여길 다 함께 탈출해요. 잠시 후, 사우디 공군이 여길 공습할 거예요."

알리와 후삼은 상상하지도 못한 새로운 작전에 눈동자가 커지면서 놀란 표정을 지었다.

"일단, 철장 문으로 들어가야 공습을 피할 수 있어요. 저 안에는 무장 경비병과 비무장 간수를 포함해서 20명 정도 돼요. 공습이 시작되면 정신이 없을테니, 충분히 우리 넷이서 상대할 수 있을 거예요."

우리는 신속하게 철장 문으로 이동했고 후삼은 밖에서 서 있는 경비 2명에게 문을 열어달라고 요청했다. 드디어 하늘 위에서 엄청난 굉음을 내는 전투기 소리가 들리기 시작했고 놀란 경비병들은 철장 문을 열었다.

미사일이 떨어지는 소리가 들리며 다시 거대한 철장 문은 닫혔다. 지하 감옥 안에서 사이렌 소리가 삽시간에 울리기 시작했다. 지하로 연결된 통로에는 백열등이 출렁거리며 깜빡거리기 시작했다. 후삼과 알리, 러블리 수는 철장 문 안쪽에 있는 무장 경비병 4명과 함께 들어온 경비병 2명을 순식간에 제압하고 소총을 하나씩 잡았다.

"우리에게 주어진 시간은 10분이에요. 10분 후면 운동장에 수송 헬기 5대가 순차적으로 착륙할 거예요. 후티 반군이 반격하기 전에 신속하게 떠나야 해요. 후삼 씨 길을 안내해 주세요."

지하 감옥은 미로와 같았고 어두운 통로를 따라 우리는 아래로 아래로 내려갔다. 굉음과 폭격에 놀란 무장 경비병들이 철창 문 방향으로 올라오고 있었다. 알리와 후삼은 보이는 대로 총격을 가했고 무장 경비병들은 맥없이 쓰러졌다.

어두운 통로 안쪽으로 희미한 형광등이 보이기 시작했고 커다란 쇠창살 문이 보였다. 사이렌 소리와 굉음 소리에 놀라 죄수들과 일부 간수들은 대부분 바닥에 엎드려 있었다. 후삼은 방송실 문을 연후, 마이크를 잡았다.

"여러분, 지금 밖에는 여러분을 탈출시키기 위해 수송 헬기가 대기 중이에요. 우리를 믿고 따라오시면 돼요. 이곳에는 Mr.Bae 아드님이 아버지를 구하기 위해 함께 왔어요."

난 쇠창살 앞으로 나갔고 아버지를 애타게 찾아보았다. 아버지는 공장 끝 재봉틀 옆에 서서 날 지켜보고 계셨다.

"아버지, 수송 헬기가 운동장에서 대기 중이에요. 모두 함께 탈출할 수 있어요."

아버지는 쇠창살 앞으로 나오셨고 안에서 잠긴 문을 여셨다. 아버지 뒤로 죄수들이 모두 한 줄로 따라오기 시작했다. 우린 다시 어두운 미로를 통해 철장 문을 향해 이동했다.

"후삼 씨, 철장 문을 열어 주세요. 문이 열리지 않아요."

알리가 다급한 목소리로 앞쪽에서 후삼을 찾았다.

"아무래도 폭격으로 인해 철장 문 상단이 망가진 것 같아요. 이 문을 폭파하지 않고서는 밖으로 나갈 수 없을 것 같아요."

산기슭 폭격으로 인해 지하 감옥 벽면 바위들의 상태가 불안정해 보였다. 이미 지하 감옥 안쪽에서는 지반이 붕괴되고 있었다.

"우리 모두 힘을 모아 철장 문을 밖으로 밀어봅시다."

알리의 제안대로 힘껏 철장 문을 열 명이 붙어서 밀어보았지만 조금도 꿈적하지 않았다. 난 순간적으로 살바토르 문디가 무언가를 할 수 있을 거라는 생각이 들었다. 내가 함께 힘을 쓰자 철장 문이 움직이기 시작했다.

철장 문이 서서히 열리자 운동장이 눈에 보이기 시작했고 사우디 공군의 수송 헬기 2대가 착륙해서 대기를 하고 있었다. 우린 죄수들을 25명씩 첫 번째, 두 번째 헬기에 나누어 실었고 2대가 떠나자 곧바로 또 다른 검은색 수송 헬기 2대가 운동장에 착륙했다.

나머지 2대에 죄수들을 모두 싣고 이제 운동장에는 아버지, 러블리 수, 알리, 후삼 그리고 나만 남아 있었다. 하늘 위에서 마지막 수송 헬기가 굉음을 울리며 착륙했다. 그때 철장 문 안쪽에서 총격이 가해지기 시작했다.

남아 있던 마지막 무장 경비병들이 반격을 시도하고 있었다. 알리와 후삼은 엄호사격을 시작했고 아버지를 먼저 싣고 러블리 수를 헬기에 태웠다. 그 순간 총탄이 러블리 수의 옆구리를 관통했다.

러블리 수는 힘없이 내 앞에서 주저앉았고 난 러블리 수를 안고 헬기에 탑승했다. 마지막으로 알리와 후삼이 탑승했고 헬기는 하늘 위로 높이 솟아올랐다.

"수 님, 정신 차리세요."

러블리 수는 옆구리에서 붉은 피를 흘렸고 곧 의식을 잃었다. 난 재킷을 벗어 러블리 수를 지혈했고 내 손이 러블리 수의 몸에 닿는 순간 살이 찢기는 고통이 느껴졌다. 그 후, 살바토르 문디 치유의 능력이 내 손을 통해 그녀에게 흘러가고 있음을 느낄 수 있었다. 러블리 수에겐 치료를 위한 의사의 손길이 더 이상 필요하지 않음을 직감할 수 있었다.

'살바토르 문디의 능력은 과연 어디까지일까?'

헬기는 2시간을 날아 제다 공군기지에 착륙했다. 수송 헬기가 비행장에 착륙하자 러블리 수가 눈을 떴다. 러블리 수의 의사 가운은 피로 흥건했지만, 옆구리에서 어떤 고통을 느끼는 것 같지 않았다.

러블리 수는 이 놀라운 치유의 능력이 내게서 나왔음을 알고 있었다. 하지만 총상을 목격했던 아버지도, 알리도, 후삼도 도대체 어찌 된 영문인지 알 수 없었다. 제다 공군기지 비행장에는 자밀라 공주님이 우릴 기다리고 계셨다. 공주님은 아버지에게 먼저 공손히 인사를 드렸다.

"아버님 안녕하세요. 자밀라 공주예요."

"공주님 안녕하세요. 우리 모두를 구해주셔서 진심으로 감사드려요."

"아버님 그 오랜 시간 동안 감옥에서 너무나 고생이 많으셨어요. 함께 탈출하신 동료분들은 모두 본인이 희망하는 대로 고국으로 돌아갈 수 있두록 조치를 취할게요.

난 공주님께 감사의 표시로 알리와 후삼을 소개해 드리고 싶었다.

"공주님, 이쪽에 계신 분들은 이번 작전에 함께 해준 알리와 후삼 씨예요."

"처음 뵙겠습니다. 공주님 알리입니다."

"뵙게 되어 영광이에요. 후삼이에요."

"이번 작전에서 큰 공을 세워주셔서 감사드려요. 두 분이 원하신다면 앞으로 러블리 수 님과 함께 일하실 수 있도록 기회를 드릴게요."

"감사합니다. 공주님"

알리와 후삼은 너무나 기뻐서 입꼬리가 하늘로 치솟았다. 알리와 후삼이 없었다면 아버지를 구할 순 없었을 것이다.

"수 님, 몸은 괜찮으세요."

공주님은 드디어 피가 상의에 흠뻑 배어있는 러블리 수에게 눈길을 주셨다. 러블리 수가 아무렇지도 않은 듯 서 있었기에 어떤 부상이 있을 거라 생각하기 어려웠을 것이다.

"네, 아픈 곳은 전혀 없어요. 공주님 정확한 타이밍에 우릴 구해주셔서 감사드려요."

"다들 쉐라톤 호텔에서 먼저 여독을 푸세요. 다음 일정은 내일 따로 연락을 드릴게요."

공주님은 헬기에 몸을 싣고 우리를 떠나셨다. 아마도 반살림 왕께 작전 종료를 설명하러 가시는 듯했다. 아버지의 동료들은 공군버스로 나뉘어 공군 숙소로 출발했고 우리 일행은 벤을 타고 제다 쉐라톤 호텔로 이동했다. 호텔에 도착한 후, 아버지는 방으로 먼저 들어가셨고 난 러블리 수와 로비에서 잠시 대화를 했다.

"수 님, 이 모든 작전 뒤에 공주님이 계셨던 거군요."

"공주님께서 반살림 왕께 직접 간청하셨어요. 중요한 순간이 되면 전투기와 수송 헬기를 지휘할 수 있는 권한을 달라고….'"

"알리와 후삼도 전투기가 오는 걸 알고 있었나요?"

"아니에요. 저와 공주님만 알고 있었어요."

"아버지께서 함께 가지 않겠다고 하셨을 때 하늘이 무너지는 줄 알았어요."

"사실, 저도 아버님께서 같이 가시지 않겠다고 하실 줄은 전혀 예상하지 못했어요."

"다만 감옥 정문을 통과할 수 없는 돌발 상황이 있을 수 있어 전투기와 수송 헬기는 미리 준비하고 있었어요."

"집사님, 제 옆구리 총상은 어떻게 된 거예요?"

"저도 어찌 된 영문인지 모르겠어요. 수 님이 총상을 입은 후, 지혈을 위해 옆구리를 손으로 막았는데 살바토르 문디의 능력이 흘러가는 것을 느꼈어요."

"그렇다면, 집사님은 자신을 치유할 뿐만 아니라 다른 사람도 살리는 능력이 있으신 게 아닐까요?"

"치유 능력은 닥터 리와 함께 추가 연구를 해봐야 할 것 같아요."

"어쨌든 절 치료해 주셔서 너무 감사드려요. 피터 집사님, 오늘 밤에는 부자간의 모처럼 오붓한 시간을 보내세요."

아버지와 난 패밀리 룸을 함께 배정받았다. 나와 함께 탈출하지 않겠다고 말씀하신 아버지에게 서운한 맘이 들었다. 하나밖에 없는 아들보다, 한국에서 13년간 홀로 지내신 어머니보다 어떻게 감옥의 동료들이 더 소중할 수 있다는 것일까.

샤워를 하고 나오자 아버지께서 소파에서 날 기다리고 계셨다. 아마도 내가 서운해 한다는 것을 느끼신 것 같았다.

"아들아, 이야기 좀 할까?"

"네, 아버지"

"내가 널 따라가지 않는다고 해서 마음이 너무 속상했지?"

"네, 아버지가 함께 가지 않는다고 하실 줄은 꿈에도 생각하지 못했어요."

"미안하구나, 아들아"

"지하 감옥은 어떻게 가게 된 거예요. 13년 전 아버지께서 제임스 쿡 씨를 도와주셨다는 이야기를 직접 들었어요."

"너도 제임스 쿡 씨를 알고 있구나. 너도 알다시피 아빠는 국가정보원으로 근무하고 있었단다. 제다에서 작전을 수행 중이었는데 우연히 제임스 쿡 씨가 지하 주차장에서 봉변당하는 걸 보고 도와드렸단다."

"그 이야기를 저도 제임스 쿡 씨에게 들었어요."

"그 후, 얼마 지나지 않아 내가 묵던 숙소로 보복을 위해 그 녀

석들이 찾아왔단다. 난 무방비 상태에서 순식간에 마취가 된 후, 속절없이 녀석들에게 납치가 되었고 눈을 떠서 보니 바로 예멘의 지하 감옥이었단다."

"아! 그 사건으로 인해 지하 감옥으로 가신 거군요."

"지하 감옥에 갇힌 날로부터 거의 일 년 동안은 체력 훈련을 하면서 틈틈이 탈출할 생각밖에 없었단다. 하지만 그 누구도 그 지하 감옥에서 탈출한 사람이 없다는 것을 깨닫고 마음을 다스리기 시작했다."

아버지는 당시의 상황을 회상하시면서 말씀을 이어가셨다.

"지하 감옥에서 70이 다 되신 미국인 선교사님이 내게 큰 위로와 가르침을 주셨단다. 선교사님은 지하 감옥에서 10년 동안 계시면서 예수님의 사랑을 몸소 간수들에게 실천하셨단다. 결국 내가 감옥에 온 지 2년 만에 선교사님은 돌아가셨고 난 선교사님을 이어 감옥에 있는 동료들에게 예수님의 복음을 전하고 사랑을 실천하는 삶을 사명으로 갖게 되었단다."

아버지께서 사명감을 갖게 되셨다고 말씀하시자 뭔가 마음에 응어리진 서운함이 사라지기 시작했다. 나 또한 살바토르 문디와 하나 됨을 통해 신비한 운명의 한 조각을 얻어 새로운 삶을 살아가고 있기 때문이다.

"물론 너와 네 엄마를 위해 매일 기도하기를 쉬지 않았단다. 내가 감옥에서 내 동료들을 진심으로 섬긴다면, 내가 믿고 따르는 주님께서 너와 네 엄마에게 복을 주실 거라는 믿음을 갖고 살았단다."

"아버지 이젠 어떻게 하실 건가요?"

"너와 네 친구들 도움으로 지하 감옥에서 모두가 함께 탈출했으니 이제 네 엄마에게로 돌아가야지."

아버지는 내 손을 살포시 잡으셨다.

"아들아, 너에게 묻고 싶은 질문이 있단다."

"말씀하세요. 아버지."

"너에게 눈으로 보고도 믿을 수 없는 두 가지 특이한 점을 목격했단다."

"어떤 건가요?"

"하나는 지하 감옥에서 탈출할 때 10명이 붙어도 꿈쩍하지 않던 거대한 철문이 피터 네가 함께 그 문을 밀자 열리기 시작했단다. 다른 하나는 러블리 수가 총상을 입은 걸 분명히 봤는데 어떻게 그 상처가 말끔하게 치유된 거니?"

마치 모든 것을 받아들일 준비가 되었다는 듯이 날 바라보시는 아버지에게 비밀을 숨길 수가 없었다. 죽음에서 돌아오신 아버지는 앞으로 내가 믿고 의지할 수 있는 유일한 분이시기 때문이었다. 난 아버지가 계시지 않았던 지난 13년의 삶과 살바토르 문디와 연결된 모든 비밀들을 설명해 드렸다.

이야기를 다 들으신 아버지는 더 이상 아무 말씀도 하지 않으시고 날 꼭 안아주셨다.

"우리 아들 참으로 멋지게 자랐구나! 너를 통해 세상이 깜짝 놀랄만한 새로운 세상이 펼쳐지길 기도하마."

19장

여왕의 탄생

여왕의 탄생

그레이스 왕비님의 배려로 아버지와 난 나르는 궁전 747을 타고 리야드 공항에 도착했다. 아버지는 왕궁으로 가시기 전에 한국 대사관을 방문하셔서 그간 있으셨던 상황들을 설명했다.

아버지 후배로 보이는 국정원 직원은 아버지를 보자마자 놀라움과 반가움이 가득한 인사를 하셨고 한국으로 귀국하는 절차를 준비하겠다고 이야기했다.

"아버지, 사우디 왕궁으로 가시죠. 그레이스 왕비님께서 기다리세요."

"그래 우리 아들이 근무하는 왕궁으로 가볼까?"

아버지는 함박 미소를 지으시며 날 바라보셨다. 왕궁에 도착하자 압둘이 반갑게 현관에서 아버지를 맞이했다.

"왕궁에 오신 것을 환영해요. 그동안 고생이 너무 많으셨어요.

이렇게 피터 집사 아버님을 뵙게 될 줄은 생각하지도 못했어요."

"반갑습니다. 압둘 집사님, 환영해 주셔서 감사합니다."

"피터 집사, 아버님과 함께 그레이스 왕비님이 기다리시는 3층 거실로 가세요."

난 아버지를 모시고 3층 거실로 이동했다. 왕비님께서는 부자의 상봉을 감격해하시며 아버지를 환대하셨다.

"피터 집사 아버님, 너무나 반가워요."

"그레이스 왕비님, 만나 뵙게 되어 크나큰 영광입니다."

"자 이쪽으로 앉으세요. 아버님을 위해 특별히 따뜻한 한국 인삼차를 준비했어요."

"왕비님, 감사드립니다."

내 앞에는 얼음이 가득한 아이스 카라멜 마끼아또가 놓여 있었다. 왕비님과 아버지는 인삼차를 한 모금씩 마신 후, 서로를 흐뭇하게 바라보셨다.

"피터에게 살바토르 문디와 연결된 사우디 왕가의 비밀에 관한 이야기는 들었습니다. 너무나 신기해서 놀라지 않을 수가 없었습니다."

"맞아요. 저도 살바토르 문디가 그런 놀라운 능력을 갖고 있는 줄은 전혀 상상하지도 못했어요. 아마도 13년 전 아버님께서 선한 사마리아인처럼 살바토르 문디의 수호자였던 제임스 쿡 씨를 도와준 친절과 오랜 기간 지하 감옥에서 선교사로서 살아가신 공덕들이 살바토르 문디가 피터 집사를 신비한 능력의 도구로 선택하도록 한 게 아닌가 싶어요."

"왕비님, 앞으로 어떤 계획을 갖고 계신 건가요? 살바토르 문디의 비밀을 사우디만을 위해서 사용하기에는 너무 위대한 능력입니다."

"아버님, 반살림 왕께서 병세가 심각하세요. 곧 후계자를 결정할 텐데… 자밀라 공주가 사우디 최초 여왕이 되고 중동과 세계평화를 위해 피터 집사가 함께하길 간절히 원하고 바래요."

아버지도 공주가 왕이 된 적이 없는 사우디의 전통을 잘 알고 계시기에 자밀라 공주님이 여왕이 되길 원하신다는 왕비님의 이야기가 충격으로 다가온 듯했다.

"아버님, 살바토르 문디를 보여 드릴게요."

왕비님은 테이블에 있는 황금색 버튼을 누르셨고 자주색 커튼 뒤에 감추어진 살바토르 문디가 그 웅장한 자태를 드러내기 시작했다. 아버지는 자리에서 일어나 살바트로 문디 작품 앞에 마주하셨다.

"이 작품이 바로 레오나르도 다빈치가 그린 살바토르 문디군요. 구세주! 주여, 이 땅에 속히 임재하소서."

아버지는 무릎을 꿇고 잠시 기도를 하신 후, 내게 오셔서 내 왼손바닥의 붉은 점과 살바토르 문디가 쥐고 있는 구슬의 상단이 붉게 되어 있는 모습을 찬찬히 살펴보셨다.

"왕비님, 부디 우리 아들을 잘 부탁드립니다. 전 내일 한국으로 돌아갑니다. 혹시 한국에 오실 일이 있으시면 그때 다시 뵙길 원

합니다."

아버지는 내 어깨 위에 손을 올리시며 가볍게 날 토닥이셨다. 왕비님은 아버지가 나르는 궁전 747을 타고 한국에 가실 수 있도록 특별한 여정을 준비해 주셨다. 아버지가 떠나시고 며칠 지나지 않아 그레이스 왕비님께서는 자밀라 공주님, 러블리 수, 닥터 리와 함께 긴급회의를 소집하셨다.

"어젯밤 반살림 왕께서 제게 연락을 하셨어요."

우리는 모두 왕비님의 비장하고 떨리는 목소리에 뭔가 중요한 사건이 발생했음을 직감할 수 있었다.

"왕께서 왕위를 후계자에게 물려주기로 결정하셨어요."

"아버지께서 왕위를 이양하신다고요?"

"다들 잘 아시는 것처럼 왕께서 오랜 지병으로 인해 더 이상 국정을 운영하기가 어렵다고 판단하신 것 같아요. 뿐만 아니라, 왕께서 평소 사우디의 새로운 미래를 위해 젊은 국왕이 탄생하는 게 좋겠다는 말씀을 여러 번 하셨어요."

난 자밀라 공주님께서 후계자 서열에 없는데 어떻게 여왕이 될 수 있을지 너무나 궁금해서 왕비님께 질문을 했다.

"왕비님, 자밀라 공주님이 후계자 명단에 오른 건가요?"

"왕께서 왕의 직권으로 유례없이 자밀라 공주를 서열 4위로 올리셨고 왕위 계승 위원회에서 왕의 제안을 수락하셨다고 말씀하셨어요."

우리 모두는 일순간 환호를 터트리지 않을 수 없었다. 자밀라 공주님은 너무 감격해서 눈물을 흘리시며 왕비님을 껴안았다.

'어떻게 이런 일이 가능할 수 있을까? 왕의 직권으로 후계자 서열에 없던 자밀라 공주님께서 후계자 서열 4위의 직분을 얻으시다니…'

러블리 수는 흔들리는 눈빛과 그 눈빛을 감싸고 흐르는 감격의 눈물로 날 바라봤다. 정말 자밀라 공주님이 사우디 최초 여왕이 되실 수 있을까? 수없이 묻고 물었던 질문에 드디어 한 줄기 빛을 본 것이다. 러블리 수는 왕비님께 눈물을 애써 훔치며 차분하게 질문을 했다.

"왕비님, 후계자 책봉식은 언제 실시되나요?"

"다음 주 월요일 오후 3시 제다 왕위 계승 위원회에서 행사가 열려요. 절차는 왕께서 왕위 이양에 대한 배경 설명을 하시고 왕위 계승 서열 1위, 2위, 3위, 4위가 순서대로 수락 연설을 해요. 연설이 끝나면 투표권을 갖고 계신 왕족 5분과 종교계 원로 5분이 투표를 하고 10표 중에서 가장 많은 투표를 받은 분이 왕위에 오르게 돼요."

"왕비님, 행사에는 누가 참석할 수 있나요?"

"피터 집사, 책봉식 행사장은 공주와 나만 들어갈 수 있어요. 피터 집사와 러블리 수는 행사장 준비실에 자리를 마련하도록 할 테니 거기에서 살바토르 문디의 능력을 발현하길 바래요."

"난 행사 준비로 먼저 자밀라 공주와 전날 제다로 이동할 테니 러블리 수와 피터 집사는 행사 날 제다로 이동하세요."

"네 알겠습니다. 왕비님"

러블리 수와 난 닥터 리와 잠시 왕궁 1층 카페에서 대화를 나누었다.

"닥터 리, 지난주에 러블리 수와 함께 아버지를 구하러 예멘을 잠시 다녀왔어요."

"피터 집사 아버님께서 지하 감옥에서 구출되었다는 이야기를 들었어요. 피터 집사가 사우디에 온 후, 좋은 일만 가득하네요."

러블리 수가 말을 이었다.

"당시 피터 집사님 아버님을 구한 후, 탈출을 위해 수송 헬기에 오르다가 제가 옆구리를 관통하는 총상을 입었어요."

"러블리 수가 총상을 입었다고요? 이렇게 멀쩡한데?"

닥터 리는 믿을 수 없다는 표정을 지었다.

"피터 집사님이 총상을 입은 제 옆구리를 만진 후, 기적같이 상처가 치유되었어요."

"아니… 피터 집사가 자신의 몸만 치유하는 능력이 있는 게 아니라 다른 사람도 치유할 수 있는 건가요?"

"닥터 리, 어떻게 그런 능력이 발현되었는지 잘 모르겠어요. 지혈을 하려고 옆구리에 손을 댄 건데 순간 러블리 수 님의 고통이 살에 찢기는 듯 느껴지다가 제 몸에서 살바토르 문디의 능력이 흘러가는 게 느껴졌어요."

"피터 집사는 거의 능력이 양파 수준이에요."

"양파라니? 그게 무슨 말씀이신지?"

"러블리 수, 양파 모르면 옛날 사람인데…."

"까도 까도 끝이 없다. 그래서… 양파지요. 하하하."

닥터 리의 양파 유머에 우리는 웃지 않을 수가 없다. 정말 닥터 리의 이야기처럼 살바토르 문디 능력의 끝은 어딜까

"닥터 리, 이 치유의 능력이 일시적인 건지 누구든지 제가 원하면 치유를 할 수 있는 건지 너무 궁금해요."

"임상실험이 필요해요. 일단, 내일 연구소로 오세요. 연구소에 위암으로 고생하시는 박사님이 계시는데 그분과 자연스럽게 만나서 테스트를 해보시죠. 그분을 위해 잠시 기도하는 시간을 갖는 걸로 하면 될 것 같아요."

다음 날 아침, 닥터 리의 전염병 연구소로 갔다. 닥터 리는 자연스럽게 암에 걸리신 동료 사우드 박사님과 함께 연구실에서 차를 마시고 있었다.

"안녕하세요. 사우디 왕궁에서 근무하는 피터입니다."

"반가워요. 사우드예요. 닥터 리에게 이야기 들었어요. 왕궁에서 집사로 근무하신다고…"

"네. 맞아요. 사우디 왕궁에서 2년째 근무하고 있어요."

"와우! 그럼 반살림 왕, 그레이스 왕비님, 자밀라 공주님 뉴스에서만 볼 수 있는 왕족들을 다 만나겠군요."

"세 분 모두 바쁘셔서 자주 볼 수 없지만 아주 가끔 뵙긴 해요."

사우드 박사님은 사우디 왕가에 근무하는 내가 무척 신기한 듯

했다. 하지만 위암으로 인해 안색이 좋지 않음을 알 수 있었다. 닥터 리가 넌지시 말을 꺼냈다.

"사우드 박사님은 위암으로 고생하고 있어요. 피터 집사님 아버님이 선교사시고 피터 집사님 어머님은 기도를 많이 하시는 분이라고 해요. 그래서 피터 집사가 사우드 박사님을 위해 잠시 기도하겠다고 하네요."

"네. 위암으로 고생한 지 1년쯤 되었어요. 위암 3기예요. 사우디 왕가에서 근무하시고 신성하신 부모님을 두고 계신 피터 집사님께서 절 위해 기도해 주신다니 마음에 위안이 되네요. 지난주부터 구토도 자주 하고 소화불량도 심해지고 있어요."

"사우드 박사님, 제가 도움이 될지 장담할 수 없지만, 박사님을 위해 기도해 드릴게요."

난 사우드 박사님 환부 위에 손을 대고 기도를 했다. 그러나 치유의 능력이 흘러가고 있음을 조금도 느낄 수 없었다. 러블리 수와 어떤 차이가 있는 걸까. 누구에게 치유의 능력이 흘러가는 것일까. 기도가 끝나자 사우디 박사님은 고맙다는 인사를 하시고 닥터 리의 방을 조심스럽게 나가셨다.

"피터 집사, 어때요? 살바토르 문디 능력이 느껴졌나요?"

"아니요. 어떤 느낌도 없었어요."

"그렇다면 치유의 능력이 아무 때나 아무에게나 발현되는 건 아니군요."

닥디 리의 표정에서 약간 실망하는 모습을 볼 수 있었다. 나 역시 치유의 능력이 어떻게 흘러가는지 알 길이 없었다. 내가 손을 댄다고 모두가 치유된다면 난 아마도 병원을 차려야 될지도 모른다. 차라리 치유의 능력이 매우 우연스럽게 일어난 기적이길 바라는 맘이 들기도 했다.

드디어 운명의 날인 후계자 책봉식이 다가왔다. 러블리 수와 난 오전 9시 제다행 비행기에 몸을 싣고 오전 11시에 제다 공항에 도착했다. 공항 출구에서 알리와 후삼이 우릴 반갑게 기다리고 있었다.

우린 후삼이 준비한 검은색 리무진을 타고 제다 해변에 있는 한국식당으로 이동했다.

"와우! 코리안 동료들을 위해 예멘 형제들이 한국식당을 정한 건가요?"

러블리 수가 의외의 점심 메뉴라는 표정을 지으며 행복해했다.

"수 님, 언젠가 한국으로 출장을 한 번 보내주세요. 그날을 기대하며 후삼과 한국식당을 선택했습니다."

"맞아요. 기회가 된다면, 한국에 꼭 가보고 싶어요. 피터 집사와 러블리 수의 고향이니 진심 가보고 싶네요."

"이분들이 오늘 중요한 후계자 책봉식에 관심이 있는 게 아니라 한국 출장에 관심이 많으시네요. 하하하."

생각해보니 오늘 너무나 중요한 후계자 책봉식인데… 알리와 후삼을 만나 한국 이야기를 하니 책봉식에 대한 부담감이 말끔히 사라졌다. 알리는 김밥을 후삼은 김치볶음밥을 주문했고 너무나도 맛있게 먹었다. 후삼은 심지어 맛있다는 표시로 엄지손가락을 치켜들었다.

점심 식사를 마치고 스타벅스 드라이브 스루에서 아이스 커피를 픽업한 후, 왕위계승위원회 건물로 향했다. 제다와 리야드는 참 분위기가 다르다. 리야드는 뭔가 바쁘게 흘러가는 도시의 느낌이 있다면 제다는 아름다운 홍해가 옆에 있어서 그런지 사람들도 여유 있어 보인다.

왕위계승위원회의 후계자 책봉식은 비공개로 7층에서 시작되었고 러블리 수와 후삼, 알리는 6층과 7층에서 경호를 했다. 난 왕비님께서 특별히 준비하신 6층 회의실에서 혼자 머무를 수 있었다. 6층 회의실은 기도실로 표시되어 있었고 외부인이 통제되었다. 오직 살바토르 문디의 능력이 발현되기 위한 능력의 공간이었다.

난 회의실 의자에 앉아서 눈을 감고 7층 책봉식 장소를 머릿속으로 그려가며 공주님을 찾아갔다. 잠시 후에 책봉식 장소가 눈앞에 선명하게 펼쳐지기 시작했다. 살바토르 문디의 능력이 쏟아지기 시작했다.

하얀 두건과 하얀 사우디 전통 옷을 입은 30대 젊은 남자 사회자가 연단에 서 있었고 그 뒤로 반살림 왕, 그레이스 왕비님이 보였다. 연단 앞 왼편에는 왕족들 5분, 오른편에는 종교 원로들 5분이 앉아 있었고 정중앙에 황금색 투표함, 그 앞으로 4명의 후계자 후보들이 자신의 이름이 황금색으로 새겨진 명패 앞에 앉아 있었다. 그 뒤로 수십 명의 경호원이 보였다.

보기만 해도 숨이 막힐 듯한 긴장감이 흐르고 있었다. 사회자가 정적을 깨뜨리며 진행을 시작했다. 사회자 뒤로 보이는 반살림 왕은 편안해 보였지만 그레이스 왕비님은 초조한 표정이 얼굴에 가득했다. 반살림 왕이 조심스럽게 몸을 움직이며 연단 앞으로 걸어 나오셨고 식장에 있는 모든 사람들이 일제히 자리에서 일어나 왕께 경의를 표했다.

"사랑하는 나의 형제 여러분! 오늘은 후계자를 책봉하는 영광스러운 날입니다. 제가 13년 전 왕세자에 책봉된 후, 알라신의 은총으로 지금까지 메카와 메디나 두 성지의 수호자로서 역할을 묵묵히 감당했습니다."

이슬람 수호자의 생생한 육성이 울려 퍼지자 성스러움과 엄숙함이 책봉식장을 가득 메웠다.

"이제 사우디는 새로운 리더, 강하고 젊은 국왕이 이끌어 가야 합니다. 이 앞에 서 있는 4명의 후보자는 한 분 한 분이 너무나도 훌륭한 분들입니다. 그 누가 자랑스러운 우리 조국 사우디의 왕이 된다고 해도 결코 손색이 없는 탁월한 후보들입니다. 이 시간 후보자들은 여러분이 되고 싶은 왕의 모습에 대해 맘껏 이야기하시고 오랜 전통을 이어받아 10분의 투표 위원들이 선택하는 후계자를 왕으로 맞이해 주시길 바랍니다."

왕의 개회사가 끝나자 화려한 금장색 사우디 군복을 입은 서열 1위 술탄 왕자가 연단에 올라 군사력이 강한 사우디, IT와 최첨단

무기로 장착된 안전하고 디지털화된 사우디에 대해 연설을 시작했다. 반면, 캐주얼하며 슬림핏 비즈니스 회색 정장을 입은 서열 2위 왈리드 왕자는 탈탄소, 친환경, 헬스케어를 기반으로 하는 미래 산업, 외국인 투자자와 관광객을 적극적으로 유치하는 혁신적이며 개방적인 사우디를 피력했다.

3위 칼리드 왕자는 머리에는 하얀색 두건을, 옷은 황금색 사우디 전통의상을 입고 이슬람의 신성한 전통을 수호하는 사우디, 코란의 말씀을 삶에 실천하는 사우디, 중동 국가 내 이슬람 국가들을 경제적으로 지원하며 전 세계적으로 범이슬람 공동체를 확장해가는 사우디를 추구했다.

서열 1위부터 3위까지 왕자들의 연설은 각자 다양한 특성들을 표방하며 사우디의 미래를 짊어질 혁신적이며 강력한 왕으로서, 메카와 메디나의 수호자로서 부족함이 없는 훌륭한 연설들이었다.

서열 4위 자밀라 공주님이 갈색 긴 머리를 단아하게 위로 올리시고 브이넥을 한 하늘색 원피스 드레스를 입고 우아하게 연단에 오르셨다. 반살림 왕과 그레이스 왕비님은 자신의 유일한 딸 자밀라 공주가 후계자로서 연설을 할 수 있다는 것만으로도 큰 기쁨과 감격에 사로잡혀 있었다.

"이 자리에 모이신 존경하는 원로님들과 사랑하는 왕족 여러분! 사우디는 중동지역에 평화와 화합을 이룰 수 있도록 알라신께서 특별한 사명을 허락하신 국가입니다. 예멘 내전, 이란과의 반목, 시리아의 내전, 이라크의 아픔, 이스라엘과의 갈등들을 해결하고 더 이상 강한 외교가 아니라 유연하고 부드러운 외교를 통해 물과 같이 주변 국가를 온몸으로 받아들여 사랑과 화합으로 과거의 우리 선조들이 일구었던 비옥한 초승달 지역을 다 함께 더불어 번영하는 평화의 시대로 새롭게 재건해야 합니다.”

"한편으로는 이슬람 문화를 뛰어넘어 전 세계인이 공감하고 함께 호흡할 수 있는 감성적이고 매력적인 사우디만의 문화콘텐츠를 개발하고 확장해야 합니다. 즉, 현재 석유를 기반으로 하는 경제 왕국 사우디! 이슬람의 종주국 사우디를 초월하여 뛰어난 인재들이 자유롭게 왕래하며 다양하고 신선한 문화를 마음껏 양산하며 아름다운 유산을 후손들에게 물려줄 수 있는 사우디만의 문화 DNA를 만들어가야 합니다.”

자밀라 공주님의 연설은 도화지에 수채화 물감이 저마다 아름다운 고유한 빛깔을 내며 자연스럽게 스며들 듯 책봉식장을 한 폭의 수채화처럼 청중들을 은은하게 물들였다. 난 자밀라 공주님이 연설하시는 동안 투표 위원들의 심장이 자밀라 공주님을 선택할 수 있도록 온 정신을 집중했고 손바닥의 붉은 점을 통해 살바토르 문디와 강력하게 연결되며 만장일치의 능력이 나를 통해 투영되고 있음을 느낄 수 있었다.

자밀라 공주님의 연설이 끝나자 사회자는 10분의 투표 위원들에게 한 분씩 투표를 할 수 있도록 안내했고 투표가 끝나자 투표 결과는 반살림 왕께 전달되었다. 투표 결과를 받은 반살림 왕의 얼굴에는 놀라움이 가득했다. 10분의 투표 위원들은 만장일치로 자밀라 공주님을 반살림 왕의 후계자로 선택했고 사회자는 사우디 최초 여왕의 탄생을 공표했다.

자밀라 공주님은 후계자로 자신의 이름이 호명되자 감격의 눈물을 흘렸고 3명의 후보자는 모두 자밀라 공주님에게 축하와 경의를 표했다. 그레이스 왕비님도 연단에서 내려오셔서 자밀라 공주님을 안아주셨다. 6층 회의실 문을 열고 러블리 수, 알리, 후삼이 나를 찾아와 공주님이 여왕이 되셨음을 알렸고 우린 서로 부둥켜안고 원을 그리며 방방 뛰었고 환호성을 지르며 감격의 순간을 마음껏 누렸다.

20장

귀환

20장

귀환

후계자 책봉식이 끝나자 사우디 언론뿐만 아니라 전 세계 언론은 일제히 자밀라 공주님의 후계자 책봉 소식으로 방송과 신문, 인터넷 기사를 도배했다. 사우디 역사상 최초 여왕의 탄생이라니… 꿈인지 현실인지 그 생생한 현장에 있었음에도 실감이 나지 않았다. 환호성과 폭죽이 여기저기서 터지는 제다를 떠나 조용히 리야드 왕궁으로 먼저 돌아왔다.

자밀라 공주님의 여왕 취임식은 3개월 후에 열린다고 한다. 자밀라 공주님이 마침내 후계자로 결정된 후, 오랫동안 애써 준비했던 중요한 시험을 마친 것처럼 허전함과 공허함이 일순간에 나를 찾아왔다.

문득 한국으로 무작정 휴가를 떠나고 싶다는 생각이 들었다. 집을 떠난 지 어느덧 2년이 지났다. 한국으로 복귀하신 아버지는

13년 만에 만난 어머니와 잘 지내시는지 궁금하기도 했다. 휴가를 상의하기 위해 압둘 집사를 찾았다.

"압둘 집사님, 안녕하세요."

"피터 집사, 요즘 왕비님과 공주님이 왕궁에 안 계셔서 그런지 도서관에서 독서를 하며 보내는 시간이 부쩍 늘었네요."

"네, 모처럼 독서에 오롯이 집중할 수 있어서 좋아요. 압둘 집사님, 한국에 휴가를 다녀오고 싶어요. 며칠이나 갈 수 있나요?"

"계약 조건대로 하면 1년에 한 달 휴가를 사용할 수 있어요. 사우디 왕궁에 입사 후, 개인 휴가는 사용한 적이 없으니 왕비님이 허락하시면 최대 두 달 가능할 것 같아요."

"그럼 이번 주 일요일 한국으로 출발했으면 해요. 휴가 기간은 한 달 다녀올게요."

"자밀리 공주님께서 여왕으로 취임하시게 됐으니 왕비님께서 피터 집사 휴가를 허락하지 않으실 이유가 없으실 거예요. 오후에 왕비님께 보고 드린 후, 결과를 알려 줄게요."

"감사해요. 그럼 좋은 소식 집사님만 믿고 딱 기다려요."

한국에 간다고 생각하니 벌써 기분이 좋아지기 시작했다. 부모님을 위해 어떤 선물을 사드릴까 행복한 고민을 시작했다. 어머니는 명품 가방을 선물 받아 보신 적이 있으실까. 어머니 가방 중에 명품 가방을 본 적은 없었다. 일단, 오후에 휴가가 승인되면 리야드 쇼핑몰에 가서 명품 가방을 살펴볼 생각이었다.

점심 식사를 마치고 도서관에서 재레드 다이아몬드가 쓴 총,

균,쇠 책을 다시 집중해서 읽기 시작했다. 대학 시절 교수님들이 총,균,쇠를 추천했지만, 워낙 쪽수가 700페이지가 넘는 두꺼운 벽돌책이라 감히 엄두를 내지 못했었다.

1998년 미국의 퓰리처상을 수상한 이 책은 대륙 간 문명의 발달 속도의 차이가 그간 줄기차게 주장되었던 인종(백인) 우월주의로 인한 게 아니라 지역별 지리적, 환경적 차이로 인해 발달 속도에 차이가 있었다는 새로운 논리를 주장한다.

그중에서도 총(무기), 균(전염병), 쇠(철기)의 도입이 이주민들이 원주민들을 몰아내고 식민지를 점령하는 데 지대한 영향을 끼쳤다고 이야기한다. 누구나 당연하게 생각했던 어떤 현상들을 역사와 데이터를 근거로 논리정연하게 풀어 쓴 근사한 책이라는 생각이 들었다.

앞으로 나에게 펼쳐질 어떤 과제를 풀어갈 때 주변 환경과 시간의 흐름 그리고 데이터를 기반으로 문제를 바라보는 시야를 키우고 사건들을 해결해 가야겠다는 생각이 들었다.

책을 한 참 재미있게 읽고 있을 때, 압둘 집사가 도서관으로 미소를 지으며 찾아왔다. 행복이 가득한 미소가 의미하는 건 바로 휴가 승낙이었다.

"피터 집사, 왕비님께서 휴가를 승인하셨고 더 놀라운 소식이 있어요."

"휴가보다 더 놀라운 소식이라니? 뭔가요?"

"아! 지난 30년 집사 생활하는 동안 난 휴가 때 한 번도 누리지 못한 파격적인 혜택이에요."

"파격적인 혜택이라니? 그게 뭘까요?"

"왕비님께서 피터 집사에게 나르는 궁전 747을 허락하셨네요."

"네? 아버지를 보내실 때도 전용기를 타게 하셨는데 저까지. 저는 비즈니스석 비행기면 충분해요. 하하하! 너무 기쁘네요. 전용기를 타고 한국으로 휴가라니… 집사님, 오후에 리야드 쇼핑몰에 잠시 다녀올게요."

"외출 시간에 맞춰 현관에 운전기사를 준비할 테니 잘 다녀오세요."

운전기사와 함께 랜드로버를 타고 거대한 리야드 쇼핑몰에 도착했다. 먼저 명품 코너로 발걸음을 재촉했다. 루이뷔통, 샤넬, 에르메스, 구찌 내가 이런 가방들을 구매할 줄이야. 하지만 어머니의 가방 취향을 평소에 생각해 본 적이 없어 가방을 고르는 게 쉽지 않았다.

가격표만 봐도 내가 정말 저 가방을 내 돈으로 살 수 있을까 이런저런 생각이 들었다. 억대 연봉을 받는 사우디 집사였지만 실제로 리야드에 온 후, 개인 돈을 지출한 적이 없었다. 출장 중에도 대부분 황금색 왕궁 마스터카드로 지출했고 사우디 왕궁 안에는 필요한 모든 게 가득했기 때문이다. 월급으로 받은 돈은 고스란히 내 통장에 차곡차곡 쌓여만 갔다.

잠시 선택의 순간을 맞이하기 전 호흡을 가다듬기 위해 스타벅스에 앉아 아이스 카라멜 마끼아또를 마셨다. 어머니에게 전화를 드려 원하시는 가방이 어떤 건지 사진을 찍어 보내드릴까 생각도 해봤지만 아무래도 전혀 예상하지 못한 상황에서 아들에게 가방을 선물 받는 게 훨씬 더 극적일 거라는 생각이 들었다.

스타벅스에서 자리를 박차고 출격하려고 하는 순간 전화벨이 울리기 시작했다. 바로 그건 러블리 수였다.

"여보세요"

"집사님, 어디예요? 한국으로 휴가를 간다니… 그것도 우리 브라더 셋을 놔두고 혼자 가시겠다는 건가요? 아니 한국 식당에서 함께 밥 먹던 의리는 어디로 간 건가요?"

러블리 수가 벌써 내 휴가 소식을 들은 것이었다. 역시 전직 CIA 요원 출신의 놀라운 정보력이었다.

"아! 정말 수 님에게는 숨길 수 있는 게 없군요."

"하하하 기분 좋으시겠어요. 이미 마음이 한국에 가 있는 거죠. 그 여친. 이름이 뭐였더라… 아 그 시인?"

"수 님, 너무 멀리 가셨어요. 전 지금 한국에 마음이 가 있는 게 아니라 리야드 쇼핑몰에서 어머니 선물을 고르느라 깊은 번뇌에 빠져있어요. 하하하"

"제가 전화한 이유가 바로 그거예요."

"네? 전화한 이유가 그거라니? 무슨 말이에요?"

"자밀라 공주님께서 집사님 부모님 선물은 별도 준비하셨다고 명품샵에 가서 고민하지 말라는 당부하셨어요."

"와우! 공주님께서 부모님 선물까지 챙겨 주실 줄 몰랐네요."

"아니, 공주님이 여왕이 되시기까지 충성을 다하셨으니 그 정도 포상은 가능하지 않을까요? 하하하"

"여하튼 어떤 가방을 골라야 할지 쉽지 않았는데 큰 고민을 해결해 주셨네요. 공주님께 아니 여왕님께 감사하다고 전해 주세요."

"집사님, 일요일 출국하신다고 들었어요. 제다에서 일이 많아서 아쉽게도 집사님 가기 전에 뵐 수는 없겠네요. 기회가 되면 집사님 휴가 기간 동안 우리 브라더들이 한번 서프라이징 방문을 추진해 볼게요."

"말로만 들어도 너무 멋진 계획이네요. 그럼 나중에 봬요."

통화를 끝내고 가벼운 발걸음으로 왕궁으로 향했다. 일요일 오전이 되어 왕족 전용 터미널로 이동하여 나르는 궁전 747에 몸을 실었다. 기장, 부기장, 두 명의 승무원과 인천공항을 향해 출발했다.

인천 공항에 도착하니 사우디 대사관에서 운전기사를 보냈다. 검은색 리무진에 여행 가방과 부모님 선물을 가득 싣고 가재울 아파트로 향했다. 2년 만에 다시 찾은 5월의 한국은 너무도 아름다웠다.

사우디의 뜨거운 태양과 비교할 수 없는 온화한 햇살, 푸르른 산과 아름다운 한강, 우리나라에는 비록 사우디 왕국과 같은 금맥! 검은 석유는 없지만, 하나님께서 신선한 공기와 아름다운 자연환경을 허락하신 게 분명했다.

차량은 어느덧 부모님 아파트에 도착했고 사우디 대사관 운전기사는 차량이 필요하면 언제든지 연락을 달라고 명함을 건넸다. 2년 만에 집으로 귀환이다. 어머니와 아버지는 반가운 미소를 지으며 날 힘껏 안아주셨다.

"우리 아들 근사하다."

"어머니 보고 싶었어요."

난 어머니께 지난 2년간 사우디에서 있었던 일들을 간략하게 설명했고 아버지는 자밀라 공주님이 최초 사우디 여왕이 되신 것을 뉴스에서 보시고 너무 놀랐다고 말씀하셨다. 어머니는 동네 카페를 정리하시고 신촌에 아버지와 함께 북카페 오픈을 준비하고 계셨다.

"와우! 두 분이 북카페를 하신다니 너무 멋지네요."

"죽은 줄 알았던 남편도 이렇게 살아왔으니 새로운 뭔가를 시작해야 하지 않겠니? 그나저나 너희 아빠는 어떻게 국정원 직원인 걸 숨기며 나랑 살아왔는지 모르겠어. 알 수가 없는 분이야."

"네 엄마는 살아 돌아온 날로부터 국정원 요원인 걸 어떻게 그 오랜 세월 숨겨왔는지 바가지를 계속 긁더라. 하하하"

"어머니 북카페 준비하실 때 돈을 드릴 테니 멋지게 실내 인테리어도 꾸며 보세요."

"우리 아들이 억대 연봉자가 되더니 엄마에게 힘이 되어 주는구나! 호호호"

오랜만에 아들을 만난 어머니는 연신 입꼬리가 하늘로 오르셨다. 뿐만 아니라, 아버지의 생환으로 인해 그간 왠지 모르게 어두운 그늘이 보이던 어머니 모습에는 더 이상 어떤 그늘도 없었다.

"피터야 너에게 놀라운 소식이 하나 있어?"

"어머니 제가 하도 놀랄 일이 많아서 웬만한 소식으로는 심장이 꿈쩍도 안 해요."

"과연 그럴까? 우리 아들 심장이 두근두근 뛸 텐데"

뜸을 들이시는 어머니의 장난기 서린 얼굴에서 뭔가 신나는 일이 있을 것 같다는 생각이 들었다.

"너 대학 때 여친, 선애 생각나지?"

어머니 입술에서 선애 이름이 튀어나올 줄은 미처 예상하지 못했다.

"선애가 시인이 되었더라. 너 알고 있었니?"

"아… 네, 우연히 서점에서 시집을 본 적이 있어요."

"선애가 〈꿈의 도서관〉이라는 온라인 독서 모임 플랫폼에서 시 창작 & 시 낭송 수업을 진행하더라."

"그래요?"

"나도 〈꿈의 도서관〉 회원이라서 매주 토요일에 시 낭송을 함께 하고 있어. 그래서 우리 북카페를 개설하면 선애를 초대해서 시인과 함께하는 북토크를 시 낭송 형식으로 멋지게 해보려고 준비 중이야. 어때? 멋진 계획이지? 휴가가 한 달이라고 했으니 너도 선애를 만날 수 있겠네."

선애를 만날 수 있다는 어머니 이야기에 마음이 심란해지기 시

작했다. 우리의 풋풋했던 대학 시절 연애는 도대체 어쩌다가 서로
에게 이별을 고하게 되었을까. 선애를 다시 만나면 난 대학 친구
로서 그녀를 온전히 바라볼 수 있을까. 아니면 예전에 사랑했던
감정들이 거센 파도가 되어 날 뒤흔들게 될까.

아침 식사를 마치고 아버지와 집 근처 안산을 오르기로 했다.
안산은 해발 295m 높이로 집에서 출발하여 홍제천을 따라 걸어
정상에 오르면 왕복 3시간 정도 소요되어 운동하기 적당한 산책
길이다. 아버지와 홍제천을 걸으며 예전처럼 도란도란 이야기를
나누었다.

아버지와 걸으면서 초등, 중등, 고등학교 시절 나와 아버지의
모습들이 하나둘씩 겹쳐 보이기 시작했다. 건장하고 강인하게만
보였던 40대 아버지는 인자하시고 부드러운 50대 후반의 아버지
가 되어 있었고 아버지를 커다란 산으로만 여겼던 어린 아들은 장
성하여 능력의 끝을 가늠할 수 없는 살바토르 문디의 수호자가 되
었다.

"피터야?"

"네, 아버지."

"사우디 왕궁에서 언제까지 근무할 생각이니?"

"글쎄요. 자밀라 공주님께서 곧 여왕으로 취임하시는데 여왕이
되시면 제 역할도 많이 달라질 것 같아요."

"아빠는 우리 아들이 주님께 받은 놀라운 능력들을 우리나라
에서 맘껏 펼쳐 보면 어떨까 싶어. 네 엄마에게 네가 집사학교를

졸업하고 세 군데 직장이 제안되었다고 들었다. 미국, 사우디, 한국."

"집사학교를 수석으로 졸업하면 직장을 선택할 수가 있어요."

"내가 사우디에서 사망해서 네가 사우디를 직장으로 선택했다고 들었다."

아버지는 잠시 걸음을 멈추시고 날 잔잔히 바라보셨다.

"지난번 사우디 한국 대사관에서 만난 국가 정보원 후배 기억하지?"

"네, 기억하죠."

"그 후배가 너에 대해서 묻더라. 영어, 불어, 아랍어까지 할 수 있는 사람을 대상으로 국정원 특별 공채 모집이 있다고."

"맞아요. 대학 시절 국정원에 입사한 선배들이 몇 명 있었어요."

"네 능력을 사우디 왕가가 아니라 국정원에서 펼치면 어떻겠니? 특히 남북이 갈라져 있는 상황에서 네가 남북관계의 회복을 위해 할 수 있는 일들이 많을 거라는 생각이 드는구나."

"아버지, 국정원에도 부자가 대를 이어 요원이 되는 경우도 많이 있나요?"

"그런 경우가 흔치 않지만, 아버지를 이어 요원이 되는 자녀들도 일부 있지. 넌 특별한 능력을 갖고 있으니 한국을 위해, 세계를 위해, 많은 일을 할 수 있을 거야."

아버지와 홍제천 산책로를 벗어나 본격적으로 안산 정상을 향해 오르기 시작했다. 예전에는 안산에 오르면서 두세 번 호흡을 가다듬기 위해 잠시 멈춰서 쉬었는데 아버지와 난 쉬지도 않고 단번에 안산 봉수대 정상에 도달했다.

눈 앞에 펼쳐진 북한산, 인왕산, 남산 타워, 저 멀리 보이는 롯데월드타워 그리고 강물이 반짝이는 한강까지 이 아름다운 경치를 한눈에 담을 수 있다니…

"아버지, 너무 아름다워요."

"그래, 이 소중한 자연의 선물을 우리가 잊을 때가 많지."

"아버지, 앞으로 어떻게 지내실 생각이세요."

"네 엄마랑 북카페를 하면서 책도 읽고 글도 쓰고 여행도 다녀야지. 생각해보니 엄마를 데리고 해외든 국내든 제대로 여행을 다닌 적이 없더라."

"맞아요. 제 기억에도 우린 가족여행을 제대로 간 적이 없어요. 아버지가 항상 해외로 출장을 다니셔서 하하하."

"미안하구나. 그때는 조국이 전부인 듯 살아간 시절이었어. 물론 지금도 내 나라가 소중하지만 이젠 은퇴했으니 가정을 더 돌보고 봉사도 하고 싶구나. 물론 예쁜 며느리도 보고, 손주도 보고."

"아버지, 벌써 할아버지 될 생각을 하시는 거예요. 하하하."

"그래, 러블리 수, 그 경호원 참 맘에 들더라. 미국 육군사관학교를 졸업하고 CIA 출신이라고 했지?"

"네, 어린 시절 미국으로 입양되어 미국에서 자랐어요."

"나 때는 그렇게 아름다운 CIA 요원들은 없었는데… 러블리 수하고는 그냥 동료관계니?"

"아버지, 러블리 수하고는 너무나 특별한 관계예요. 평생 결코 잊을 수 없는."

아버지는 평생 잊을 수 없는 관계라는 내 말에 의미심장한 미소를 지으셨다. 전직 국정원 요원의 특별한 오감이 작동한 것일까. 러블리 수가 내 심장에 총탄을 날렸다는 사실은 차마 아버지에게 말씀드릴 순 없었다. 아마도 그랬다면 러블리 수는 다시는 우리 부모님을 볼 수 없을 것이다.

어머니가 담아 주신 따뜻한 인삼차를 나누어 마신 후, 안산에서 하산을 시작했다. 평일 오전이지만 생각보다 오가는 등산객들이 많았다. 사람들이 자연과 더불어 사는 삶에 대해 얼마나 관심이 많은지 알 수 있었다.

우리 가족은 모처럼 셋이 오붓하게 강릉으로 여행을 떠났다. 숙소는 세계적인 건축가 리처드 마이어가 설계한 강릉 경포대에 있는 씨마크 호텔로 2박 3일 예약했다. 아버지께서는 한국에 도착하자마자 신촌 기아 자동차 판매장에 전시된 검은색 9인승 카니발을 구매하셨다.

두 분이 평소에 타시기에는 너무 큰 차라고 생각했는데 어머니가 준비하시는 북카페를 생각해서 책을 포함한 다양한 짐을 실을 수 있도록 선택한 거라고 하셨다. 아버지는 운전을 13년 만에 하시지만 전직 요원답게, 마치 러블리 수가 차를 자유자재로 다루듯 카니발을 능숙하게 다루셨다.

4시간을 쉬지 않고 달려 씨마크 호텔에 도착했다. 우리는 거실 1개, 방 2개인 오션뷰 패밀리 룸으로 이동했다. 베란다에서 훤히 보이는 동해 바다는 그 자체가 한 폭의 그림이었다. 부모님은 숙소에서 잠시 휴식을 취하셨고 난 호텔 야외 인피니티 수영장으로 향했다. 동해 바다를 눈앞에 두고 수영을 하니 온몸이 힐링 되며 행복감이 밀려왔다.

자연스럽게 몸을 물속에 담그고 서서히 자유형을 시작했다. 잠시 후에 부모님도 수영장으로 오셨다. 우리는 바다를 배경으로 수영을 하며 봄의 끝자락에 있는 6월을 마음껏 누렸다.

저녁 식사를 위해 경포대 근처에 있는 횟집으로 이동했다. 직원은 우럭, 광어, 연어 회와 대게를 푸짐하게 한 상 차려왔다.

"오늘 저녁 식사는 아들이 쏩니다. 맛있게 드세요. 부모님 사랑해요."

내가 하트를 머리 위에 두 손으로 그리며 애교를 부리자 부모님은 서로 말없이 바라보시며 활짝 미소를 지으셨다.

"우리 아들, 고마워요. 엄마가 맛있게 먹을게."

"아빠도 우리 아들 덕에 오늘 모처럼 회를 실컷 먹겠구나."

저녁 식사를 한 후, 근처 카페에서 여유롭게 커피 한잔을 하며 아버지의 예멘 지하 감옥 생존기에 귀를 기울였다. 어떻게 지난 13년 동안 감옥에서 생활하셨는지 아버지의 슬기로운 감옥생활에 어머니와 난 놀라지 않을 수 없었다. 어머니는 이야기를 들으시며 연신 눈물을 훔치셨다. 저녁 8시가 되자 어머니께서 서둘러 일어나시려고 했다.

"어머니, 벌써 들어가시게요?"

"밤 9시! 줌 온라인 독서클럽장 교육이 있는데 깜빡했어."

"독서클럽장 교육이 뭐예요?"

"응, 독서 모임을 인도하는 방법들을 배우는 교육이야."

"북카페를 준비하시느라 이것저것 하시는 게 많네요."

"오늘은 독서 모임에서 헤르만 헤세의 책 데미안으로 논제를 뽑아서 내가 발표하는데 먼저 호텔로 가서 준비해야겠다. 아버지랑 천천히 들어오렴. 먼저 갈게."

"와우! 어머니! 헤르만 헤세라니… 실화인가요?"

"엄마가 온라인 독서 모임을 어떻게 하는지 궁금해서 같이 들어갈 테니 천천히 바다 야경을 즐기고 들어오렴."

아버지는 어머니의 손을 슬며시 잡으시며 씨마크 호텔로 향하셨다. 부모님이 다정하게 나가시는 모습을 보니 마음이 뭉클했다. 그 오랜 시간을 부부가 생이별하시며 사셨으니 얼마나 애틋하실까 두 분의 뒷모습을 바라보며 부디 남은 생애 동안 행복하게 오래오래 사시길 기도했다.

갑자기 모르는 번호가 휴대폰을 울리기 시작했다.

"여보세요?"

"피터 집사님, 안녕하세요."

익숙한 목소리의 주인공은 조직 B 마틴이었다.

"집사님, 위치가 한국으로 잡혀서 휴가라는 생각이 들었어요,"

"감사하게도 조직 B에서는 여전히 저한테 관심이 많으시군요."

"집사님, 자밀라 공주님께서 이제 곧 여왕이 되시면 사우디 집사로서 임무는 다하신 게 아닐까요? 이제 조직 B에서 세계평화를 위해 함께 신나게 일하시면 어때요?"

"안타깝게도 아직 사우디 왕가와 계약이 만료된 상태가 아니에요."

"집사님, 조직 B 본사는 파리에 있고 한국에도 지점이 있어요. 원하시면 파리와 한국 원하시는 곳에서 순환 근무할 수 있도록 배려해 드릴게요. 특히, 북한 미사일과 핵 문제를 위해 집사님이 반드시 필요해요. 부모님도 한국에 계시니 사우디에서 근무하시는 것보다 하나밖에 없는 외아들이 한국에서 근무하는 게 효도도 할 수 있고 훨씬 좋지 않을까요? 연봉은 사우디 집사 수준으로 맞춰 드릴게요."

정말 스마트한 글로벌 조직! 조직 B의 솔깃한 제안이었다.

"마틴 씨는 협상의 귀재군요. 하하하. 일단 휴가 마치고 다시 이야기하죠."

"집사님, 긍정적으로 생각해 주셔서 감사해요. 부모님과 씨마크 호텔 708호에서 멋진 휴가 보내세요. 다시 연락드릴게요."

내가 묵고 있는 객실 호수까지 정확하게 알고 있는 조직 B 역시, 대단한 조직이 분명하다. 처음으로 조직 B와 일하는 것을 고려하기 시작했다. 아버지는 국정원 이야기도 하셔서 분명, 사우디 집사로 계속 사우디에서 근무하는 게 맞는 건지 진지한 고민이 필요한 시점이 된 것이다.

아침 일찍 일어나 일출이 장관인 경포대 바닷가를 혼자 거닐었다. 시원하게 불어오는 바람과 출렁이는 파도 소리가 영혼 깊이 쉼을 주었다. 불현듯 러블리 수의 예멘 총격 사건이 떠오르며 러블리 수의 치유는 성공했는데 왜 사우드 박사에게는 치유의 능력이 발현되지 않았는지 궁금했다.

러블리 수, 사우드 박사 왜 두 사람에게 살바토르 문디의 능력이 동일하게 흘러가지 않는 것일까 서서히 깊은 사유에 빠져들고 있을 때, 저 멀리에서 굉음을 퍼뜨리며 국방색 헬리콥터가 다가오고 있었다. 헬기는 거친 모래바람을 일으키며 내 주변에 착륙했다. 헬기 문이 열리자 러블리 수, 후삼, 알리가 나타났다.

"피터 집사님, 깜짝 놀라셨죠?"

"수 님, 아니 여기까지 어떻게 오신 거예요."

"피터 집사, 반살림 왕의 병세가 너무 심각합니다. 우리가 양양 공항에 도착할 때까지 들은 소식은 왕께서 1시간 전부터 혼수상태에 빠지셨다고 합니다. 지금부터 골든타임은 12시간이라고 합니다."

알리는 시계 타이머를 12시로 맞추고 시간 카운트다운에 들어갔다.

"피터 집사님, 자밀라 공주님께서 우릴 보내셨어요."

"제가 반살림 왕을 위해 할 수 있는 일이 뭔가요?"

"공주님께서 마지막 희망은 피터 집사님 밖에 없다는 결론을 내리셨어요."

"제가 마지막 희망이라니?"

"그레이스 왕비님도, 자밀라 공주님도 가늠 수 없는 깊은 슬픔에 빠져있어요. 피터 집사님께서 반살림 왕을 위해 마지막 시도를 하셔야 해요."

우리는 호텔로 이동하여 부모님께 작별 인사를 드리고 양양 공항에서 나르는 궁전 747을 타고 제다를 향해 떠났다. 10시간 비행 동안 내내 긴장감과 침묵 속에서 시간을 보냈다.

제다 공항에 도착한 후, 헬기로 곧장 갈아타고 홍해에 떠 있는 크루즈선을 향해 날아갔다. 알리의 타이머는 이제 30분이 남아 있었다. 헬기가 크루즈선에 착륙하자 자밀라 공주님께서 헬기장으로 나오셨다. 공주님은 나를 보자마자 눈물을 흘리시며 내 손을 급하게 이끄셨다.

"피터 집사님, 아버지께서 깨어나질 않으세요."

자밀라 공주님은 반살림 왕의 병실로 날 안내했고 닥터 리와 그레이스 왕비님이 슬픔에 잠겨있었다. 비통함에 빠져있는 세 여인을 바라보니 내 안에 말할 수 없는 깊은 슬픔이 한꺼번에 밀려오기 시작했다.

호흡기에 의지하여 병상에 누워있는 반살림 왕에게 다가가 왕의 손을 힘껏 잡았다. 그 순간 그레이스 왕비님과 자밀라 공주님이 일제히 울음을 터트리기 시작했다. 두 눈을 감자 왕비님과 공주님의 슬픔이 내 심장을 거칠게 펌프질했고 갑자기 차가운 죽음의 시간이 멈추기 시작했다. 난 순식간에 어둠의 깊은 터널로 한없이 떨어졌다.

"피터 집사, 자네가 또 날 찾아왔군."

산을 집어 삼킬 듯한 목소리가 다시 들려왔다. 몸을 추스르고 눈을 뜨니 바닥에 싸늘하게 누워있는 반살림 왕 옆에 살바토르 문디가 날 바라보고 있었다. 그의 주변에는 눈이 부시는 강렬한 불꽃이 비추고 있어 제대로 바라볼 수 없었다.

"제게 왕을 주세요."

난 진심을 담아 살바토르 문디에게 간청했다.

"사우디 집사! 피터, 자네에게 생명을 구할 수 있는 기회가 항상 있는 게 아니네."

"반살림 왕을 지금 데려간다면, 소중한 누군가를 살릴 수 있는 단 한 번의 기회가 영원히 사라질 수도 있네. 굳이 차갑게 죽어가는 반살림 왕을 데려가겠는가?"

천둥과 같은 목소리로 인해 귓가에 엄청난 울림이 느껴졌다.

"제게 왕을 주세요."

"피터 집사, 자네의 목숨을 내게 준다면 반살림 왕을 내어주겠네. 그래도 반살림 왕을 데려가겠는가?"

순식간에 엄청난 고통이 나를 엄습하기 시작했다. 반살림 왕이 그동안 겪었을 모든 아픔과 고통이 날 온통 휘감고 있어 더 이상 어떤 말을 꺼내기조차 힘들었다. 난 마지막 힘을 다해 살바토르 문디에게 다시 간청했다.

"제발, 제게 왕을 주세요."

"피터, 언제나 기억하게. 자네는 내가 되고 나는 자네라는 사실을."

살바토르 문디는 날 강하게 껴안으며 내 몸 안으로 들어왔고 그 순간 모든 고통이 깨끗하게 사라졌다. 멈춰진 시간이 다시 흐르기 시작했다. 내게서 치유의 능력이 강렬하게 발현되고 있었다. 내 왼 손바닥은 선명한 붉은 색을 비추었고 내 두 눈은 번개처럼 반짝거렸다. 난 살바토르 문디가 되고 살바토르 문디는 내가 되었다.

잠시 멈추어 섰던 크루즈선은 붉은 노을이 곱게 흩어 뿌려진 홍해를 우아하게 가르며 다시 항해를 떠나기 시작했다. 신비한 능력을 숨긴 채 세상에 현존하는 살바토르 문디, 살바토르 문디와 하나 된 사우디 집사, 사우디 최초의 여왕 자밀라 공주, 그들에겐 우주의 그 누구도 감히 대적할 수 없는 위대한 운명의 소용돌이가 기묘한 소리와 함께 서서히 요동치고 있었다.

피터, 피터 집사, 사우디 집사! 피터!

에필로그

~~~~~~

'사우디 집사'를 3년 전 사우디 리야드에서 처음 집필하기 시작했다. 공교롭게도 '사우디 집사' 1편은 그 후부터 3년이라는 시간이 훌쩍 지나 이집트 카이로에서 마무리되었다.

사우디 집사와 자밀라 공주의 이야기는 1편으로 끝나지 않고 자밀라 공주가 사우디 최초 여왕으로 취임한 후, 사우디 집사와 함께 북한, 중국, 일본을 배경으로 새로운 이야기들을 준비하고 있다.

작가는 이제 '사우디 집사' 1편을 마무리하고 다시 사우디 집사 2편을 집필하기 위한 대장정에 돌입했다. '사우디 집사' 1편이 출시되는 데 3년의 시간이 걸렸다. 과연 '사우디 집사' 2편은 얼마나 시간이 걸릴지 알 수 없지만, '사우디 집사' 1편을 사랑해줄 독자들을 생각하며 '사우디 집사' 2편을 연애편지를 쓰듯 설레는 마음으로 집필하고자 한다.

또한, 이 시간에도 여전히 중동지역과 우크라이나, 세계 곳곳에 있는 굶주림, 분쟁, 전쟁까지도 사우디 집사와 자밀라 공주처럼 지혜롭고 미래를 도전하는 젊은 선한 지도자가 배출되어 억울한 눈물과 비극이 사라지고 모두가 행복하게 더불어 사는 평화로운 세상이 도래하길 소망한다.